PERDIDOS POR AÍ

ADI ALSAID

PERDIDOS POR AÍ

Porque às vezes é preciso se perder para poder se encontrar

Tradução
Débora Isidoro

1ª edição
Rio de Janeiro-RJ / Campinas-SP, 2015

VERUS
EDITORA

Editora
Raïssa Castro

Coordenadora editorial
Ana Paula Gomes

Copidesque
Anna Carolina G. de Souza

Revisão
Raquel de Sena Rodrigues Tersi

Capa, projeto gráfico e diagramação
André S. Tavares da Silva

Fotos da capa
Acervo de André S. Tavares da Silva

Título original
Let's Get Lost

ISBN: 978-85-7686-397-7

alloyentertainment
Edição original produzida por
Alloy Entertainment, LLC

Verus Editora Ltda.
Rua Benedicto Aristides Ribeiro, 41, Jd. Santa Genebra II, Campinas/SP, 13084-753
Fone/Fax: (19) 3249-0001 | www.veruseditora.com.br

CIP-BRASIL. CATALOGAÇÃO NA FONTE
SINDICATO NACIONAL DOS EDITORES DE LIVROS, RJ

A462p

Alsaid, Adi
Perdidos por aí : porque às vezes é preciso se perder para poder se encontrar / Adi Alsaid ; tradução Débora Isidoro. - 1. ed. - Campinas, SP : Verus, 2015.
23 cm.

Tradução de: Let's Get Lost
ISBN 978-85-7686-397-7

1. Ficção mexicana. I. Isidoro, Débora. II. Título.

15-22412 CDD: 868.99213
CDU: 821.134.2(72)-3

Revisado conforme o novo acordo ortográfico

Impresso no Brasil pelo Sistema Cameron da Divisão Gráfica da
DISTRIBUIDORA RECORD DE SERVIÇOS DE IMPRENSA S.A.

PARA MINHA FAMÍLIA

HUDSON

1

HUDSON PODIA OUVIR O MOTOR do carro a quarteirões de distância. Ele saiu da oficina e fechou os olhos, escutando, separando os sons para saber exatamente o que teria de consertar antes mesmo de abrir o capô.

Parado ali na porta, ouvindo o carro ainda distante, Hudson podia esquecer todo o resto. O colégio e as garotas, o futuro e se os amigos eram mesmo canalhas ou só fingiam, assim como ele. De olhos fechados, podia reduzir o mundo a um único motor e nada mais; um mundo no qual era capaz não só de nomear cada pequena parte, como também sabia para que cada uma delas servia, como funcionava, como consertá-la.

Ele abriu os olhos quando ouviu o chiado do freio do automóvel, que reduzia a velocidade para entrar na oficina. Era um velho Plymouth Acclaim, o tipo de carro que ou se deixa morrer com prazer, ou se ama do fundo do coração e se recusa a desistir dele. O veículo já tinha tido dias melhores, a pintura vermelha estava lascada e desbotada, o silenciador do escapamento já não silenciava muito. Hudson acenou, chamando o motorista para perto. Ele ainda estava identificando os problemas quando a garota desligou o motor e desceu.

Ele se permitiu apenas uma rápida olhada na direção dela e, assim que a viu, soube que aquela era uma mulher capaz de nos fazer pensar que a vida não está completa a menos que ela faça parte dela. A garota era um amontoado de contradições: baixa, mas com pernas longas, olhos verdes ardentes, mas expressão doce, carinha de bebê, mas sábia. Ela estava vestindo uma camiseta vermelha simples e justa que combinava com o carro. O cabelo estava solto, os cachos negros ultrapassando a altura do queixo.

— Boa tarde — cumprimentou ela, com um sorriso educado.

Ele respondeu no mesmo tom, tentando adotar a atitude profissional com a qual interagia com a maioria dos clientes. Ele lhe pediu para abrir o capô e seguiu até a frente do carro para erguê-lo. Hudson pretendia mergulhar imediatamente no trabalho, mas, contrariando o instinto, deu mais uma olhada para a garota. Por quanto tempo a lembrança daquele rosto o assombraria? Dias? Semanas?

— Algum problema específico?

— Bem, na verdade não — ela respondeu, enfiando as mãos nos bolsos traseiros do shorts, o que fez sua postura mudar de um jeito que Hudson não pôde deixar de notar. O mundo tranquilo fora da oficina notou essa mudança, o ar úmido do Mississippi notou, até as diversas manchas de graxa no chão da oficina notaram. — Acabei de começar uma viagem de carro e ele está fazendo muito barulho, achei melhor ter certeza de que está tudo bem.

Hudson pegou um pano limpo de uma prateleira próxima e verificou o nível do óleo do motor e do câmbio. Ele gostava de trabalhar em silêncio, nada além do som da ventoinha do motor, as mãos e as ferramentas na máquina. Alguma coisa naquela garota, no entanto, o tornava falante.

— Para onde você está indo?

— Para o norte — ela respondeu. — O caminho todo para o norte.

— Você é daqui? — De repente ele se sentiu constrangido com o próprio sotaque, com as vogais arrastadas, com sua presença medíocre.

— Não. E você?

Ele riu conforme deslizava as mãos pelo motor, procurando rupturas nas correias.

— Nascido e criado aqui. — Ele assentiu para si mesmo enquanto fazia uma lista mental do que precisava de reparos. — Você se importa se eu perguntar de onde você é?

— Não. — Ele pensou tê-la ouvido sorrir, mas quando ergueu a cabeça viu que ela olhava curiosa para as bugigangas nas prateleiras da oficina. — Nasci no Texas. Em uma cidadezinha não muito diferente desta.

— Então, se você é do Texas e vai para o norte, o que está fazendo em Vicksburg? Não fica exatamente no caminho.

— Eu precisava consertar o carro, e ouvi dizer que você é o melhor da região — ela respondeu. Hudson levantou os olhos novamente e ela sorriu. *Semanas*, ele pensou. *Vou passar semanas pensando nesse rosto*. Ela contornou o carro e se juntou a ele na frente do capô. — E então, o que você acha? O carro aguenta a viagem?

— Quando eu fizer o que tem que ser feito, sim. Vou trocar o óleo e dar uma olhada nas velas. Talvez a correia precise ser trocada, mas acho que tenho as peças. Vou checar o freio também, porque não gostei do ruído quando você parou. Mas não é nada preocupante.

Por um instante, Hudson esqueceu a garota, se concentrando em sujar as mãos, manchando-as com a graxa que espalharia na calça de trabalho, adicionando ali mais uma cicatriz de batalha a ser orgulhosamente exibida.

— Você gosta disso, não gosta?

Hudson ergueu a cabeça para encontrar a garota tão perto que pôde sentir o cheiro dela brigando com o cheiro de fumaça na oficina.

— Do quê?

— Da minha cara — ela respondeu, depois de um tapinha de leve no braço dele. — Disso, bobo. Consertar carros. Dá pra notar.

Ele deu de ombros, o tipo de reação de alguém que não tem outra opção a não ser amar alguma coisa.

— Se quiser, pode entrar enquanto faço o orçamento.

— Não precisa de orçamento — ela respondeu. — Faça o que tem de ser feito. Confio em você.

— Hum, pode levar algumas horas. Tem café e uma tevê lá dentro. Algumas revistas também. E tem uma lanchonete descendo a rua...

— ele se deteve, se dando conta de que não queria que ela fosse embora.

Normalmente não importavam quais distrações estivessem à sua volta, ele conseguia ignorar tudo e mergulhar no trabalho. O mesmo valia para os estudos na biblioteca; os amigos podiam passar por lá e mexer com ele, gatinhas da turma podiam sentar e tentar puxar conversa, mas ele nunca se deixava distrair.

No entanto, havia alguma coisa nessa garota que o fazia querer ouvir a opinião dela sobre tudo, saber como foi seu dia, contar como tinha sido o dele.

— Ou você pode ficar e me fazer companhia — sugeriu Hudson.

Ela se afastou, mas, em vez de sair da garagem, pegou uma cadeira dobrável que estava apoiada na parede e a abriu.

— Se não se importa — ela falou.

Hudson respirou aliviado. Como sua sorte tinha mudado depressa. Saíra do colégio e voltara para casa para uma longa tarde de preocupação com a entrevista do dia seguinte, quando falaria com o reitor de admissões, sem nada além de uma ou outra troca de óleo para distraí-lo. Mas agora ele tinha um serviço completo pela frente e a companhia de uma bela garota. Ele limpou as mãos no pano que pegara havia pouco na prateleira e começou a trabalhar, tentando pensar em algo para dizer.

Ele podia vê-la de canto de olho, sentada serenamente, se movendo apenas o suficiente para olhar ao redor. Às vezes ela olhava para ele, e o coração de Hudson respondia com um pulo.

— Você sabia que algumas escolas de mecânica têm oficinas com área de observação, como nas faculdades de medicina? Assim como cirurgiões em treinamento, não temos muito o que aprender na sala de aula. A única diferença é que não precisamos estar esterilizados. — Hudson espiou por cima do capô para ver a reação dela. A garota virou para ele, uma sobrancelha erguida, mordendo o lábio inferior para conter um sorriso. — Ouvi dizer que alguns alunos até desmaiam quando assistem a um conserto de motor pela primeira vez. Não suportam as cenas fortes.

— Ah, é claro. Todo aquele óleo... Quem aguenta? — Ela sorriu e balançou a cabeça. — Tonto.

Ele sorriu de volta, depois empurrou o carro até o elevador hidráulico para poder trocar o óleo do motor e do câmbio. Ele não sabia o que o levara a fazer um comentário tão bobo, tampouco podia explicar por que pareceu tão bom ser chamado de tonto por ela.

— Você já esteve no Mississippi antes? — ele perguntou assim que o carro estava no alto.

— Na verdade, não.

— Por quanto tempo você planeja ficar?

— Não tenho certeza. Eu não estou seguindo um roteiro. Talvez esteja só de passagem.

Hudson encaixou o funil na saída de óleo, ouvindo o ruído familiar do líquido denso escorrendo pelos canos de descarte ao lado do elevador. Ele procurou algo mais para dizer, reconhecendo o impulso de fazer uma confissão.

— Bom, se quer minha opinião, acho que você não devia ir embora antes de conhecer o estado. Tem muitos tesouros por aqui.

— Tesouros? Do tipo enterrado?

— Claro — respondeu Hudson. — Só que metaforicamente. — Ele a olhou na expectativa de vê-la revirando os olhos ou desprezando de alguma outra forma seu comentário. Ele nunca havia falado nada disso com ninguém, sobretudo por pensar que as pessoas o achariam maluco por considerar Vicksburg especial. No entanto, a garota parecia curiosa, o esperando continuar. — Não necessariamente enterrados, mas escondidos atrás da vida diária. Atrás das redes de fast-food e do tédio. As pessoas que gostam de Vicksburg normalmente apreciam o que a cidade não é, em vez de todas as coisas que ela é. — Hudson fechou o escape do óleo do motor e repetiu o procedimento para extrair o óleo do câmbio, esperando não estar tagarelando demais.

— Como assim?

— Não é uma cidade grande, não é poluída, não é perigosa, não é estranha. — *Meu Deus*, ele podia sentir que estava começando a falar mais depressa. — Tudo isso é verdade e é bom, claro. Mas não é o que Vicksburg realmente é, entende? É como dizer "Gosto de você porque você não é uma assassina". É uma qualidade muito boa, mas não diz muito sobre a pessoa.

Muito bem, pensou Hudson. *Continue falando sobre assassinos; é a maneira perfeita de causar uma boa impressão.* Enquanto o óleo do câmbio escorria, ele examinou os pneus, que pareciam em boas condições, e tentou afastar seu pequeno discurso de qualquer crime.

— Desculpa, não sou assim normalmente. Acho que é fácil conversar com você — explicou Hudson.

Por algum milagre, a garota estava sorrindo para ele.

— Não se desculpe, a conversa está interessante.

Ele tirou o pano do bolso e limpou as mãos.

— Obrigado. A maioria das pessoas não está interessada nessas coisas.

— Bom, para sua sorte, eu sei apreciar um bom papo.

Ela sorriu de novo e então olhou ao redor, os olhos semicerrados contra a forte luz do sol. Hudson se perguntava se algum dia se sentira tão atraído por ver alguém olhar ao longe. Mesmo com as belas garotas com as quais flertava sem muito interesse, Kate, Suzanne e Ella, ele não conseguia se lembrar de ter sido incapaz de desviar o olhar.

— Então, que tesouros escondidos são esses? — ela perguntou.

Hudson contornou o carro, como se examinasse alguma coisa.

— Hum — disse, impressionado com o fato de ela ter dado continuidade à conversa. — Agora não lembro de nada. Mas você sabe o que quero dizer, não? Como às vezes a gente acha que é a única pessoa no mundo que enxerga uma certa coisa?

A garota riu, profunda e calorosamente.

— Vou citar um tesouro: aqui é tranquilo — disse ela. Em seguida, limpou uma leve camada de suor que lhe cobria a testa, usando a umidade para afastar algumas mechas de cabelo que lhe caíam no rosto.

Ele podia ouvir o pai trabalhando nos fundos, testando o motor de um caminhão que havia chegado algumas horas antes. Hudson voltou a atenção para o carro, a entrevista do dia seguinte sendo empurrada para o fundo de sua mente.

— Lembra o lugar onde cresci — a garota continuou. Hudson ouviu o barulho da cadeira contra o chão quando ela a empurrou para trás e caminhou em sua direção. Ele esperava que ela parasse a seu lado, mas ela ficou em algum lugar atrás dele, fora de seu campo de visão. — Tinha um campo de futebol na escola fundamental onde estudei. Se passar por lá de carro, não parece nada além de um terreno abandonado cheio de grama. — Hudson teve de se esforçar para não virar e observar os lábios dela se movendo enquanto falava. — Mas todas as crianças em Fredericksburg conhecem os formigueiros. Dois, um em cada ponta do campo. Um é cheio de formigas pretas, o outro de formigas vermelhas. No verão, o campo é dominado por uma guerra de formigas. Não sei se disputam território ou se umas querem comer as outras, mas a imagem é incrível. Todas aquelas coisinhas vermelhas e pretas se atacando, é como ver milhares de jogos de xadrez acontecendo muito longe. E esse é o pequeno tesouro de Fredericksburg, só nosso.

Hudson se pegou sorrindo para o motor, em vez de trocar as velas.

— Isso é ótimo — ele disse, as palavras soando desanimadas demais. A garota não só não o deixou falando sozinho; ela sabia exatamente o que ele queria dizer. Ninguém, nem mesmo o pai de Hudson, o entendera com tanta perfeição, nunca.

Houve uma pausa que ele não soube como preencher. Pensou em perguntar por que o carro era registrado em um endereço na Louisiana, não no Texas, mas não era a hora certa para isso. Ele se sentiu grato quando o motor do caminhão no qual seu pai trabalhava começou a funcionar e o veículo começou a ser manobrado para sair da garagem, provocando uma cacofonia de apitos de ré e ruídos de mudanças de marcha.

Quando o caminhão rugiu rua abaixo, Hudson se virou e olhou para a garota, mas, constrangido sob o olhar dela, fingiu procurar algo na prateleira ao lado.

— Quando eu terminar de arrumar seu carro, quer sair para caçar um tesouro?

Hudson não sabia de onde a pergunta tinha saído, mas estava feliz por não ter parado para pensar nisso, não se dando tempo de desistir do convite.

A pergunta pareceu ter pegado a garota de surpresa.

— Você quer me mostrar a cidade? — E olhou para os próprios pés, desnudos exceto pelos chinelos vermelhos.

— Quer dizer, se você não estiver ocupada.

Ela pareceu desconfiada, o que era algo bem razoável a fazer. Hudson não podia acreditar que tinha convidado uma desconhecida para ir caçar um tesouro com ele.

— Tudo bem, claro — ela falou bem antes de Hudson ouvir o pai entrar na oficina e chamar seu nome.

— Só um segundo — ele disse à garota, erguendo uma das mãos em um pedido de desculpas ao passar por ela. Hudson resistiu ao impulso de tocá-la enquanto passava tão perto, só um leve toque nas costas, ou no ombro, e se juntou ao pai na porta da oficina. — Oi, pai — disse ele, pondo as mãos na cintura, imitando a postura do pai.

— Tudo bem na escola hoje?

— Sim. Nada de especial. Simulei mais uma entrevista com o orientador na hora do almoço. Fui bem, eu acho. Só isso.

Seu pai assentiu algumas vezes e então apontou para o carro.

— No que você está trabalhando?

— Uma revisão geral. Filtros, óleo, velas. Uma correia nova.

— Posso terminar para você. Você precisa descansar para amanhã.

— Estou quase terminando — Hudson respondeu, já sentindo o desconforto que o invadia sempre que tinha de pedir ao pai algo que sabia que ele não aprovaria. — É que... — Ele olhou para trás para ver se a garota podia ouvi-lo. — Bom, aquela garota quer que eu a leve para conhecer a cidade. — Ele esperou para ver se o pai passaria a mão pelos cabelos grisalhos, seu sinal evidente de desaprovação. — Prometo que volto para o jantar — acrescentou.

O pai deu uma olhada no velho relógio de pulso.

— Uma hora — disse, acrescentando que Hudson teria que acordar muito cedo na manhã seguinte para dirigir os oitenta quilômetros até o campus da Universidade do Mississippi, em Jackson. — Não queremos que você fique muito cansado.

— Não vou ficar, prometo — ele respondeu, fantasias minúsculas sobre a hora que passaria com a garota já preenchendo sua mente. As costas das mãos se tocando, não totalmente por acidente, enquanto caminhavam; a perna dela descansando contra a dele quando se sentassem juntos em algum lugar, se conhecendo melhor.

Já pensando nos lugares aonde poderia levá-la, Hudson agradeceu o pai com um rápido abraço e voltou para a frente do carro. A garota estava com uma das mãos apoiada no capô e olhava vagamente para o motor.

— Só preciso fazer mais duas coisas e depois podemos ir — ele disse.

— Ótimo. — Seus lábios se esticaram em um sorriso autêntico, e ela estendeu a mão. — Aliás, meu nome é Leila.

Ele limpou a mão na calça de trabalho e disse seu nome ao apertar a mão dela. *Meses*, pensou, os dedos praticamente vibrando ao tocar a pele dela. *Vou passar meses pensando nela.*

2

DEPOIS QUE TERMINOU DE ARRUMAR o carro de Leila, Hudson foi até os fundos da oficina para tirar a roupa de trabalho enquanto o pai cobrava pelo serviço. Quando saiu, ele a viu no banco do passageiro do carro.

— Eu dirijo? — perguntou ele, conforme abria a porta do lado do motorista.

— Você é o guia turístico — Leila respondeu, fazendo um amplo gesto com o braço como se indicasse que o mundo além do para-brisa era vasto e inexplorado. — Você dirige.

Ela sorriu para ele, e Hudson pensou como ela ficava excepcionalmente bem quando sorria. Ele engatou a primeira marcha e partiu, se perguntando aonde a levaria, como a faria sorrir mais vezes. O tesouro óbvio era a curva do rio, mas ficava longe demais. Tudo naquela região guardava boas lembranças — o museu da Coca-Cola, que ele visitara em todos os seus aniversários até os doze anos, a sorveteria que pedia aos clientes sugestão de novos e estranhos sabores e que uma vez atendera ao pedido de Hudson, bacon com chocolate —, mas a única maneira de transferir memórias aos lugares e fazê-las parecer tesouros para ela era falando. Hudson normalmente não tinha problemas para conversar com as garotas, mesmo as bonitas, mas, embora não ficasse sem palavras perto dela, não sabia como começar.

— É tudo bem vermelho por aqui — ele falou, por fim.

— Eu sei. Foi basicamente por isso que comprei o carro. Amor à primeira vista.

— Então vou me arriscar e dizer que vermelho é a sua cor favorita.

— Eu gosto de vermelho. Mas tenho profunda admiração por qualquer coisa que se disponha a ser total e absolutamente ela mesma. Se é para ser vermelho, então que seja vermelho, oras. Do volante às calotas, seja vermelho.

Hudson conseguiu apenas assentir para si mesmo. Ele nunca tinha conhecido ninguém que falasse desse jeito, do jeito como ele pensava. O freio chiou alto quando ele reduziu a velocidade para parar em um sinal fechado, e Hudson garantiu a Leila que tudo estava funcionando bem. O freio gostava de cantar, só isso. Ele seguiu à esquerda rumo a Maryland para que o sol não o cegasse enquanto pensava em algo para mostrar à garota.

— E você? — perguntou ele, depois de terminar a curva. — O que você é?

— Eu? — ela falou, dissimulando inocência. Então se livrou dos chinelos e pôs os pés no painel. Hudson imaginou como seria ser o namorado dela, e era a primeira vez que pensava nisso sem descartar imediatamente a ideia. Dar longos passeios de carro enquanto ela cantava baixinho acompanhando a música, deitar na grama em um lugar qualquer e confessar coisas um ao outro, descobrir formas de namorar sem deixar o porta-copo do cinema atrapalhar. — Sou uma turista que caça tesouros. E meu guia ainda não me mostrou nenhum. Aonde estamos indo?

Hudson a levou ao centro da cidade. Passaram por algumas cadeias de motéis na rodovia, restaurantes e lanchonetes, tudo sem graça e naquele tom de bege mais entediante que cinza. Nada parecia ser um tesouro bom o bastante para mostrar a Leila.

No entanto, temendo que ela ficasse entediada, Hudson conduziu o carro ao estacionamento do boliche assim que o avistou. Através da ampla vidraça, pôde ver que o lugar estava cheio, as bolas fluorescentes rolando pelas dezoito pistas em velocidades variadas, terminando sua trajetória em silenciosas explosões de pinos brancos.

— Quando eu era criança, vim a uma festa do pijama aqui — ele disse, olhando para o prédio quadrado azul-claro. Lembranças deliciosas daquela noite o invadiram e ele quis encontrar um jeito de dividi-las com Leila, mostrar como aquilo tinha sido especial. — Jogamos boliche até as duas da manhã, depois esticamos os sacos de dormir nas pistas. Toda vez que passo por aqui, fico pensando em quantas crianças tiveram a chance de dormir em uma pista de boliche.

Hudson olhou pelo para-brisa, observando como a fachada do lugar combinava com o céu sem nuvens, apreciando a arte desbotada da janela ali desde sua infância. Leila olhou ao redor e ele percebeu que estava quieto havia muito tempo.

— Vem, vou mostrar tudo para você.

O lugar era barulhento, com os sons de sempre: bolas rolando nas pistas, derrubando os pinos. Um garotinho tentando impedir que uma bola seguisse para a canaleta gritando com ela e grupos aplaudindo um strike. A parte de dentro era pintada com o mesmo azul-claro que se via do lado de fora. Uma "parede da fama" era exibida ao lado do balcão de sapatos. A pequena lanchonete praticamente pingava gordura de pizza.

— O lugar vira um clube de salsa nas noites de terça — disse Hudson. — As pistas são ótimas para dançar.

Leila sorriu e o empurrou de leve, deixando claro que não estava caindo nessa. Mas deu uma olhada ao redor como se procurasse pistas de que podia ser verdade. Quando ela virou a cabeça, Hudson notou uma cicatriz atrás da orelha dela, uma pequena área de pele marcada. Então ela o encarou novamente, ajeitou o cabelo e escondeu a cicatriz.

— É impossível ser verdade.

— Por favor, não discuta com seu guia — Hudson respondeu e a conduziu até o balcão de sapatos. Diferentemente de outros boliches, que investiam em cubículos, o Riverside Lanes adotava um sistema de armazenagem de sapatos muito diferente.

— Isso é ridículo — Leila falou, encarando a enorme pilha de sapatos, vários deles espalhados pelo chão. Um grupo de estudantes se aproximou conversando animadamente sobre os planos para o fim de semana e lançando a esmo os sapatos no amontoado. A pilha mexeu e Hudson viu Leila se preparar para o desastre que se abateria sobre eles.

— Não, é incrível — Hudson a corrigiu. — Sempre que a pilha cai, um funcionário grita "Avalanche!" e todo mundo que está aqui ganha uma partida grátis.

— E as pessoas não derrubam de propósito?

Ele balançou a cabeça, como se ninguém tivesse pensado nisso antes.

— Que graça teria? — Ele cruzou os braços, admirando todos aqueles pares de sapatos separados, os cadarços espalhados como braços clamando por socorro em uma pilha de escombros.

Hudson olhou para Leila, tentando descobrir se ela estava se divertindo. Então um casal na casa dos vinte anos se aproximou da pilha e começou a vasculhar.

— A visita segue por aqui — avisou Hudson, tocando de leve o ombro de Leila para seguirem em frente. Ele andava de costas, como um guia turístico de verdade. — À esquerda, você pode ver a lanchonete, que ainda anuncia pretzels feitos na hora, mesmo que a opção tenha saído do cardápio há doze anos. À direita, na pista seis, podemos ver a lenda local do jogo conhecida como Castor, que jogou três partidas perfeitas e nunca sorriu para ninguém além dos pinos derrubados. Fotografias sem flash, por favor — Hudson brincou, apontando para um homem grandalhão de cerca de sessenta anos com uma barriga que lhe caía sobre o cinto. — Nossa próxima parada é o banheiro masculino — anunciou, pensando na lousa sobre os mictórios, sempre adornada com um misto de vulgaridades inofensivas, rabiscos e uma ou outra mensagem emocionada em caligrafias ruins que indicavam que o autor da frase estava bêbado, ou dividia a atenção com outra tarefa. — Você pode ver coisas incríveis por lá. — Houve uma pausa antes de Hudson se dar conta do que tinha acabado de dizer. Ele olhou para Leila, que o encarava com uma sobrancelha erguida.

— Não foi isso que eu quis dizer. Eu estava falando que algumas pessoas revelam partes que normalmente ficam escondidas — e cerrou o punho. — Não, também não foi isso. É que...

A gargalhada de Leila o interrompeu.

Hudson sorriu, nervoso.

— Tem uma lousa lá dentro — ele tentou explicar, mas estava encantado demais com o som daquela risada para continuar. Aquela risada que esvaziou sua mente.

— Não se preocupe. Imagino que não seja mesmo o que pareceu — ela falou, tentando recuperar o fôlego.

Hudson balançou a cabeça, virou para o banheiro e empurrou a porta.

— Grupo de turistas entrando! — anunciou.

Como ninguém respondeu, ele segurou a porta aberta para Leila e fez um amplo gesto de boas-vindas.

— Primeiro as damas.

— Esta é a visita mais estranha que já fiz — Leila disse, lançando-lhe um olhar de curiosidade e humor.

— Mantenha braços e pernas dentro do veículo o tempo todo — ele avisou conforme ela entrava.

Dois mictórios, uma cabine e uma pia, isso era tudo que havia no banheiro. Um secador de mãos automático que quase não soprava ar ocupava parte de uma das paredes. Leila olhou para a lousa sobre os mictórios. Hudson seguiu o olhar dela, tentando imaginar que trecho de caligrafia ela estava lendo.

Alguém havia desenhado um dragão impressionante.

A JOAN DORMIU COM O CASTOR!

Isso estava rabiscado em letras de forma na parte superior do quadro. E, embaixo, em letrinhas minúsculas, como se o autor quisesse sussurrar:

Você não sai da minha cabeça.

Versos de uma canção de Johnny Cash, um versículo da Bíblia e o desenho de um pênis enfeitavam a parede. Hudson não pôde deixar de sorrir da coleção de pensamentos aleatórios capturados em giz. Ele olhou para Leila e viu que ela também sorria, as mãos unidas às costas como se apreciasse uma obra de arte.

— Você enxerga os tesouros? — ele perguntou.

Ela assentiu, os lábios estendidos em um sorriso, os olhos passeando pelos rabiscos de giz branco e azul.

— Essa é a minha citação favorita de Kurt Vonnegut — disse Leila, apontando para a frase:

Peço-lhe que por favor note quando você está feliz.

Hudson sentiu o rosto corar, se perguntando se devia confessar que ele havia escrito a frase na lousa havia uma semana.

— Isso é fantástico — ela comentou. Então pegou um pedaço de giz na base de metal da lousa. Depois de um instante organizando os pensamentos, Leila ficou na ponta dos pés para alcançar um espaço vazio, e sua bela caligrafia se destacou entre as outras palavras no quadro.

Povo de Vicksburg, vocês vivem em um lugar especial.

Bobagem, mas esse breve comentário fez com que Hudson quisesse continuar tagarelando, quisesse levá-la a cada lugar que ele havia apreciado mesmo que por uma fração de segundo.

Hudson a conduziu de volta ao carro, ansioso para lhe mostrar as outras coisas. Foram à igreja destruída por um incêndio e reconstruída pela cidade, ao campo de pique-bandeira no parque ao lado de sua casa, à loja de doces fechada onde uma vez um cadáver foi encontrado, o que fazia o último pacote de bala sabor cerveja que Hudson tinha em casa parecer ainda mais um tesouro.

— Quer saber? Acho que a gente deve ir até lá.

— Até a sua casa?

— Sim — ele respondeu, surpreso com a própria audácia, mas grato por ela. — Quer dizer, pela bala de cerveja. — Leila pensou na sugestão. Ele ergueu as mãos. — Estou agindo unicamente como um guia de tesouros aqui. Pode não ser o lugar mais interessante para todo mundo, mas é um que conheço bem o bastante para saber onde estão todos os detalhes ocultos. Você não quer dar uma olhada no quarto onde Hudson, o famoso mecânico, dorme há dezessete anos?

Ela inclinou a cabeça para trás e deu uma olhada para ele, como se o examinasse. Hudson temeu ter estragado tudo, até se dar conta de que ela estava debochando dele, até notar a insinuação de um sorriso mudando o desenho dos lábios dela.

— Você tem uma daquelas camas em forma de carro de corrida? — Leila perguntou.

— Não — ele respondeu, fingindo estar ofendido, mas pisando no acelerador. — Fiquei grande demais para ela no ano passado.

Leila gargalhou outra vez. Temendo deixar escapar uma risadinha orgulhosa assim que abrisse a boca, Hudson ficou calado durante o breve trajeto até sua casa.

Hudson estacionou o carro na frente de casa e passou as chaves para Leila enquanto eles cruzavam o gramado até a estreita varanda. O carro de seu pai ainda não estava na garagem. Ele provavelmente tinha passado no mercado para fazer as compras para o jantar.

— Aqui é a varanda — ele falou, abrindo um braço para indicar o espaço enquanto tirava a chave do bolso com a outra mão. — Não usamos muito.

— Por quê?

— A vizinha é bem faladeira — explicou Hudson, olhando para a rua e para os carros e caminhonetes estacionados nas garagens abertas, para as bandeiras dos Estados Unidos que caíam feito cortinas no ar parado, para as bicicletas abandonadas depois da escola na porta da frente das casas. — Meu pai e eu chegamos a perder uma sessão de cinema uma vez porque ela insistiu em contar todas as fofocas da vizinhança. O primo de alguém havia adotado um bebê asiático e isso pareceu demandar um discurso ligeiramente racista de trinta minutos. — Ele se voltou para a porta quando finalmente encontrou a chave. — O verdadeiro tesouro de Vicksburg está no seu povo.

Hudson olhou por sobre o ombro e sorriu para ela, então a convidou para entrar. Os dois percorreram a casa rapidamente, da sala de estar para o banheiro e de lá para a cozinha. Ele mostrou o quintal dos fundos, a modesta mobília de plástico ao redor da churrasqueira. O gramado era grande e verde, se estendendo das cercas dos vizinhos até o começo de uma linha de árvores. Depois de um tempo, quando o sol mergulhara atrás dos galhos, ele a levou de volta para dentro para mostrar o restante da casa.

A escada era larga o suficiente para subirem lado a lado. Hudson perguntou:

— E então, o que você vai fazer no norte? — Na verdade, ele não queria muito saber, porque a resposta confirmaria que ela *estava* de partida, provavelmente muito em breve.

— Eu não falei? Vou ver a aurora boreal.

— Ah, legal — ele respondeu, o coração apertando um pouco. — Até onde você tem que ir para conseguir ver?

— Bom, depende. Vou o mais longe que puder para me dar a melhor oportunidade.

— Uau. Que inveja.

— É, estou bem animada — ela falou, mas sua voz não transmitia essa animação. — Só espero que... — E se deteve.

— O quê?

— Não, nada. — Eles chegaram ao topo da escada e Leila estendeu o braço na frente do peito dele. — Espera. — E olhou para as quatro portas fechadas ali. — Me deixa adivinhar. — Ela apontou para a mais próxima. — Suíte principal, banheiro, seu quarto — disse, apontando para cada uma das portas, da esquerda para a direita. — E não acho que tenha mais um quarto, porque você tem jeito de filho único, então vou chutar que aquilo ali é o armário das roupas de cama.

— Incrível.

— É um dom especial.

— É especial, com certeza — Hudson concordou, pensando no que ela deixara de dizer na escada. — Como você sabia que sou filho único?

— A gente se reconhece pelo cheiro — ela piscou.

No quarto de Hudson, Leila foi direto para a estante de livros, onde as revistas de carros e os livros que ele lera para o colégio e gostara o suficiente para comprar um exemplar estavam perfeitamente enfileirados. De costas para ele, a silhueta recortada pela luz do fim de tarde a fazia parecer ainda menos real, menos uma bela garota que o entendia e que agora estava em seu quarto e mais uma aparição que podia sumir a qualquer segundo. Hudson acendeu a luz, mas não disse nada, lhe dando liberdade para explorar o ambiente. Não queria que ela tivesse aquele ar de aparição, queria mantê-la real pelo tempo que pudesse.

— O que é isto aqui? — Leila perguntou, pegando uma concha que ele mantinha no parapeito da janela.

Hudson se aproximou.

— Uma lembrança da primeira vez em que fui à praia. Eu estava pegando uns jacarés, sabe como é, me divertindo pra valer. De repente uma onda me arrastou e me lançou com força na praia. Bati a testa em algo duro, mais duro que a areia. Era essa concha. Acho que ainda dá para ver a cicatriz. — Ele levantou o cabelo e abaixou a cabeça para ela poder dar uma olhada em sua testa.

Leila ergueu a mão e deslizou um dedo pela cicatriz. Hudson conseguia ouvi-la respirar, sentia algo doce em seu hálito.

— Por que você guardou a concha?

— Não sei. Acho que gostei da ideia de ter uma lembrança de um dia tão incrível. Eu não queria ficar só com a cicatriz.

Leila sorriu, seu dedo não mais na cicatriz, mas descendo, percorrendo a linha do maxilar dele. Os lábios dela se desprenderam apenas o suficiente para ele ver a fileira de dentes brancos cintilando contra a língua rosada.

Então o portão da garagem fez barulho sob o quarto e Hudson ouviu o ruído do motor do Camaro do pai. Leila abaixou a mão e Hudson instintivamente deu um passo atrás, reação da qual se arrependeu no mesmo instante. Ele queria agarrar a mão de Leila e colocá-la outra vez em seu rosto. Em vez disso, ficou parado e ouviu o pai indo da garagem para a cozinha, sentindo o momento ir embora.

3

LÁ EMBAIXO, NA COZINHA, O pai de Hudson estava ajoelhado diante da geladeira, ajeitando as coisas ali dentro para abrir espaço para uma caixa de refrigerante.

— Oi, pai.

— Oi, filho. — Ele terminou de arrumar as coisas antes de levantar e se virar. Seu olhar foi direto para Leila. — Desculpa, eu não sabia que você tinha companhia. — Ele abriu um sorriso e então os contornou para deixar a cozinha. — Você se importa de acender a churrasqueira? Vou tomar uma ducha. — Ele deu um passo em direção à escada, então se deteve e olhou para Leila. — Pode jantar com a gente, se quiser.

— Eu adoraria — Leila respondeu.

— Hambúrguer, tudo bem?

— Sempre. Obrigada, senhor...?

— Me chame de Walter — ele respondeu, estendendo a mão com um sorriso. Em seguida, se virou para Hudson. — Você vai descansar depois do jantar?

— Claro. Estava pensando em ir sonâmbulo até Jackson para descansar o máximo possível antes da entrevista.

— Você se acha muito espertinho, não? Só porque vai ser médico?

— Você também me acha espertinho, pai. Desde que eu te ensinei a conectar a rede wi-fi, você me considera um gênio.

— Não faça um único elogio a esse cara — Walter falou para Leila. — Ele nunca esquece. — O homem era alto, ainda mais do que Hudson, porém mais magro, com músculos definidos. Os traços eram parecidos: o mesmo queixo rijo e olhos castanhos. Hudson pensava no pai como um homem jovial, ou pelo menos como alguém que ainda não era velho, por isso ficava surpreso cada vez que notava como seu cabelo ficara grisalho. — Tudo bem, a gente se vê lá fora, então.

Quando ele estava na metade da escada, Leila falou:

— Sua casa é encantadora!

— Obrigado — ele respondeu, sua voz sumindo conforme ele subia a escada e entrava no banheiro, fechando a porta.

— Seu pai é muito agradável.

— É — Hudson concordou, cutucando um pedaço de madeira lascada no armário da cozinha.

— Que entrevista é essa para a qual você precisa estar descansado?

— É com o reitor de admissões da Universidade do Mississippi. Talvez eu consiga uma bolsa integral.

— Uau. Isso é impressionante.

Hudson deu de ombros.

— Acho que é. Meu pai conhece o cara, então me ajudou a agendar, é por isso que ele está meio paranoico. — Sem querer pensar no dia seguinte, quando Leila poderia não estar mais por perto, ele seguiu para a porta dos fundos. — Vamos acender a churrasqueira.

A garota assentiu e o ajudou a pegar algumas coisas na cozinha, depois os dois saíram para o quintal para acender a churrasqueira. O ar estava ligeiramente mais fresco depois do pôr do sol, apenas algumas faixas alaranjadas riscavam o céu nas lacunas entre as árvores onde cigarras cantavam. Era um quintal grande, com grama muito verde e saudável. Um depósito de ferramentas marcava o centro do espaço, não muito longe de um buraco cavado no chão e revestido com tijolos. Havia alguns tocos e cadeiras de acampamento formando um círculo em torno do buraco e uma lata de cerveja amassada esquecida entre os arbustos, lembrança da última vez em que os amigos do pai de Hudson tinham estado ali. Hudson queria ser capaz de parar o tempo, interromper a rotação da Terra, porque assim poderia ficar mais com Leila.

— E aí, médico, hein?

— Sim, mas não é lá grande coisa. Nada comparado ao truque de enxergar através de portas.

— Superpoder, não truque — Leila o corrigiu, riscando um fósforo e atirando-o na pilha de carvão. — E eu tenho certeza que você tem alguns poderes.

— Na verdade, não. — Naquele instante, o único superpoder que sentia ter era a capacidade de passar um tempo com Leila e fazê-la querer ficar para o jantar.

— Bobagem — ela insistiu, batendo de leve a lateral do quadril na lateral do dele. — Tagarelar — ela salientou. — Eu podia passar o dia ouvindo você tagarelar sobre tesouros.

Hudson tentou, mas falhou em manter o tamanho do sorriso sob controle, sobretudo quando viu que ela também sorria.

— Também sou bom pra caramba em arrumar a mesa — disse, tentando desviar a atenção de seu rosto vermelho. — E uso só uma das mãos. E nem preciso pesquisar na internet de que lado a faca deve ficar.

— Eu sabia que você estava escondendo o jogo.

— Vou mostrar — ele avisou, e começou a arrumar a mesa com um cuidado exagerado que esperava que estivesse sendo engraçado. Leila se sentou e o observou com um sorriso no rosto. Quando terminou, Hudson sentou ao lado dela, e eles esperaram o carvão virar brasa.

Essa era a época do ano favorita dele, sua hora do dia preferida, o lugar favorito na casa. Era a primeira vez em muito tempo que sentava ali sem um livro nas mãos. Quase havia esquecido como o quintal era agradável quando podia simplesmente ficar ali sentado olhando ao redor, sem ter que estudar. Leila se reclinou na cadeira e pôs as pernas para cima, os calcanhares apoiados no colo dele. O gesto foi tão casual que ele não conseguiu deduzir qual era a intenção dela; se queria dizer alguma coisa com aquilo, ou se apenas precisava de um lugar para descansar os pés e não distinguia Hudson de qualquer outra superfície. Ou talvez, só talvez, ela estivesse tão feliz quanto ele por passarem um tempo juntos.

Hudson mal se movia, concentrado no peso dos pés em seu colo. Quando o pai se juntou a eles no lado de fora, as pernas do rapaz estavam adormecidas.

— Estamos esperando o fogo pegar — explicou Hudson.

— Bom, parece que já está quase pronto — Walter respondeu, embora Hudson soubesse que o fogo já estava bom havia algum tempo.

Walter pegou a bandeja com os hambúrgueres e colocou três na grelha, sorrindo satisfeito ao ouvir o chiado da carne começando a assar.

— Quer ajuda, pai?

— Pode deixar. Obrigado.

Outros pais poderiam ter virado e piscado para o filho, ou sorrido. Mas Hudson gostava do jeito reservado do pai de demonstrar afeto, a aceitação silenciosa das obrigações de cozinheiro.

— Então, Leila — Walter disse quando os hambúrgueres ficaram prontos, trazendo-os para a mesa. — O Hudson comentou que você não é de Vicksburg. O que a traz aqui?

— Estou cruzando o país para ir ver a aurora boreal.

Walter puxou a ponta do rótulo de sua cerveja, descolando o papel do vidro.

— É uma viagem longa do caramba. Está indo sozinha?

— Sim — Leila assentiu.

— Bom, todo mundo precisa de pelo menos uma viagem longa de carro na vida. Eu devia ter a sua idade quando fiz a minha.

— Para onde você foi?

— Da Califórnia a Nova York. De uma costa a outra. — Ele continuava mexendo no rótulo, perdido em pensamentos. Walter sempre ficava com aquela cara quando falava daquela viagem de carro. Hudson perguntara sobre a experiência mais vezes do que podia lembrar, no entanto, por mais que o pai falasse, nunca conseguia ter uma noção de como ele era naquela época. Era estranho pensar que havia uma parte de seu pai que ele não conhecia, o equivalente a duas décadas de lembranças que não o incluíam. — O garotão aqui ainda não viajou — acrescentou Walter, superando o momento de reflexão e apontando para o filho.

— Do que você está falando? Já fizemos várias viagens juntos.

— Essas não contam — disse Walter, antes de dar um gole na cerveja. — Estou falando de viajar sozinho. Arrume um emprego de meio período quando for para a faculdade, alguma coisa que não atrapalhe os estudos, e talvez você consiga economizar para viajar nas férias de verão. E, se realmente me impressionar com as notas — Walter fez uma pausa para dar dramaticidade à declaração —, talvez ganhe uma troca de óleo para a primeira viagem.

— Agora eu sei de onde vem a sagacidade do Hudson — Leila comentou, chutando-o de leve por baixo da mesa.

Hudson retribuiu o chute leve, desejando estar descalço e em seguida se sentindo meio esquisito por isso.

— Por que a aurora boreal?

Leila deu de ombros.

— É uma coisa que eu sei que tenho que fazer.

— Tipo uma lista de coisas para fazer antes de morrer?

— Mais ou menos isso — Leila confirmou.

— É sua primeira viagem de carro? — perguntou Walter.

Leila comeu mais um pedaço do hambúrguer. Meu Deus, ela era atraente até mastigando. Isso fazia com que Hudson desejasse cozinhar para ela. Sua cabeça se moveu numa breve resposta afirmativa.

Quando terminou de mastigar, Leila tomou um gole de refrigerante e limpou o canto da boca com um guardanapo de papel.

— Estou dando um tempinho na escola agora e achei que seria uma boa hora para viajar.

Hudson assentiu, e então percebeu que não fazia ideia do que ela estava falando.

— Tipo, da faculdade? Você terminou o ensino médio e não seguiu direto para a faculdade? — Era difícil dizer quantos anos ela tinha. Entre dezesseis e... vinte, talvez?

— Não. — Ela enfiou o último pedaço de hambúrguer na boca, e, por um instante, pareceu que mastigava para não ter que dizer mais nada. Mas então ela engoliu e continuou: — Passei anos presa no jardim de infância. A viagem é pra ver se finalmente aprendo o alfabeto.

Enquanto o pai de Hudson ria, Leila fez uma careta para ele, que se deu conta de que o rosto dela estava ficando gravado em sua memória.

— Estou brincando, Hudson. Você não passou o dia com alguém do jardim da infância.

— Não? Eu podia jurar que sim. Só quem está no jardim de infância ri das minhas piadas.

— Eu percebi. E parabéns por não ter aproveitado a chance para rir da minha altura. Eu me encaixaria perfeitamente no tamanho.

Hudson deu de ombros.

— Gosto da sua pouca altura — disse ele, imediatamente pegando uma batata da embalagem aberta sobre a mesa e mastigando para não ter de se desculpar pelo comentário.

O céu havia escurecido com a chegada da noite, e agora a única luz vinha das estrelas e da cozinha dos vizinhos. Mas ele podia ver Leila sorrindo para si mesma, mordendo o lábio inferior. Então ela se reclinou na cadeira e apoiou os pés em seu colo novamente.

— O que você planeja ver no caminho? — Walter perguntou, se servindo de mais um hambúrguer e cobrindo-o com a habitual porção generosa de molho de pimenta.

— Não fiz muitos planos. Vou dançar conforme a música.

— Você já viu Vicksburg — disse Hudson. — Não vai encontrar nada melhor.

Leila riu de um jeito que ele ainda não tinha ouvido, uma risada suave e rouca que surpreendentemente o arrepiou.

— Tenho certeza que o resto do país vai ter dificuldade para superar isso — ela disse.

Depois de alguns minutos, Walter se levantou para limpar a mesa, e, quando ele entrou, Leila tirou os pés do colo de Hudson.

— Acho que devo deixar você descansar — falou. — Para a entrevista. — E calçou os chinelos antes de ficar em pé.

A alegria que sentiu desde que a conhecera começava a desaparecer, mas Hudson não sabia o que dizer para impedi-la de partir. Ele a seguiu até a porta de vidro. Leila não a abriu, só ficou parada olhando para os próprios pés como se pensasse em alguma coisa.

A luz da cozinha se acendeu quando o pai começou a limpeza. Hudson pôde ver Leila claramente outra vez, as mãos nos bolsos traseiros, uma estreita faixa de pele visível entre a camiseta e a cintura do shorts. Ela deu um passo à frente e o abraçou. Um abraço surpreendentemente forte para alguém daquele tamanho, para alguém que ele conhecera havia apenas algumas horas. E era muito bom se sentir abraçado por ela.

— Foi muito legal te conhecer — disse Leila. — Boa sorte com tudo.

Então ela o beijou no rosto e entrou. Foi quase paralisante, o beijo, a sensação dos lábios dela na pele dele, a distância que já aumentava entre eles. Tão paralisante que, quando ele entrou, Leila já havia se despedido de Walter e estava na porta da frente. Não só na porta, mas passando por ela. Ela o viu e se deteve, mas só para acenar, depois saiu e fechou a porta.

Hudson ficou parado no hall entre a cozinha e a sala de estar, tentando superar o choque de vê-la partir tão de repente. Quando tomou consciência do ruído de água corrente, lembrou que o pai estava lavando os pratos do jantar.

— Pai, precisa de ajuda?

Walter se virou com a frente da camrsa respingada de água.

— Não, obrigado.

— Tudo bem. Vou subir. Boa noite.

Mas Hudson não se moveu por um tempo, ficou ali encarando a porta da frente.

— Boa noite — respondeu o pai. — Vou passar no seu quarto às seis para ter certeza de que você acordou. Amanhã vai ser um grande dia.

— Beleza.

Quando saiu do transe, Hudson subiu a escada com esforço comedido e foi para o quarto, se jogou na cama e pegou as folhas com o texto impresso da internet, cheia de perguntas que poderiam ser feitas em uma entrevista de admissão. Folheou algumas páginas, mais consciente do ruído que faziam quando manipuladas do que das palavras no papel. Ele deu uma olhada na roupa que ele e o pai haviam escolhido para a entrevista: o terno azul risca de giz com camisa branca e gravata verde-esmeralda. Estava tudo no cabide pendurado na maçaneta da porta do armário, protegido pela embalagem da lavanderia.

Alguns minutos mais tarde, Hudson ouviu o pai subindo a escada e a luz do corredor foi apagada. Ele percebeu que não tinha lido uma única palavra, então levantou e se aproximou da janela. Hudson suspirou profundamente, como se as lembranças de Leila estivessem em seus pulmões e ele tivesse que soprá-las para fora. Quando o ar fez a persiana balançar, ele notou que o carro de Leila continuava lá fora. Hudson se aproximou um pouco mais e espiou pelas frestas da persiana. Dava para vê-la sentada lá dentro, um cotovelo apoiado na janela, a outra mão sobre o volante. Ela abaixou o cotovelo e olhou para cima, para ele, os olhos brilhantes mesmo àquela distância. Hudson pensou na curva do rio, em percorrer toda sua extensão com Leila a seu lado, o Mississippi rugindo como música de fundo para a conversa.

Hoje não, pensou, se aproximando da porta e espiando o lado de fora para ter certeza de que a luz do quarto do pai estava apagada. *Não vou ficar em casa hoje à noite, não quando tenho a chance de ficar um tempo com ela.* De volta ao quarto, Hudson puxou o cordão que levantava a persiana e abriu a janela. Devagar, pulou no telhado da varanda e de lá para o gramado da frente, olhando para cima para se certificar de que a luz do quarto do pai continuava apagada.

Então ele deu uma corridinha até o carro. Leila abrira a janela e o observava se aproximar sem dizer nada. Ele se debruçou ali.

— Chega pra lá — murmurou. — Eu dirijo.

— Você não ia descansar? — ela ergueu uma sobrancelha.

Ele deu de ombros.

— Prometi te mostrar um tesouro.

4

ESTAVA ESCURO. NÃO HAVIA LUZ na estrada, nada além dos faróis do carro iluminando um ou outro refletor na lateral da pista. Eles cintilavam amarelos, depois sumiam na escuridão.

Hudson dava olhadas rápidas para o perfil de Leila, tentando entender o que a tornava tão atraente, mas o único pensamento inteligível que conseguia ter depois de cada olhada era: *Gosto do rosto dela. Eu gosto mesmo do rosto dela.*

— Então, como você encontrou esse tesouro?

— É uma tradição aqui. Sempre tem um grupo que se apropria dele. Depois, quando esse grupo vai embora, vai pra faculdade, tem filhos, envelhece, qualquer coisa, outro grupo ocupa o lugar. O irmão mais velho de um dos meus amigos costumava ir lá e, quando todos os amigos dele foram trabalhar em Jackson ou Biloxi, meus amigos tomaram conta do espaço.

Só depois de ter dito isso, Hudson percebeu que ele e Leila podiam não estar sozinhos na curva do rio. Noite de sexta-feira em Vicksburg, o que mais havia para fazer ali? Ele esperava que os amigos estivessem no boliche.

— O que vocês fazem lá? Besteiras de garotos?

— Basicamente. — Ele ligou a seta e seguiu por outra estrada indistinguível. — Jogar bola, fazer fogueira. Beber. Não sou muito de beber, então geralmente sou o motorista.

— Hum, é uma pena não termos nada pra beber. Seria divertido ficar bêbada com você.

Hudson deixou o comentário no ar e fingiu se concentrar na estrada ao trocar a pista asfaltada por uma trilha de terra. O carro sacudia sobre a superfície irregular, deslocando pedras que batiam na parte de baixo do veículo e faziam barulho.

— Estamos muito longe?

— Quase chegando — ele respondeu, apontando para um caminho escuro para além do alcance dos faróis.

Quando Hudson estacionou, Leila abriu rápido a porta para descer, deixando entrar um som vibrante. Não era o rio propriamente, a correnteza estava calma, mas tudo que o cercava: a vida silvestre noturna, os insetos, a flora se movendo com a brisa, quase como pulmões se expandindo e se contraindo. Impossível provar, mas Hudson sentia que toda a extensão do rio contribuía para o som, os cassinos flutuantes alguns quilômetros abaixo, a correnteza encontrando o golfo do México em New Orleans como um címbalo de jazz. Tudo se juntava para criar aquela parede de ruído quase tangível.

— Por aqui — ele falou, começando a seguir por entre as árvores rumo à ribanceira.

Ela o seguia, e, antes que ele pudesse perceber o que seus dedos estavam fazendo, Hudson segurou a mão de Leila.

— Tudo bem — ela falou, segurando a mão dele sem muito alarde. — Você guia.

Grato pela escuridão que escondia seu sorriso incontrolável, ele continuou andando por entre as árvores. Algumas vezes quase tropeçou, distraído demais com o toque de Leila para se atentar ao terreno. Eles chegaram à margem do rio e se puseram a andar no sentido da correnteza. Hudson esperava que o barco estivesse ali. Se estivesse, isso significava que ele e Leila teriam a curva do rio só para eles e que seus amigos estavam em outro lugar fazendo outra coisa.

— Gosto da rota — Leila comentou. — Parece mesmo uma verdadeira caça ao tesouro.

— Você vai amar o lugar — ele garantiu, reconhecendo os galhos baixos onde costumavam esconder o pequeno barco a remo. Estava lá. Hudson soltou a mão de Leila para se abaixar e puxar a embarcação para fora do esconderijo. Era um pouco melhor do que uma canoa velha, a madeira cheia de nós e rachada, a pintura branca esverdeada pelo rio.

— Ah, estou vendo — disse Leila, correndo os olhos do barco para a água, as mãos nos bolsos traseiros, outra vez a postura que mudava o mundo. — É muito longe?

— Não muito. Uns sessenta, setenta metros, talvez. — Hudson pôs um pé no barco e estendeu a mão para ela.

Leila olhou para ele, depois para a ilha. Um sorriso malicioso esticou seus lábios. Ela deu um passo em direção ao barco, mas, em vez de aceitar a ajuda, se ajoelhou e enfiou a mão na água.

— Está gelada — constatou. — Mas a correnteza não está tão forte. — E ficou de pé. — Vamos atravessar nadando.

Leila tirou um chinelo e enfiou o pé no rio.

Hudson olhou para ela.

— Você nunca fez isso antes? — ela perguntou.

— Não.

— Então com certeza vamos fazer agora.

— E nossas roupas?

— Vão ficar molhadas e depois de um tempo vão secar.

— E os celulares? A chave do carro?

— Vamos deixar tudo no carro. — Ela o segurou pela mão e o puxou para fora do barco. — Hudson, você vai atravessar esse rio a nado comigo.

Ele se mostrou resistente nos primeiros passos, arrastando os pés. Mas então lembrou que havia pulado a janela do quarto e saído de casa porque queria se divertir para variar.

— É muito difícil dizer não pra você.

— Por que você ia querer dizer não pra mim?

Leila riu e apertou a mão dele, e então voltaram para o carro. Hudson deu uma olhada nas horas outra vez antes de guardar o celular no porta-luvas. Se estivesse cansado no dia seguinte, poderia dizer ao pai que tivera insônia por causa do nervosismo. Eles deixaram os sapatos, carteiras e chaves dentro do automóvel, depois caminharam cuidadosamente até a margem do rio, tentando não pisar descalços em pedras e galhos.

Os dois se detiveram na margem de frente para a ilha, a correnteza lambendo seus pés como se tentasse atraí-los para a água.

— Dá só uma olhada naquelas estrelas — disse Hudson.

— Lindas — respondeu Leila, olhando para o céu noturno. Depois olhou para ele e sorriu. — Você nada bem?

— Eu me viro. E você?

— Vamos ver, né? — E, com isso, mergulhou.

Houve uma pausa muito breve. Um instante entre a ação de Leila e a reação dele, uma fração de segundo na qual ele se perguntou quem era aquela garota e o que ela estava fazendo em sua vida. Quando o pensamento se esvaiu, Hudson já mergulhava atrás dela.

A água fria foi um choque. Ela estava um pouco à frente, as braçadas dela eram rápidas, vigorosas, alegres, o som de sua risada ecoando cada vez que ela virava o rosto para respirar. Quando quase bebeu um gole do Mississippi, Hudson se deu conta de que também ria entre as braçadas, que seus batimentos cardíacos estavam acelerados pela adrenalina, que se sentia completamente intoxicado pelo rio, pela noite, por Leila. Nadou mais depressa até quase alcançá-la, até os pés de Leila se moverem a poucos centímetros de seu rosto. E continuou nadando até estar ao lado dela, até sentir os músculos queimando com o esforço. É engraçado como é preciso sentir certa dor para lembrar que algumas partes do nosso corpo estão vivas.

Os dois chegaram à margem da ilha quase ao mesmo tempo e escalaram a encosta de lama e grama, então caíram deitados de costas. O braço de Leila descansava sobre o peito dele. Sem pensar muito no movimento, Hudson ergueu a mão direita e a apoiou de leve no antebraço da garota. Esperava sentir o calor de sua pele, mas estava fria por causa água. Ele começou a massagear o braço dela para aquecê-lo.

— Estamos muito molhados — ela comentou, descolando a camiseta da barriga com a mão que não estava no peito de Hudson.

— Sim, estamos — ele riu.

Ela puxou o braço para torcer a camiseta.

— Não adiantou nada.

E se levantou, batendo as mãos nas pernas para tirar as folhas de grama grudadas ali.

Enquanto se levantava também, Hudson, por um segundo, ficou abismado. Embora na verdade não tenha sido só por um segundo, mas o dia inteiro. Desde que Leila saíra do carro, ele se sentia abismado com a sua presença, com a sua beleza. Não conseguia desviar os olhos dela.

— Vou interpretar o olhar fixo como elogio — Leila riu.

— Desculpa — Hudson murmurou e olhou para o chão. Nem mesmo envergonhado conseguia desviar os olhos por completo. Ele via a água lhe escorrendo pelas pernas e se perguntava como tinha ido parar ali.

E agora ela estava se aproximando e passando os braços em torno do pescoço dele, puxando o corpo dele contra o dela.

— Você está tremendo — ela disse.

— Acho que posso parar de tremer logo se você continuar o que está fazendo.

Ela riu e se aproximou um pouco mais, então Hudson pôde realmente sentir o calor de seu corpo. Ele ergueu a mão para levar uma mecha de cabelos para trás da orelha de Leila, mas, não sendo muito bom nessa parte do processo, se deu conta tarde demais de que havia levado as duas mãos ao rosto dela e de repente não sabia o que fazer.

Leila percebeu e riu, mas não de maneira indelicada.

— Vamos fazer assim — Hudson falou, colocando as mãos sobre os ombros dela e tentando menosprezar o momento.

Ela balançou a cabeça e então segurou a mão direita dele e a levou ao pescoço.

— Bem aqui.

Hudson olhou para ela, para aquele rosto fantástico voltado para ele, para os lábios entreabertos em um sorriso, a princípio, depois se preparando para o que estava prestes a acontecer. Os olhos dela presos nos dele, então em sua boca. Hudson mal podia acreditar que estava ali com ela. Eles começaram a se inclinar um para o outro, e foi nesse instante que um ruído rompeu a barreira de isolamento criada pela agitação do rio.

— Pu-ta merda! Aquele é o Hudson com uma garota?

5

OS AMIGOS DE HUDSON CHEGARAM carregando um robusto arsenal de cerveja barata. Eles começaram a gritar e a aplaudir do barco, e Leila e Hudson instintivamente se afastaram. Era o trio de sempre, John, Richie e Scott, cada um deles exibindo um sorriso grande e estúpido conforme se aproximavam da ilha.

— Hudsy! O que você tá fazendo aqui? — perguntou John. Ele saiu do barco e se aproximou do amigo, bagunçando seu cabelo. — Sempre teve um mulherengo por trás dessa fachada de nerd?

— E aí, pessoal? — Hudson cumprimentou o grupo. — Hum, o que estão fazendo aqui?

— Que outra merda temos pra fazer? Uma pergunta melhor seria o que você está fazendo aqui? E por que estão molhados? E quem é essa? — disparou John, olhando de Hudson para Leila, depois para Hudson outra vez.

— E que raios ela tá fazendo aqui com você? — Richie acrescentou, sem fazer o mínimo esforço para disfarçar que estava olhando para Leila, para as roupas molhadas coladas em seu corpo. Ele correu a mão pela barba, que era vermelha e cheia, sua marca registrada desde quando os pelos começaram a crescer em seu rosto, no nono ano.

— Meu nome é Leila — ela disse simplesmente, acenando para todos, fazendo certo esforço para se cobrir.

Os três rapazes se entreolharam. Scott deu um passo em direção a Hudson e bateu com força em suas costas.

— Onde você a encontrou?

Hudson deu de ombros, depois olhou para John e tentou explicar com os olhos que eles tinham interrompido no pior momento possível e que deviam voltar imediatamente para o barco e deixá-lo sozinho com Leila. Se seus olhos se esforçavam para transmitir a mensagem, John não a lia. E, se John não liderasse o grupo, os outros dois nunca tomariam a iniciativa.

— Bom, Leila, é um prazer conhecer você. Agora quem quer ficar bêbado? — John pegou uma lata de cerveja e a abriu com um estalo gratificante, a aproximando imediatamente dos lábios para não derramar a espuma. Richie e Scott o seguiram e abriram uma lata também.

— Não vamos ficar por muito tempo — Hudson falou. — Tenho aquela entrevista amanhã.

— Ah, merda, é verdade — John respondeu. Depois de mais um longo gole, olhou para Leila. — E você? Tem entrevista amanhã?

— Não.

— Ótimo. — E pegou uma lata da caixa que deixara a seus pés para oferecer à garota. — Vamos jogar, então?

Scott e Richie se animaram em sinal de aprovação e bateram as latas em um brinde que precedeu mais goles.

— Não posso, cara — Hudson recusou. — A gente vai embora logo. Eu só queria mostrar a ilha pra ela.

— Ela não vai conhecer a ilha de verdade se não jogar Drunkball. — John deu mais um gole rápido. — Uma rodada e você pode ir. Ela pode ficar.

John piscou para Leila, e Hudson sentiu aquela coisa que devia ser o que as pessoas chamam de aperto no coração.

Leila olhou para Hudson, ainda tão perto que ele poderia beijá-la se tivesse coragem de fazer isso. Como ele conseguia ver o verde dos olhos dela na escuridão?

— Uma rodada? — ela perguntou.

Hudson respirou fundo, principalmente para colocar o coração no lugar certo. Cada momento com ela era um tesouro, mesmo que tivesse de dividi-la.

— Tudo bem — decidiu. — É meio sem sentido vir até aqui e não jogar Drunkball.

Leila aceitou a cerveja que John ofereceu, e os cinco seguiram para a parte da ilha onde havia mais árvores. Felizmente o espaço entre elas era grande o bastante para que eles conseguissem se mover sem se machucar. Era como se a ilha soubesse antecipadamente para que seria usada e quisesse oferecer proteção do mundo externo, adulto, para os adolescentes que um dia a visitariam. Além das árvores, havia uma grande clareira, embora estivesse escuro demais para enxergar algo ali.

Scott se separou do grupo, caminhou até o galpão e ligou o gerador. As luzes se acenderam. As lâmpadas ficavam mais ou menos na altura dos joelhos, espalhadas pelo perímetro do campo e voltadas para a parte interna dele, de modo que a área toda, mais ou menos do tamanho de uma quadra de basquete, era tão iluminada quanto o estacionamento de um supermercado. Objetos aleatórios estavam espalhados por todos os lados, conferindo ao lugar uma aparência de terreno baldio com bazar de caridade: duas poltronas reclináveis de couro idênticas, uma mesinha de vidro, uma coleção de móveis de jardim em vários estados de deterioração. Um grande guarda-sol estava preso ao chão, um armário cheio de copos de plástico vermelhos, uma enorme versão em pelúcia do Rafiki, de *O rei leão*. Perto de uma das extremidades do campo havia um playground com brinquedos pré-fabricados, os balanços substituídos por pneus. O que um dia devia ter sido um agradável e remoto refúgio natural se transformara em um elaborado campo de Drunkball.

Richie e Scott, depois de alguns segundos devorando com os olhos o corpo de Leila sob a nova luz, correram para se apossar das poltronas de couro, o que fez Richie perder duas latas de cerveja pelo caminho. Eles lutaram pela poltrona reclinável que ainda reclinava. Scott ganhou a briga, e Richie voltou para pegar as cervejas perdidas. Em seguida, tirou um MP3 player e os alto-falantes de dentro da mochila que levava nas costas, se abaixando para ligá-los em uma extensão elétrica cuja outra ponta estava dentro do galpão.

— Uau, a coisa aqui é sofisticada — comentou Leila, as mãos na cintura, um leve tremor sacudindo seu lábio inferior. Hudson sentiu vontade de abraçá-la para aquecer seu corpo. — Não pensei que teria luz.

— Antes não tinha — respondeu John. — Foi o Hudson que teve a ideia de trazer um gerador. Ele instalou tudo. Até construiu o galpão.

Leila ergueu as sobrancelhas para Hudson.

— É mesmo?

— Ele é um cara esperto. Por isso que ele anda com a gente. Ficou muito mais fácil jogar Drunkball. Antes vivíamos perdendo os dados e os frisbees.

— Dados e frisbees? Como é que se joga isso?

— Vamos lá — disse John, conduzindo-os para o meio do campo. — Você já leu *Calvin e Haroldo*? Aquela tirinha?

— Sim, claro — Leila respondeu. Agora ela estava alguns passos à frente de Hudson, mais perto de John.

— Bom, o Drunkball é uma versão embriagada do Calvinball — John explicou conforme eles se aproximavam dos móveis de jardim perto das poltronas. Hudson puxou uma cadeira para Leila e se sentou ao lado dela enquanto John continuava falando: — A principal regra é que não há regras. Não as estabelecidas, pelo menos. Então nunca jogamos duas vezes da mesma forma e nunca enjoamos da brincadeira.

— E todos ficamos bêbados — acrescentou Scott, já abrindo outra lata.

— Exatamente — disse John, sorrindo. — Agora a gente se deu conta de que, por mais divertida que a ideia seja, na verdade ela não funciona tão bem assim. Não conseguimos improvisar tantas regras divertidas e as pessoas começam a perder o interesse. Então trouxemos alguns elementos diferentes para o jogo para dar certa estrutura. A cada rodada é preciso ter uma nova regra para cada elemento do jogo.

Hudson interrompeu a conversa:

— Os elementos são: frisbees, dados, cartas e a pista de obstáculos. — E apontou para o playground. — A rodada de abertura...

— Espera um pouco, não tem bola no Drunkball? — Leila estranhou.

— Não quando este grupo está jogando — disse Richie, mal conseguindo conter uma risada orgulhosa pela piada.

— Você entende que também está incriminando a si mesmo, certo? Se você diz que nosso grupo não tem bolas — Hudson falou lentamente, exagerando nos gestos como se quisesse explicar algo a uma criança. — Você faz parte desse grupo e está admitindo que não tem bolas.

Richie correu a mão pela barba, a testa franzida enquanto tentava entender o que Hudson tinha dito.

— De todas essas coisas em que você é especialista, eu devia saber que bolas é uma delas. — Richie e Scott bateram as mãos no ar e gargalharam.

— É impossível ser condescendente com esses caras — Hudson disse a Leila. Ela riu e deu um gole na cerveja, apertando de leve o ombro dele.

John continuou explicando:

— Bom, sempre temos a *opção* das bolas — ele disse, dando uma olhada para Scott e Richie para se certificar de que os dois não teriam outro ataque de riso, o que tiveram. — Temos todas as opções, na verdade. Desde que seja uma regra divertida com a qual todos concordem, qualquer jogador pode introduzir uma novidade. Os elementos estão sempre ali para nos dar um apoio.

— E como alguém ganha o jogo?

— Temos dezessete anos e uma ilha só nossa. Já somos vencedores — concluiu John.

Leila riu de novo, e Hudson se perguntou se o amigo sentia a mesma coisa que ele ao ouvi-la rir. Se John, sendo quem a fizera rir, sentia o mesmo orgulho que ele havia experimentado, a mesma necessidade de ser responsável pela risada dela muitas e muitas vezes.

— O jogo geralmente meio que acaba quando todo mundo fica bêbado — Hudson explicou, vendo Leila dar mais um gole em sua lata. Era verdade o que dissera sobre não beber muito, mas, nesse momento em particular, tomar uma cerveja com eles não era a pior coisa do mundo. Ele pegou uma lata da caixa que John deixara sobre a mesa.

— Ei, o que você está fazendo?

— Pegando uma cerveja.

John se debruçou sobre a mesa e arrancou a lata da mão dele.

— De todas as noites em que jogamos e você nunca bebeu, escolheu justamente a véspera da sua grande entrevista para mudar de ideia? Não, cara. Você não vai aparecer lá de ressaca. Deixe as decisões estúpidas para os dois ali — ele apontou para Scott e Richie, que, por alguma razão inimaginável, faziam uma luta de dedão.

— A gente ouviu isso — falou Scott, sem desviar os olhos da batalha.

— Você pode ser o juiz mais uma vez. Amanhã à noite, depois de arrebentar na entrevista, a gente volta aqui e joga de novo. Vamos acampar, desabar aqui mesmo. Mas hoje não.

— Tudo bem — resmungou Hudson. — Acho que faz sentido.

O Drunkball começou com uma rodada de aquecimento. Um jogador virava uma cerveja enquanto os outros lançavam os dados, um de cada vez. Eles somavam os pontos dos dados até quem estava bebendo bater a lata vazia, de cabeça para baixo, na mesa. Então o próximo da fila virava a cerveja, e eles repetiam a rodada. Quem acumulasse o menor número de pontos ao terminar a cerveja era o primeiro a escolher um elemento.

Além de estabelecer a ordem dos jogadores e associar um jogador ao elemento para o qual ele teria de criar as regras, a rodada de aquecimento também ajudava a criar o clima. E alongava os músculos para evitar câibras, torções e outras lesões que podem ocorrer durante esforços físicos.

Como juiz, Hudson tinha o privilégio de acrescentar qualquer regra a qualquer momento, e se divertia com isso, fazendo os amigos falarem com sotaque ou só se moverem dando cambalhotas. Ele adorava ver as manifestações de alegria de Leila, a forma como ela estendia a mão e agarrava seu braço, como apoiou o rosto em seu peito para rir bem em cima de seu coração.

— Nova regra! — Leila gritou cerca de quarenta minutos depois do início do jogo. Estavam de pé perto do playground, recuperando o fôlego depois de um esforço físico que envolvia fazer malabarismo com os dados e correr pela pista de obstáculos. Seu cabelo estava seco, embora as roupas ainda não, e o rosto tinha um tom levemente corado por causa do álcool e do esforço físico. — Cada vez que um dos três olhar do meu pescoço pra baixo, vai ter que virar o resto da cerveja. — E fez uma pausa para criar um efeito dramático, durante a qual Scott olhou para os seios dela e bebeu feliz. — E depois o Hudson vai dar uma bofetada no infrator.

— Nem vem! — Scott protestou. — Não ouvi a regra toda.

John olhou para Hudson.

— Juiz, regra válida?

Richie interferiu.

— Espera um pouco, por que ele tem que participar da regra que você criou?

— Em primeiro lugar, porque ele não está me olhando como se eu fosse um vídeo pornô de trinta segundos na internet.

— E eu tô? — Richie tentou parecer indignado, apesar de imediatamente comprometer sua credibilidade olhando para onde não devia.

— Ah! Você também, vira a cerveja e toma um tapa do Hudson! — ela riu, então se aproximou de Hudson e o pegou pelo braço para conduzi-lo até Richie e Scott. — Em segundo lugar — ela continuou, perfilando os dois e passando as cervejas que teriam de virar —, eu gosto do amigo de vocês. Caso não tenham percebido, quando vocês chegaram eu estava prestes a demonstrar quanto. Então, por terem interrompido a gente, ele vai bater em vocês.

Leila olhou para Hudson e bebeu um gole de cerveja, cambaleando de leve. Depois entrelaçou os dedos nos dele.

— Então, juiz, regra válida?

Hudson olhou para os amigos. Scott e Richie bebiam obedientemente toda a cerveja que havia nas latas, e John sorria para Hudson com o ar confiante, o incentivando a cumprir a nova regra. Os dedos de Leila acariciavam os dele.

— Regra válida — ele anunciou.

Quando erguia a mão para dar uma bofetada em cada um, um barulho soou em meio às árvores. Todos olharam na direção do ruído e paralisaram, tentando determinar se tinham imaginado aquilo ou se era, talvez, um pequeno animal. Então eles ouviram de novo, diferente dessa vez: uma voz. John correu para o galpão e desligou o gerador. A ilha ficou completamente escura de novo. Os cinco prenderam o fôlego, os olhos se ajustando à escuridão. Hudson sentiu Leila se aproximar, encostar o corpo no dele.

Então um raio de luz brilhou entre as árvores do outro lado do campo, oposto ao lado por onde tinham chegado. Ninguém se mexia.

— Acham que é a polícia? — Richie sussurrou.

Ninguém disse nada. Ficaram parados até virem outro raio de luz, depois mais um.

— Para o barco! — Scott falou um pouco alto, e eles começaram a correr para as árvores, rindo com a adrenalina de uma perseguição.

Hudson e Leila ficaram para trás. Corriam de mãos dadas, tentando guiar um ao outro e evitar as pedras no chão e os galhos mais baixos. Hudson queria dizer aos amigos que o barco não era uma boa ideia. Mas eles já estavam longe e Hudson não queria gritar, então tentou ir mais depressa. Leila abafava o riso e se esforçava para acompanhá-lo. Quando ele pensou que tinham perdido os outros de vista, tropeçaram em John.

— Vamos distrair os caras — falou John. — Não faz mal se pegarem a gente, mas não vou deixar você pôr em risco sua bolsa de estudos por causa de uma prisão por invasão de propriedade. Desapareça. — E ele voltou pelo meio das árvores antes que Hudson pudesse protestar.

— Merda — resmungou Hudson, olhando ao redor, tentando decidir em que direção seguir. Mas, antes que pudesse escolher, Leila o puxou pelo braço e os dois caíram. Com medo de que ela estivesse machucada, Hudson a chamou pelo nome para perguntar se estava bem. Foi quando ela se aproximou e pressionou um dedo contra sua boca.

— Shhh. Estamos seguros aqui.

6

HUDSON ESTAVA ATENTO AOS BARULHOS para além daqueles que fazia seu coração disparado. Eles estavam no chão, as costas contra a terra fria. Leila mantinha o corpo colado ao dele, a pele morna e a respiração lenta e profunda, o hálito carregado de uma doçura alcoólica. A cabeça descansava no ombro dele, a mão ainda na de Hudson.

Eles se esconderam onde algumas árvores caídas haviam se empilhado, formando uma pequena elevação e criando um refúgio grande o suficiente para esconder duas pessoas. Ouviram os rapazes entrarem no barco, os remos batendo na água. Alguns instantes depois, gritos abafados e ininteligíveis. Mais de três vozes, definitivamente. Leila e ele decidiram continuar escondidos por mais um tempo, e isso tinha acontecido quinze minutos atrás. Agora Hudson estava deitado ao lado dela por tempo suficiente para esquecer o perigo e ter uma breve esperança de que a vida continuaria como antes. De que o dia seguinte seria como aquele, com a oficina e Leila. Jantar com o pai no quintal, nada urgente para dizer um ao outro. Ele queria que pudesse ser assim todos os dias.

Pensar no pai provocou em Hudson uma onda de vergonha e arrependimento por ter saído escondido, por ter enganado. Então Leila apertou sua mão, e todas as ressalvas desapareceram.

Grama e folhas úmidas colavam em seus braços. Uma coruja chiou em algum lugar da ilha. Ela olhou para ele.

— Desculpa — ela falou. — Não queria fazer você ficar fora até tão tarde. Acho que já estou bem para nadar de volta. Vamos, você precisa voltar para casa.

— Não — Hudson respondeu. — Não tem outro lugar onde eu prefira estar. — Ele passou um braço por trás das costas dela, a mão tocando a nuca de Leila, massageando-a com suavidade.

Ela sorriu e se aproximou um pouco mais, recostando a cabeça em seu ombro.

— Você não está preocupado com a entrevista?

— Não. Vou chegar a tempo. Agora eu só quero ficar aqui com você.

Leila se encolheu nos braços dele, recostou a cabeça em seu peito e colocou uma perna em seu colo. Quando ele a abraçou e os dois se acomodaram, a sensação de conforto foi tão envolvente que ele pensou que poderia adormecer ali mesmo, imediatamente. Hudson ficou olhando as estrelas até que elas trouxeram à sua mente a lembrança da aurora boreal, e então ele olhou para Leila.

Ele nunca fizera isso antes, só ficar tão perto de alguém. Mas isso é algo que as pessoas nunca tiveram que aprender, nunca tiveram que estudar para fazer. Ou não, não é bem assim. Aquilo era como consertar um motor. Tudo o que você precisa fazer é encontrar as peças certas e colocá-las no lugar, ver como se encaixam.

Ele movia os braços para cima e para baixo nas costas de Leila, deslizando a mão por baixo da camiseta e explorando sua pele com os dedos. Era mais como se a pele dela guiasse os dedos dele, como se ele não tivesse opção a não ser traçar o contorno das omoplatas, seguir a renda do sutiã da alça até o fecho. A mão dele parou ali por um segundo, depois, atraída pela pele, seguiu para a parte inferior das costas, para as covinhas ali, a curva suave do quadril. Ele apoiou a mão bem ali, a ponta dos dedos no cós do shorts.

Quanto tempo isso durou, Hudson não saberia. Imaginava o celular no carro de Leila, o pai telefonando muitas e muitas vezes. Mas ter Leila a seu lado sufocava instantaneamente a ansiedade. Ela deslizava os dedos pelo cabelo dele, perto das têmporas, massageando a cabeça. Ou mudava a perna de posição, e ele sentia o calor da pele se transferir para lugares novos, ainda frios. Enquanto ela estivesse ali, não seguisse para o norte e para longe dele, Hudson estaria feliz.

— Conta uma história — ela pediu, as palavras pronunciadas diretamente em seu peito, a boca se movendo junto à pele dele.

— Que tipo de história?

— Não sei. Qualquer uma. Uma história para dormir.

Hudson estava quase dizendo que não conhecia história nenhuma, mas, em vez disso, falou simplesmente o que estava sentindo.

— É a melhor noite da minha vida, acho. — Ele se deteve e deixou o ar do Mississippi servir como música ambiente enquanto organizava os pensamentos. — Até agora, meu melhor momento tinha sido no ano passado, quando um carro velho que meu pai e eu estávamos reformando finalmente funcionou. Ou quando eu tinha cinco anos, no parque. Não lembro muita coisa, só que tinha caído e estava com dor. Então meu pai apareceu do nada e me pegou, como se eu não pesasse quase nada. Eu lembro como fiquei feliz e aliviado. Mas isto — ele continuou, enfatizando ao puxar Leila mais para perto, como se fosse possível. Sentia a pele dela preenchendo os espaços entre as costelas dele, as lacunas criadas pelos ossos do quadril. — Isto aqui é melhor que tudo.

Hudson deixou um tempo passar, se concentrando apenas na garota em seus braços. Depois inclinou o pescoço e beijou o topo da cabeça de Leila. Ele a beijou suavemente, não porque queria alguma coisa, mas porque não conseguia mais guardar o beijo para si. Sem dizer uma única palavra, Leila se virou, e, antes que ele pudesse pensar ou fazer alguma coisa, os lábios dela estavam nos dele.

Eles se beijaram loucamente, como duas pessoas que esperavam por isso há muito mais tempo do que eles. Os corpos pareciam se entender; os lábios se abriram no mesmo instante, as línguas se moviam de modo sincronizado, as mãos sabiam exatamente quando se encontrar e quando explorar outras regiões. Hudson não tinha certeza se era melhor tocá-la ou ser tocado por ela, e não estava a fim de decidir.

Ele tinha uma vaga consciência do céu noturno, das estrelas abundantes, do ruído do rio e da vida dentro dele. Eles rolaram no chão, e Hudson só tinha noção da terra ao redor deles, mais fria que seus corpos, ciente de um ou outro arranhão provocado pela grama ou por uma pedra. Fora esses detalhes sem importância, seu mundo era inteiramente Leila.

Quando finalmente pararam de se beijar, Leila se encolheu junto dele, a cabeça em seu peito outra vez, uma perna estendida sobre seu quadril. Hudson tinha certeza de que sorria feito um idiota, mas não se importava mais.

— Posso te perguntar uma coisa? — ela falou com suavidade. Não era exatamente um sussurro, mas o tom que Hudson sempre imaginava que as pessoas usavam quando estavam na cama com alguém. Próximas, íntimas, as palavras chegando sem esforço ao outro.

— É claro.

Ela hesitou e tocou o maxilar dele, deslizando os dedos do queixo até a área atrás da orelha.

— Por que você quer ser médico?

A pergunta o surpreendeu, não só por causa do momento, mas porque não conseguia se lembrar de ninguém ter perguntado isso antes.

— Humm, eu não sei — respondeu. — Eu quero. — Um mosquito passou zunindo perto de sua orelha, e ele o espantou com um movimento desanimado. — Acho que tenho trabalhado pra isso há tanto tempo que esqueci quando tomei a decisão.

— Bom, me conta se lembrar — ela pediu, movendo a mão até o peito dele e depositando um beijo ali, para em seguida se apoiar sobre um cotovelo e estudar o rosto dele. Depois de um tempo, Leila perguntou: — Você não está arrependido de ter vindo pra cá comigo?

— Nem um pouco. Estou muito feliz por ter te conhecido e não tem outro lugar onde eu gostaria de estar agora.

Ela abriu aquele sorriso, aquele que ele sabia que compararia a outros pelo resto da vida. Então ela o beijou, lenta e profundamente, não um beijo faminto como o de antes, mas tão rico quanto.

— Que bom — ela disse e mudou de posição, o rosto enterrado no pescoço dele. De vez em quando, ele sentia o contato de um beijo rápido e pensava neles como beijos que ela não conseguira guardar. — Também gostei de te conhecer. Eu meio que não consigo acreditar que tenha acontecido logo no começo da viagem. Esperava alguma coisa incrível. Mas não isso.

— Que tipo de coisa?

Leila se ajeitou e beijou o dorso da mão de Hudson.

— Agora não importa. Já tenho isto aqui.

Uma das mãos de Hudson repousou sobre a cintura de Leila, a outra segurava a mão dela. Ele olhou para as estrelas no céu do Mississippi, pensando que não gostaria de partir nunca. Um suspiro lhe escapou, tão profundo e satisfeito que bem podia ser o primeiro, a primeira vez que respirava. Então, sentindo o peso de Leila, incapaz de conter um sorriso, Hudson fechou os olhos.

7

NÃO FOI A LUZ DO sol que o despertou, mas o calor do dia que começava e o suor lhe escorrendo pelas costas. Hudson abriu os olhos em pânico, imediatamente notando a ausência de estrelas, o céu maculado pelo nascer do sol que, em qualquer outra circunstância, poderia ser lindo.

— Merda. Ai, merda. Merda, merda, merda. — Ele cutucou Leila até ela acordar com um sorriso sonolento. — A gente precisa ir. A gente precisa ir agora. — Ele a levantou gentilmente pelos ombros até que ela se afastou e o viu procurando o celular, para então se dar conta de que o deixara no carro.

— Que horas são?

— Muito tarde. Temos que ir.

Hudson começou a fazer as contas mentalmente para calcular a velocidade que seria necessária para chegar no horário para a entrevista. Leila se levantava do chão. Ele olhou para o continente, como se isso pudesse reduzir a distância. Ela se espreguiçou, bocejando. Era uma pena não ter tempo para apreciar a beleza dela à luz da manhã.

— Por favor, Leila, temos que correr.

Dessa vez ele mergulhou primeiro, nadando tão rápido quanto podia. Quando chegou ao outro lado, se sacudiu ao máximo para tentar se secar, depois a ajudou a sair do rio. Hudson esperava que suas roupas secassem a tempo. Ele abriu a porta do carro para Leila, incapaz de se livrar do hábito mesmo naquelas circunstâncias. Em seguida, correu até o outro lado e se sentou ao volante, abrindo o porta-luvas para pegar o celular. Havia inúmeras chamadas perdidas e mensagens de voz deixadas pelo pai. Eram sete e quinze da manhã. A entrevista aconteceria em quarenta e cinco minutos, a quase cem quilômetros dali.

— Merda — ele repetiu, engatando a ré para pegar a estrada.

— Não se preocupe, a gente vai conseguir — ela garantiu, pousando a mão sobre a coxa dele.

Hudson não respondeu, mas pousou uma mão sobre a dela e a apertou antes de segurar o volante outra vez. Ele mantinha os olhos no ponteiro crescente do velocímetro, no hodômetro acrescentando os quilômetros. O silêncio no carro era pesado.

Eles chegaram ao campus da Universidade do Mississippi em Jackson. Hudson não estudaria ali, onde funcionava apenas o centro médico, mas o reitor agendara a entrevista naquele lugar para aquele dia para evitar que Hudson tivesse de viajar mais de trezentos quilômetros até Oxford. Havia alguns prédios por ali, e Hudson não sabia exatamente perto de qual devia estacionar. Ele parou no mais próximo e torceu para ter acertado.

O estacionamento estava cheio, a maioria carros mais velhos e caminhonetes. Duas mulheres com uniforme de enfermeira estavam sentadas em um banco, tomando café e conversando sobre qualquer coisa que estudantes de enfermagem costumam conversar.

Hudson parou o carro na vaga bem em frente a elas. Não olhou que horas eram para não confirmar seus temores.

Vai — disse Leila. — Eu estaciono e espero você no carro. Boa sorte.

Hudson desceu e correu até o prédio mais próximo. Antes de alcançar a porta, ele soube que o esforço era inútil. Só estava fazendo isso porque o pai estava ali, observando de algum lugar dentro de sua cabeça. Hudson estava usando roupas com as quais não só dormira, mas atravessara um rio a nado. Duas vezes. A camisa ainda estava um pouco úmida e o jeans, ensopado. Ainda que por um milagre aquele fosse o prédio certo e só precisasse encontrar a sala do reitor, ele estava atrasado. Uma boa primeira impressão não estava prestes a acontecer.

Sua única esperança era de que o homem o recebesse mesmo assim, e Hudson pudesse de alguma forma se expressar bem o bastante para convencê-lo a esquecer o atraso e sua aparência. Mas as chances de isso acontecer em sua atual condição eram improváveis. Ele tinha dormido pouco, só algumas horas, e ainda sentia o toque de Leila na pele.

Estava prestes a abrir a porta quando viu uma placa indicando o Departamento de Admissões no prédio vizinho. Hudson resmungou alguns palavrões e mudou de direção, passando correndo pelas estudantes de enfermagem e ouvindo um trecho da conversa:

— ... foi totalmente horrível. Eu até pedi para falar com o gerente, e eu nunca faço isso...

Só agora, enquanto corria pelo gramado, ele percebeu que seus músculos estavam doloridos da noite com Leila, maravilhosamente doloridos.

Por fim, ele fez uma curva e chegou à entrada do prédio. Depois de ler as diretrizes das salas, subiu correndo a escada até o segundo andar. Hudson se sentiu relaxar um pouco ao ver a sala vazia, exceto por uma mulher com ar de matrona sentada à mesa na recepção. Ela era corpulenta, os cabelos presos em um coque, e ergueu os olhos do livro para mirar Hudson. Talvez por ser a personificação do clichê de uma professora, por um segundo Hudson teve a impressão de reconhecê-la.

— Oi — ele falou, tentando oferecer um sorriso polido e não passar a impressão de que tinha subido a escada correndo. — Meu nome é Hudson, tenho um encontro com o reitor Gardner. Uma entrevista. — Ele pigarreou de leve e uniu as mãos no abdome, como se assim pudesse esconder as roupas.

A mulher suspirou e colocou o livro sobre a mesa, se virando em seguida para a tela do computador. Ela brincou um pouco com o mouse, então pressionou algumas teclas até o monitor voltar à vida.

— Hum — a mulher comentou depois de um instante. — Você está atrasado.

Hudson assentiu, se certificando de parecer constrangido.

— Eu sei. Sinto muito mesmo. Não vou esquecer de pedir desculpas ao reitor. Não há justificativa para isso.

— Tarde demais — ela falou com um suspiro. — Sinto muito, meu bem. O reitor esperou por vinte minutos, depois teve de ir a uma reunião do outro lado do campus.

A reação imediata de Hudson foi abaixar a cabeça. Ele a manteve baixa por um momento, tentando pensar, até a recepcionista perguntar se estava tudo bem.

— Deve ter alguma coisa que eu possa fazer — ele disse. — Qual o próximo horário vago na agenda do reitor? Explico o que puder no tempo que ele tiver.

A mulher balançou a cabeça, unindo tristemente as sobrancelhas. Ela se voltou para o computador e fez uma cena, rolando a tela para cima e para baixo.

— Você era o último compromisso agendado aqui. Agora ele está do outro lado do campus, depois almoça com o representante dos alunos e volta para Oxford. Não há nada que eu possa fazer.

Desanimado, Hudson se virou. Atravessou a entrada do prédio lentamente, tentando pensar em como poderia explicar ao pai o que aconteceu. As duas mulheres ainda conversavam no banco, os copos de café soltando vapor como a fumaça de um acidente de trem. Leila estacionara do outro lado, o carro vermelho virado para a saída do campus. Ela estava sentada no capô, os joelhos erguidos e as pernas cruzadas, olhando para a estrada, tranquila como esperado para uma manhã de sábado. Leila parecia cansada, mas feliz. Havia um pequeno hematoma na junção do pescoço com a clavícula, uma marca roxa que Hudson não notara por causa do clima frenético da manhã.

Por fim, ela o avistou e desceu do capô.

— O que aconteceu?

— Não deu tempo.

Ela passou os braços pelo pescoço dele e o abraçou com força.

— Merda, sinto muito. — Era estranho como ele conseguia reconhecer o conforto físico do abraço ainda que não se sentisse reconfortado. — Não dá pra remarcar?

Hudson retribuiu brevemente o abraço, depois se afastou.

— Não, não dá. Eu simplesmente não apareci na entrevista mais importante da minha vida. — Tinha vontade de dar um soco no carro.

— Talvez se você...

— Que droga, Leila, não.

A rispidez em sua voz surpreendeu os dois. Ele se virou para a estrada, o rosto bonito de Leila e a expressão nele estampada — fosse de tristeza, choque, incredulidade — fora de seu campo de visão, não podendo abrandar a raiva que ele queria sentir.

Uma gargalhada alta ecoou no estacionamento. Hudson se virou e viu uma das mulheres com a cabeça inclinada para trás, rindo. A maior delas falava animada, e a que ria balançava a mão como se implorasse à outra para parar.

Hudson se pegou mordendo a ponta do polegar, um tique nervoso que ele geralmente se esforçava para evitar, uma vez que odiava os pedaços de pele ressecada que ficavam no lugar. Dessa vez ele se permitiu continuar.

Depois de um tempo, Leila se aproximou e parou diante dele, obrigando-o a encará-la. Ela se inclinou e o beijou na bochecha. Tudo em que ele conseguia pensar era o escritório vazio onde devia estar sentado, as costas eretas, o olhar firme, demonstrando confiança e um autêntico interesse em sua educação, todas as coisas que as FAQs de sites o aconselharam a fazer.

— Vamos — Hudson falou depois de alguns instantes. — Tenho que contar para o meu pai.

Leila estreitou os olhos até deixar à mostra apenas as íris verdes e as pupilas negras que combinavam com o cabelo. Hudson olhou para o chão, para a linha onde o pavimento encontrava a grama, pensando na história que ela contou sobre os dois formigueiros diferentes. Ele contornou o carro, abriu a porta do motorista e se sentou ao volante antes que Leila pudesse se mexer.

Ele ligou o motor antes de ela entrar, o que Leila demorou a fazer. Quando fez, o interior do veículo foi invadido pelo peso e a fragilidade. Eles estavam quietos, o único barulho era do próprio carro, os freios chiando sempre que Hudson reduzia a velocidade para uma curva. Havia a nítida impressão de que, se um dos dois falasse, alguma coisa se romperia. Ele ajustou o retrovisor para aumentar o campo de visão à direita, assim não teria que olhar na direção dela. Hudson dirigia bruscamente, com acelerações rápidas, freadas repentinas e curvas fechadas. "Direção ofensiva", a voz do pai ecoou em sua mente, "é o maior perigo na estrada."

Quando chegaram ao bairro de Hudson, o Camaro preto do pai ainda estava na entrada da garagem, brilhando sob o sol da manhã como se tivesse sido encerado pouco antes. Hudson parou o carro de Leila junto da calçada e deixou o motor ligado por um instante. Ele estava segurando o volante com força, tentando dissolver a tensão dos dedos. Sua perna esquerda tremia nervosamente contra a porta, causando um barulho irritante.

Quem diabos era aquele lindo furacão em forma de garota que entrara em sua vida, tirando tudo do lugar?

— Tudo o que eu tinha que fazer era ficar em casa — falou ele, olhando para sua residência. — Dormir um pouco, aparecer na hora. Era tão fácil. A gente podia ter ficado aqui. Podia... sei lá. Por que a gente tinha que ir para a ilha ontem, justo ontem?

Hudson podia sentir os olhos dela nele.

— Seu pai é um cara legal. Ele vai entender.

— Não importa se ele vai entender ou não — Hudson respondeu, elevando a voz. — Eu posso ter arruinado meu futuro. Você não percebe? Era a minha única chance de conseguir uma bolsa integral. Agora não vão me dar mais nada.

Ela esticou o braço e pôs a mão sobre a dele, mas Hudson continuava segurando o volante, os nós dos dedos brancos com o esforço.

— Eu sinto muito que isso tenha acontecido. Mas não valeu a pena? Ainda foi a melhor noite da sua vida, certo?

Em poucos minutos, o pai de Hudson sairia para trabalhar. Quando pensou nisso, ele sentiu o estômago revirar com a culpa. O pai passava o tempo todo na oficina esperando uma única coisa do filho, e agora Hudson frustrara essa única esperança, tudo por causa de uma garota. Ele não pôde evitar abaixar a cabeça, como se a vergonha pudesse simplesmente cair dela.

— Não sei — respondeu, se virando para Leila. — É difícil ver as coisas por esse ângulo agora.

Os olhos dela refletiram o sol da manhã. Que direito tinha ela de ser tão linda em um momento como aquele?

Em algum lugar pela vizinhança, um carro se aproximava. Hudson podia ouvir o som do motor, no mínimo um v6 em boa forma. Hudson desejou que eles tivessem simplesmente ficado em casa, adormecido sobre o edredom, acordado na hora com as roupas amarrotadas, evitando qualquer brecha para a dúvida sobre essa ter sido ou não a melhor noite de sua vida. Mas a noite com Leila fora estragada por essa manhã de ressaca.

— Não fiz você ficar na ilha — Leila falou com a voz calma, suave. — Você quis.

— De que raios você está falando? — Hudson disparou. — E o jeito como você ficou parada na minha porta ontem à noite? Como eu podia ter deixado de sair? E a gente não precisava ter atravessado o rio a nado, essa ideia foi sua. A gente podia ter ido de barco, levado os celulares, ligado o despertador. Não tínhamos que ficar lá a noite toda. Você sabia que eu tinha uma entrevista.

— Você sabia melhor do que eu, Hudson. — Ela apoiou os pés no painel e puxou os joelhos contra o peito. — Se você quer fingir que era eu quem estava no controle ontem à noite, tudo bem. Mas nós dois sabemos a verdade.

— Ah, e qual é?

– Você escolheu ficar lá comigo. Podíamos ter nadado de volta. Eu perguntei se você queria voltar. — Ele não pôde mais suportar o olhar de Leila, então virou o rosto e viu o próprio reflexo na janela. Ela continuou: — "Não tem outro lugar onde eu gostaria de estar." Foi isso o que você disse.

— Não lembro de ter dito isso. — A perna de Hudson ainda batia nervosamente na porta do carro, o barulho irritante preenchendo as pausas entre as palavras, não deixando o silêncio dominar o interior do automóvel. — E, se eu disse, foi porque não estava raciocinando direito.

A respiração de Leila falhou, como se ela tivesse tropeçado em alguma coisa. Hudson podia ver o queixo dela tremendo, ainda que muito de leve.

Na rua, a sra. Roberson passeava com seus dois chihuahuas, Bowser e Nacho, saltitando com suas perninhas minúsculas para conseguir acompanhá-la. Ela acenou alegremente para Hudson, vestindo um agasalho cor-de-rosa, os cabelos presos em um rabo de cavalo. Hudson ergueu a mão em resposta, sentindo a tensão nos dedos diminuir.

— Você sabia exatamente o que estava fazendo, Hudson — Leila respondeu, seus olhos seguiam Bowser e Nacho pela rua. — Acho que você estava procurando uma desculpa para perder a entrevista. Acho que isso aconteceu por um motivo, e, assim que você superar o medo de admitir o que quer de verdade, vai ver que talvez tenha sido me lhor assim.

Hudson bufou numa reação de desdém.

Do que você está falando? Sem aquela bolsa, eu não posso ir para a faculdade. Sem a faculdade, não tenho uma porra de um futuro. — Ele balançou a cabeça, surpreso porque a garota que ontem parecia entendê-lo tão bem agora não entendia mais nada.

Leila tirou os pés do painel, calçou os chinelos e se ajeitou no banco.

— Pare de mentir para si mesmo. Você não quer ir para a faculdade, Hudson.

— Você nem me conhece, Leila. Por que acha que sabe o que eu quero?

De repente Leila abriu a porta do carro e se virou, os pés no asfalto, as costas voltadas para Hudson. Os sons da manhã entraram pela porta aberta, aves cantando, insetos, crianças rindo em algum lugar.

— Ouvi você falar dessa cidade como se fosse a única coisa que ama, além de consertar carros. Tem gente que passa a vida toda sem descobrir exatamente o que quer da vida. Você já tem o que quer, e o futuro que você e seu pai planejaram vai tirar tudo isso de você. — Ela levou uma das mãos ao rosto, mas Hudson não conseguiu ver o que ela queria com isso. — Você permitiu que dormíssemos na curva do rio porque era exatamente lá que você queria estar. Não tinha a ver apenas com estar lá comigo. Você está com medo de sair de Vicksburg, de deixar seu pai.

Hudson sentiu falta de ar. Ele abriu a porta do carro e pôs os pés na calçada, de forma que agora ele e Leila estavam de costas um para o outro, como um velho casal idoso em lados opostos da cama.

— Você não sabe o que está dizendo.

Ele saiu do carro e bateu a porta. Queria correr para dentro de casa, mas suas pernas estavam fracas e ele se apoiou no carro, os olhos na porta da frente, no jornal enrolado sobre o capacho da entrada, as páginas amarrotadas pelo impacto com a parede. Alguns instantes se passaram, Hudson respirava fundo para se controlar, as pernas ainda se recusando a se mover. Então ouviu o ruído dos chinelos de borracha de Leila se aproximando.

Hudson não saberia dizer o que sentiu exatamente quando viu que ela estava chorando. Se queria confortá-la e limpar suas lágrimas, ou se preferia que ela continuasse chorando, cada lágrima uma prova de que ele não era o único culpado. Havia outra parte dele que podia até estar orgulhosa por ela se importar a ponto de chorar. Como todas essas coisas podiam existir dentro dele ao mesmo tempo e não rasgá-lo em pedaços, reduzi-lo a uma pilha de cacos na calçada?

— Tudo bem, tudo bem. Eu estraguei tudo — ela reconheceu parada diante de Hudson. — O que posso fazer para consertar as coisas?

— Não tem nada que você possa fazer — ele respondeu, a voz mais calma do que esperava. Uma voz que lhe lembrava a do pai. — Talvez você deva ir embora.

Uma leve brisa soprou, espalhando um cheiro fresco ao redor. Hudson se deu conta de que os dois deviam estar com o cheiro do rio, do chão onde dormiram, de ontem. Por quanto tempo o cheiro ou o barulho do rio trariam de volta a lembrança de Leila?

Os olhos dela estavam vermelhos, mais do que deveriam, já que apenas algumas lágrimas haviam transbordado e deixado marcas em seu rosto. Talvez estivessem vermelhos pelo esforço que ela fazia para não derramar mais. Leila respirou fundo, sentiu o ar penetrar os pulmões com um ruído fino e agudo, quase como um assobio.

— Tudo bem — ela disse. — Eu vou.

Ela passou os braços ao redor dele, rápida demais para que ele pudesse tentar impedi-la. Hudson sentiu as lágrimas pingando em seu pescoço. A brisa soprou novamente e resfriou as áreas molhadas. A sensação era de que elas podiam congelar.

Sem dizer mais nada, ela lhe deu um beijo no rosto e se afastou para entrar no carro. O motor soou perfeito quando ganhou vida — funcionando, pronto para a viagem. Ele a viu prender o cinto de segurança, engatar a marcha, olhar para ele e forçar um sorriso torto, triste. O sol refletiu no vidro da janela e ele não conseguiu ver mais nada lá dentro, o que não fazia diferença, porque ela já se afastava pela rua.

A garota responsável pela melhor noite de sua vida tinha ido embora, seguia vagamente para o norte — sabia-se lá para onde. Ele ficou ali na calçada por alguns minutos, olhando para o quarteirão onde morava, para os portões conhecidos iluminados pelo sol da manhã. Hudson continuou ali como se esperasse algo acontecer. Depois virou para entrar em casa, decidido a tirá-la da cabeça.

Tesouro nº 2

Na porta de uma loja de conveniência no Arkansas havia um cartaz anunciando o nascimento de uma cabra. "Venha conhecer Darcy!", dizia, divulgando o endereço e a data do nascimento (ontem!). Eu fui até lá. Acho que nunca estive na comemoração de nascimento de uma cabra antes. Não havia mais ninguém além da família, e, apesar de não me conhecerem, me serviram chá gelado e me apresentaram Darcy. Hudson, eu decidi que minha viagem para ver a aurora vai ser uma caça ao tesouro. Estou roubando sua ideia de olhar para o mundo como se ele estivesse sempre escondendo algo de valor. Espero que não se importe.

Se cuida.

Leila

Hudson
NãoSeiSeuSobrenome
27 Polar Shrimp Road.
Vicksburg, MS 39180

BREE

1

A ÚNICA COISA COM A qual Bree nunca conseguia de fato lidar era com a calmaria entre uma aventura e outra. Em Reno, o tempo não era valioso, então desperdiçá-lo não tinha importância. Mas agora, em sua vida nova, cada momento parada era sufocante, perdido. E, por mais que quisesse se mover, lá estava ela, caminhando pelo acostamento da estrada no Kansas, chutando tufos de grama seca porque nem pedras havia ali. Ela esperava, entediada, que outro carro passasse para erguer o polegar.

A alça da bolsa de viagem estava cortando seu ombro, por isso ela a mudou de lado e examinou as marquinhas na pele. Não sabia dizer se a vermelhidão era da alça ou do sol que a castigava o dia todo. A bolsa não estava pesada — nunca carregava muita coisa, simplesmente porque tinha se apaixonado pela ideia de viajar sem peso —, então deduzia que aquilo era resultado do sol. Ela abriu a bolsa e pegou uma das três camisetas que tinha, uma regata verde que já fora fluorescente, e a amarrou na cabeça para proteger o rosto.

Suspirou alto e olhou para o sol como se ele fosse culpado pela ausência de carros. Ali estava ela, leve como uma flor, pronta para ser levada pelo vento, e nada acontecia.

Por fim, o brilho de algo prateado começou a se aproximar. Ela esticou o braço com o polegar erguido e até se inclinou um pouco para frente, para o caso de ser mais fácil ver o decote. Ela esperava que não fosse um caminhoneiro. Às vezes eles eram simpáticos, mas quase sempre assustadores — por causa deles ela aprendera a carregar consigo uma faca de carne.

O som dos pneus raspando o asfalto era tão lindo quanto qualquer música que já havia escutado. Ela prendeu a respiração quando o sedã apareceu, mas o carro não deu sinal de que reduziria a velocidade e, segundos depois, já havia passado por ela.

Bree praguejou para o vento provocado pela rápida passagem do automóvel, uma rajada que lançou sua camiseta verde no asfalto. Ela resmungou enquanto se abaixava para pegá-la, tão ansiosa para continuar que quase não viu outro carro se aproximando. Bree ficou de pé e mostrou o polegar novamente, e o carro reduziu a velocidade no mesmo instante, o freio não fazendo cantar os pneus, mas ruidoso o suficiente para ser ouvido mesmo com a música urrando lá dentro. O carro era velho e sujo, a pintura vermelha pedia brilho, mas mais lem brava sangue seco.

Bree deu dois passos em direção ao carro e se abaixou para olhar pela janela aberta do lado do passageiro. Ela ficou surpresa ao encontrar uma garota mais ou menos da sua idade ao volante. Raramente encontrava outros adolescentes na estrada, principalmente sozinhos.

— Para onde você está indo? — a motorista gritou por sobre a música, a qual não se incomodou em abaixar.

Para qualquer lugar — Bree respondeu, exatamente como ha via dito tantas e tantas vezes, a resposta perfeita do nômade. Ela olhou para o ınterior do veículo, notando o café gelado no porta-copos, os recibos espalhados, o saco de lixo preso ao câmbio e completamente cheio de garrafas de plástico e embalagens de comida nada saudável. O interior também era vermelho, mas mais brilhante que a parte externa e com uma aparência de quase novo. O estofamento era vermelho, o volante era vermelho, até o líquido esquecido na garrafa de Gatorade no assoalho era vermelho.

— Perfeito — disse a garota, e fez um gesto com a cabeça convidando Bree a entrar.

Ela abriu a porta, se sentou no banco do passageiro e pôs a bolsa no banco traseiro vazio. Ela podia sentir o coração começar a bater mais rápido com a sensação familiar de adrenalina e movimento. Era como se ele não estivesse apenas bombeando sangue para o corpo, mas a monotonia para fora de seu organismo.

A motorista pareceu analisar a estrada por um instante, como se a desafiasse a impedi-la de pisar fundo.

— Meu nome é Leila — ela falou.

— Bree.

Leila assentiu e sorriu. O carro se pôs em movimento, e o vento começou a entrar pelas janelas abertas, soltando algumas mechas do rabo de cavalo de Bree. Os fios batiam na nuca queimada de sol e lhe dançavam diante dos olhos, grossas mechas que quase tinham virado dreads durante os nove meses de peregrinação.

Depois de dois ou três quilômetros, quando a música acabou, Leila abaixou o volume e fechou metade da janela.

— E então, qual é a sua história?

— Não tenho uma história — respondeu Bree, ainda precisando meio que gritar por causa do barulho da rodovia.

— Todo mundo tem uma história — insistiu Leila, empurrando para trás da orelha os cachos negros, apenas para o vento despenteá-los em seguida. O jeito como seus cabelos dançavam despertou em Bree uma sensação de conexão entre elas.

Bom, então minha história é... — ela apontou para a rodovia. Você sabe. É aqui. Movimento. A estrada.

Leila olhou por sobre o ombro, desviando os olhos do caminho por tempo suficiente para Bree ficar nervosa.

— Você fugiu de casa?

Elas passaram por uma placa que indicava que faltavam oitenta quilômetros até Kansas City, e Bree assentiu. Ela fechou os olhos, se concentrando no vento contra sua pele. Não culpava Leila por perguntar, porque também pensava assim sobre outras pessoas, mas ainda odiava ter de responder. Principalmente porque, por mais que embelezasse a história e os detalhes de sua partida, por mais que tivesse se encharcado de vida desde então, a verdade era simples: sim, ela tinha fugido. Como sempre acontecia nos momentos mais tranquilos, lembranças da irmã de Bree, Alexis, surgiram. Ela abriu os olhos.

— E você? — perguntou. — Qual é a sua história?

— Para o norte — Leila respondeu, como se isso explicasse tudo.

— Só isso? Não é uma longa história.

Leila se virou para encará-la, os olhos verdes tão cheios de vida que Bree quase invejou o que podiam ter visto.

— Tenho que ir para o Alasca. Sofro de uma doença rara, não posso passar muito tempo longe dos polos magnéticos ou meu corpo começa a se decompor.

Bree se moveu desconfortavelmente no assento, ficando tensa. Não sabia muito bem lidar com doenças. Tinha passado tempo demais lidando com a doença dos pais. Depois de um instante, Leila sorriu. Bree relaxou.

— Para, quase acreditei em você.

Leila se inclinou sobre o volante enquanto seu corpo era sacudido pelas gargalhadas.

— Uau, eu não pensei que você fosse cair nessa. Normalmente não minto bem. — Ela controlou o riso, depois continuou: — Não, eu vou para o Alasca para ver a aurora boreal. Quero tirar fotos para o meu portfólio do colégio.

Bree assentiu e olhou pela janela para o céu do Centro-Oeste. Às vezes tinha a impressão de que poderia ser engolida por ele. A música que vinha dos alto-falantes era rápida, cheia de uma energia que combinava com Bree e destoava do vazio da paisagem.

— É muito legal — ela disse. — Você já viu antes?

— Só em fotos. Você já?

Bree desviou o olhar da janela.

— Já, quando eu era criança. Na Europa. — A lembrança era fraca, a imagem da aurora boreal ofuscada pela presença dos pais. Ela não conseguia nem lembrar se tinha sido na Suíça ou na Dinamarca, ou como era o cheiro de sua mãe: café em seu hálito ou sabonete na pele. Bree sempre se arrependia de não ter prestado mais atenção antes de o cheiro de doença começar a tomar conta de tudo. — Não lembro tão bem assim.

— Hum — comentou Leila, e se perdeu em pensamentos por um instante. Ela levou a mão à boca e mastigou distraída a pele entre o polegar e o indicador.

— Há quanto tempo está na estrada? — perguntou Bree.

— Estou começando a viagem. Quanto mais perto do fim do verão, maior é a chance de ver, por isso não tenho pressa. — Leila pôs as duas mãos no volante. — E você?

— Hum, estou viajando há alguns meses, acho. Depois de um tempo a gente perde a noção. E é assim que eu gosto.

— Por quê?

— Quando você não tem motivo para pensar nos dias como úteis ou fins de semana, começa a perceber que todos os dias são iguais. E isso te dá a liberdade de fazer o que quiser. É muito mais fácil curtir o dia do que curtir uma terça-feira. Você tem obrigações na terça. Na terça você come pizza de novo. Seu programa favorito na tevê vai ao ar na terça, sabe? Mas *o dia*... — ela gesticulou para enfatizar. — O *dia* são apenas horas em que você está viva. Podem ser preenchidas com qualquer coisa. O surpreendente, a rebeldia, talvez até um pouco de contravenção. — Ela olhou para Leila para analisar sua reação. — Se é que isso faz sentido.

Leila desviou os olhos da estrada e sorriu com gratidão para Bree.

— Sim, acho que entendo o que você quer dizer. — E olhou para frente. — Curta a terça-feira.

Alguns instantes passaram. Outra música, outra explosão de energia e vida. Bree virou para trás para pegar uma barra de granola na bolsa e ofereceu uma a Leila, que aceitou e agradeceu.

Quando terminou de comer, Leila enfiou o papel da embalagem na sacolinha no câmbio.

— Alguma vez você já achou que era mais fácil falar do que fazer? Essa coisa de curtir o dia, um dia de cada vez. *Carpe diem* é uma filosofia bem conhecida, mas, se fosse fácil pôr em prática, não teríamos de passar o tempo todo lembrando uns aos outros.

Bree deu risada.

— É, acho que é verdade. — Era inútil, mas ela ajeitou as mechas grossas atrás da orelha apenas para os quase dreadlocks serem novamente sacudidos pelo vento. — Você só precisa ter alguma coisa para te lembrar sempre. Não preciso dizer a mim mesma para curtir o dia. Quando minha atitude não é essa, tenho a sensação de estar desintegrando lentamente, ou alguma coisa assim. Tipo, como se minha alma coçasse, e, se eu não passar a viver de maneira ativa, a coceira não para nunca.

— Ah, é? E qual é o seu lembrete?

— Pais mortos — respondeu Bree. Ela não queria acabar com a animação, mas esse era o único assunto sobre o qual ela nunca conseguia mentir.

— Sinto muito — disse Leila e, depois de um instante, acrescentou: — Vou usar essa coisa da doença degenerativa como um lembrete para curtir todos os dias.

— Cala a boca.

— E então, como você sabe que está vivendo sua vida de maneira ativa? Tem uma receita exata que possa escrever para mim?

Bree riu outra vez, feliz por não ter sido o sedã prateado a parar para lhe dar carona.

— Não tem fórmula. Ou você faz, ou não. Só sei que às vezes minha alma coça e às vezes não. Isso, por exemplo. Essa conversa. Bem agora, a caminho de Kansas City ou sabe-se lá para onde vamos, falando sobre essas coisas. Se eu tivesse que morrer agora, não me incomodaria muito.

Leila simplesmente assentiu e sorriu. O ruído dos pneus na estrada e o vento entrando pela janela se sobrepuseram à música por um instante. Do lado de fora, o mundo tinha exatamente três cores: o amarelo da grama alta e seca depois de um verão sem chuva, a faixa preta da estrada e o azul do céu para onde ela parecia subir.

Sem dizer mais nada, Leila aumentou o volume e seguiu em frente, sorrindo animada e batucando os dedos no volante. No refrão ela cantou junto, gritando as palavras como se o mundo tivesse que ouvi-las. Bree cantava com ela, improvisando até conseguir entender a letra.

2

QUANDO BREE ACORDOU, ASSUSTADA, ESTAVAM entrando em um posto de combustível.

— "The Trapeze Swinger", do Iron and Wine — disse Leila, enquanto soltava o cinto de segurança. — Se você estiver só um pouco cansada, não consegue ficar acordada até o fim da música.

Bree alongou os músculos, tentando encontrar um jeito de acordar cada um deles ao mesmo tempo.

— Fiquei apagada por quanto tempo?

— Não muito. Meia hora mais ou menos. — Leila parou o carro ao lado de uma das bombas. — Desculpa se te acordei, preciso abastecer.

— Não, tudo bem — Bree respondeu, piscando para afastar o sono dos olhos. — Odeio dormir, de qualquer forma. Sempre tenho a sensação de estar perdendo alguma coisa.

Leila saiu do carro e ficou encostada nele enquanto enchia o tanque. Bree abriu a porta e se juntou a ela, estreitando um pouco os olhos para o sol do meio do dia. Ela olhou ao redor, notando que o posto era parecido com um em Reno, inclusive com as árvores e a listra na janela da frente da loja de conveniência. Alexis e ela costumavam parar lá e comprar petiscos para levar ao cinema, logo quando Alexis começou a dirigir e o pai delas adoeceu. Bem, antes de Alexis conhecer o noivo, Matt. Skittles e um saco de batatas, sempre.

— Sei o que quer dizer — falou Leila. Ela estava fazendo aquela coisa de morder a pele entre o polegar e o indicador, de novo. — Quer alguma coisa da loja de conveniência?

— Vou com você — respondeu Bree. Ela esperou Leila começar a andar e então pegou a bolsa no banco de trás e a pendurou no ombro. Passaram por um homem na casa dos vinte anos usando o leitor de cartão de crédito na bomba automática. Ele as notou passando, e Bree quase pôde sentir as cantadas idiotas e ofensivas que desfilavam por seus olhos. Ela conteve o impulso de atirar alguma coisa nele e entrou na loja de conveniência.

O atendente era alto e ostentava um bigode. Seu porte devia ter sido atlético um dia, mas ele estava bem longe da sua melhor forma. Ele as encarou sem interesse, depois voltou a assistir alguma coisa na pequena tevê ao lado do caixa.

Leila seguiu para os fundos da loja, completamente ocupados por geladeiras de bebidas. Bree a acompanhou e cruzou os braços, depois olhou para trás para ver se o funcionário continuava distraído. Ela abriu a bolsa e a passou para o lado direito, onde estava Leila. Então abriu a porta de uma geladeira e, lenta e casualmente, colocou duas garras de água e uma lata de chá na bolsa. Então fechou a porta com delicadeza e se afastou, cruzando os braços de novo.

Leila deu um passo para o lado e se aproximou de Bree, mantendo os olhos nas bebidas diante dela. Bree notou que era bem mais alta que ela, talvez doze ou quinze centímetros. Era mais magra também, devido aos meses na estrada. A pele mais escura, queimada de sol, e talvez não estivesse tão limpa. Leila se inclinou para Bree com um frágil sorriso.

— O que foi isso?

— Minha alma está coçando — Bree respondeu. — Nunca furtou nada antes?

— Não, na verdade não.

— Parece bobo, mas é pura adrenalina.

Leila não parecia tão certa disso, olhando para o funcionário.

— Curtir o dia nem sempre tem a ver com algo cheio de significado — Bree argumentou, enfiando outra lata de chá na bolsa. — Às vezes é só se entregar a um capricho idiota que te faz sentir viva

Leila deu de ombros, como se quisesse dizer "e por que não?", e se aproximou da geladeira bem na frente de Bree. Ela a abriu, mantendo as costas para o funcionário, e enfiou a mão lá dentro, pegando a primeira coisa em que tocou. Guardou o produto na bolsa de Bree, os olhos arregalados de excitação.

— Sentiu? — perguntou Bree.

Leila riu e então sussurrou um pouco alto demais:

— Vamos pegar mais!

Elas pegaram dois refrigerantes e um energético; Bree pegou uma garrafa pequena de água e a segurou para preservar as aparências. O funcionário estava distraído, ou simplesmente não se importava com nada. Mantendo a expressão mais séria possível, elas se dirigiram para o corredor de doces, onde a operação se mostrou um pouco fácil demais. As barras de chocolate cabiam perfeitamente na palma da mão, as embalagens justas demais para fazer qualquer barulho. As duas furtaram alguns punhados e Bree as escondeu em uma das camisetas na bolsa.

Elas dobraram o corredor, e Bree quase tropeçou no display de batatas. Agora seria um desafio. O corredor era mais próximo de onde o funcionário estava, a maior parte dele ficaria visível caso ele levantasse a cabeça. E um pacote de batata faz barulho assim que tocamos nele, como se tivesse um alarme. E, em algum lugar sob tudo isso, estava a lembrança dela e de Alexis no cinema havia muitos anos, tentando pegar batatas sem fazer barulho, a versão delas de Operação.

A bolsa de Bree estava pesada como não ficava havia muito tempo, a alça esticada com o peso dos produtos furtados, a pressão revivendo o ardor da queimadura de sol. Leila se ajoelhou, fingiu amarrar os sapatos e enfiou na bolsa pacotes de palitos de carne-seca e sementes de girassol. Bree estava segurando uma embalagem de ursinhos de goma e fingia ler as informações nutricionais. Ela ouviu um barulho e levantou a cabeça. O funcionário estava segurando o celular e parecia consultar a lista de contatos ou ler mensagens, como se implorasse para alguém tirá-lo daquela monotonia. Ele olhou para as duas, os olhos se demorando um pouco mais em Leila, que continuava ajoelhada, com o traseiro apontando para ele. Bree ajeitou a alça da bolsa, tomando cuidado para não sacudi-la.

— Vou ali fora fumar — avisou ele, com a voz ardida como Bree imaginava que fosse —, se as senhoritas não se importam. Gritem quando quiserem pagar.

— Beleza.

Ele saiu de trás do balcão e passou pela porta. Elas podiam vê-lo através do vidro abrindo um novo maço de cigarros, batendo-o no dorso da mão sem nenhuma pressa.

— Ele está facilitando demais para nós — comentou Leila, meio desconfiada. Depois olhou para as câmeras de segurança atrás do caixa.

— As pessoas têm uma longa e estúpida tradição de confiar erroneamente em quem consideram atraente — disse Bree, passando para a seção de café e jogando duas rosquinhas cobertas de açúcar em um saco de papel.

Leila pôs as rosquinhas na bolsa de Bree e riu alto.

— Caramba, é muita coisa. — E abriu um sorriso malicioso que falou diretamente à alma de Bree. — Vamos ver quanto a gente consegue levar.

Elas ainda pegaram três burritos congelados, alguns pacotes de macarrão instantâneo, uma garrafinha de molho apimentado e até uma intrigante miniatura de kit de costura vendido por dois dólares e que estava exposto entre as embalagens de óleo para motor e aditivo para radiador. Levaram tanto quanto cabia na bolsa de Bree, e depois, só por diversão, pegaram mais um pouco: um pacote de balas de alcaçuz, o que impediu que o zíper da bolsa fechasse por completo. A embalagem aparecia na abertura como o focinho molhado de um bichinho de estimação curioso. Do lado de fora, o funcionário fumante olhava distraído para a rampa de acesso da rodovia. O cigarro já queimara até o filtro, mas ele continuava ali.

Bree teve uma ideia. Ela se aproximou da foto de uma celebridade montada em um display de papelão que estava perto de uma pilha de caixas de refrigerante. Pegou o display com cuidado, para não derrubar tudo.

— O que você está fazendo? — Leila perguntou.

Bree lhe entregou a silhueta em papelão e pegou uma embalagem amarela de chiclete de cima do balcão.

— É muito mais excitante quando eles podem *ver* o que você está roubando. Vamos sair juntas e sorria.

Leila hesitou, mas em seguida segurou a porta aberta para Bree.

— De todas as coisas que pensei que eu podia ser, nunca imaginei que seria uma viciada em adrenalina. Você está me corrompendo.

— Isso é só um nome que as pessoas chatas dão àquelas que, como a gente, gostam de se divertir — respondeu Bree, ciente de que estava se exibindo demais, mas gostando do som das palavras, de qualquer forma, acreditando que eram verdadeiras. Ela saiu e, no mesmo instante, se dirigiu ao funcionário: — Deixei dez dólares em cima do balcão. — E mostrou a garrafa de água e a embalagem de chiclete. — Se deixar a gente levar o display, pode ficar com o troco.

O olhar vago dele passou de Bree para Leila, que segurava a silhueta de papelão. Era uma expressão que ela já vira antes, pessoas focadas demais na própria vida. Então o homem riu e deu de ombros.

— Se cuidem, meninas.

Elas seguiram lenta, porém triunfantemente para o carro, e ali dentro começaram a rir, o tipo de risada maníaca que se recusa a parar, que aponta tudo o que há em volta e diz: "Olha, aquilo é engraçado também". Leila jogou o display no banco de trás e, ainda rindo, apoiou a testa no ombro de Bree. Quando conseguiram se controlar, Leila ligou o carro e Bree se deu conta de que havia um bom tempo não dividia sua alegria com alguém. Ela ria com outras pessoas, claro, mas eram gargalhadas induzidas pelas drogas ou pela televisão. Risadas isoladas, solitárias. Dessa vez... bem, era fraternal.

3

— *ACHO QUE JÁ ESTIVE* aqui antes — Bree falou quando chegaram ao centro da cidade. Ela estava mexendo nas saídas de ar-condicionado, abaixando e levantando as grades, tentando inutilmente encontrar o fluxo de ar ideal.

— Em Kansas City?

— É — ela confirmou, olhando ao redor. — Minha família sempre viajava de carro. Mas é difícil ter certeza em relação aos centros das cidades, são sempre iguais. Todos têm alguma coisa que os diferencia, claro, mas, se alguém vendar seus olhos e te deixar aqui, você vai levar um tempo para deduzir onde está.

— Isso seria um experimento social interessante. Vendar as pessoas e deixá-las em uma cidade que não reconhecem de imediato.

— Acho que a maioria ia se encolher e chorar.

— Acho que é o que estou fazendo nesta viagem.

Bree ergueu uma sobrancelha.

— O quê, se encolhendo e chorando?

Leila riu.

— Não. Vendando os olhos e seguindo para cidades que não conheço. Acho que sei para onde estou indo antes de chegar, mas não acredito que seria muito diferente se alguém me largasse lá. Eu ficaria andando sem rumo, encontraria algo para comer, observaria as pessoas e pensaria nelas e no mundo e, para ser honesta, principalmente em mim mesma.

Elas estavam paradas em um sinal vermelho, e Leila mordia as pernas de um ursinho de goma.

Bree pegou sua bebida.

— O calor aqui é pior do que em Reno — comentou. — Eu já devia ter parado duas vezes para fazer xixi, mas estou suando tudo que bebo.

— É, desculpa pelo ar-condicionado. Acho que o mecânico que cuidou do carro não regulou de propósito, para me obrigar a voltar.

— É mesmo? Isso é sacanagem.

— Não. Na verdade, não é. É só um carro velho. — Leila suspirou e jogou o resto do ursinho na boca. — Você é de Reno?

— Sim. O maior buraquinho de merda do mundo.

— Quando vai voltar para casa?

Bree balançou a cabeça enquanto mastigava o bastão de carne-seca.

— Não vou.

— Por que não?

— Minha irmã estava fazendo da minha vida um inferno — explicou Bree, surpresa com a própria franqueza. Só tinha falado sobre isso com uma pessoa, um garoto de San Francisco, principalmente porque ele era quieto o bastante para ser um bom ouvinte e porque o contato da sua pele com a dele parecia arrancar os segredos de seus esconderijos. — Nossos pais morreram. Os dois em um ano, e ela assumiu o papel de responsável por mim, mas levou essa história a sério demais. Então eu fugi — ela concluiu, preferindo não contar a história toda.

— Você mantém contato com ela?

— Não — respondeu Bree. Depois mordeu mais um pedaço do bastão e avistou uma minivan entrando em um estacionamento do outro lado da rua e um jovem e atraente casal descendo do automóvel. — Não foi uma despedida muito amigável. A gente nunca se deu muito bem, mas depois que nossos pais morreram não fazíamos nada além de brigar. Ela ficava furiosa porque eu saía para me divertir, o que eu só fazia porque, bom, como reage alguém que fica órfã aos quinze anos? E eu ficava furiosa porque ela me tratava como criança. Além disso, ela passava o tempo todo com o namorado, Matt.

A minivan soltou um bipe e as portas travaram. Bree viu o casal se afastar, a mulher empurrando um carrinho, o homem levando uma garotinha sobre os ombros.

— Você nunca sente saudade da sua vida antiga? — Leila perguntou.

Bree encostou a lata de refrigerante na testa quando o sinal ficou verde.

— Quando estou entre um lugar e outro, talvez. Adoro a estrada, mas é logisticamente impossível ficar em movimento o tempo todo. Às vezes tenho vontade de voltar. Mas não consigo me imaginar encarando minha irmã.

— Por quê?

— Ela não chorou nos funerais — Bree contou calmamente, como se pensar nisso não partisse seu coração. Não era mentira, mas também não era exatamente verdade. — Ela pode dizer o que quiser das minhas atitudes, mas pelo menos tive a decência de sentir alguma coisa.

— Humm.

Bree preferia esse ruído abafado às respostas vazias dadas pela maioria das pessoas.

Depois de meia hora andando sem rumo, o ar não havia esfriado nada. Os bancos de veludo tinham se tornado desconfortavelmente grudentos, e elas decidiram parar e esticar um pouco as pernas. Cansadas do calor, procuraram um lugar à sombra de uma árvore, com galhos longos e baixos que se estendiam como braços protetores.

Do outro lado da rua, cercado por um muro branco de três metros de altura que se estendia até onde Bree conseguia enxergar, ficava o Country Club de Kansas City. A paisagem do lado de fora era impecável, tudo bem verde e perfeitamente aparado, arbustos cortados formando esferas perfeitas. De vez em quando, um carro se aproximava do manobrista solitário. As pessoas que desciam dos automóveis estavam bem-vestidas, os homens de ternos que pareciam caros, com abotoaduras brilhantes e lenços no bolso, as mulheres adornadas com joias e bolsas de grife. Um grande Mercedes dourado estava subindo a alameda em direção ao manobrista. Um carro como aquele nunca parara na beira da estrada para dar carona para Bree.

— Aposto que aquele Mercedes tem um ar-condicionado legal — ela comentou.

— Aposto que sim — Leila concordou. Ela limpou o suor da testa. — Deve estar acontecendo algum evento.

O sol ainda estava alto no céu, a noite só chegaria em algumas horas. Bree sentia a camiseta colar na parte inferior das costas.

— É... — ela disse. — Você acha que se importariam se a gente usasse um pouquinho?

Leila olhou para Bree e ergueu uma sobrancelha.

— Seria bom andar por aí em um carro com um ar-condicionado decente. Por quê? Sua alma está coçando de novo?

Elas viram o manobrista entrar no carro, percorrer cerca de quinze metros da alameda e entrar no estacionamento que, de onde estavam, não conseguiam ver. Depois de alguns instantes, ele voltou ao seu posto na entrada, esperando o próximo veículo aparecer. A chave do Mercedes foi pendurada em um gancho ao lado de mais ou menos duas dúzias de chaves de carros de luxo.

— A gente só vai pegar emprestado por uma hora — Bree sugeriu. — Ninguém nem vai perceber.

— Não tenho tanta certeza. Os ricos têm um sexto sentido sinistro quando mexem nas coisas deles.

— Só umas voltas rápidas na avenida.

— Rápidas porque alguém vai estar atrás da gente?

— Ninguém vai atrás da gente.

— Eu sei — confessou Leila. — Estou hesitando porque estou nervosa.

— Ei, não vou negar seu direito de ficar nervosa. Mas, quando superar o nervosismo, acho que você sabe o que devemos fazer.

— O que vamos dizer se alguém pegar a gente?

— Que estávamos morrendo de calor e desidratação e que foi uma emergência médica — Bree improvisou.

Leila fez uma pausa.

— Então a gente vai voltar e deixar o carro exatamente onde estava?

— Na mesma vaga.

Outro veículo subia a rua, provavelmente a caminho do clube. As garotas se entreolharam, rindo como malucas. Bree sentia o coração batendo mais depressa.

Ela abriu a porta.

— Vem, vamos pegar a chave quando o manobrista for estacionar o carro que está chegando.

Leila respirou fundo algumas vezes, como se estivesse se preparando para percorrer uma longa distância debaixo d'água.

— Curta a terça — ela disse.

As duas atravessaram a rua correndo e se esconderam atrás do muro, do lado de fora do clube. Quando ouviram o manobrista dar partida no carro para ir estacioná-lo, saíram do esconderijo e subiram a alameda a passos rápidos. As chaves estavam livres ali, tentadoras como tortas esfriando na janela. Bree as alcançou primeiro e pegou o chaveiro com o logotipo da Mercedes brilhando prateado contra a luz do sol. Era quase decepcionantemente fácil.

— Aja como se estivesse à vontade aqui — disse Bree conforme andavam pelo estacionamento. — Não existe documento de identidade melhor do que um sorriso e um aceno.

O peso da chave em sua mão já lhe era tão gratificante, mais do que a bolsa cheia de coisas roubadas. Ela mal podia esperar para entrar no carro, dar partida, dirigir pela cidade e fingir que o ar-condicionado tinha sido a única motivação.

— Posso ajudar, garotas?

O manobrista apareceu algumas fileiras de carros à frente. Ele não era feio, pensou Bree. O colete do uniforme era meio ridículo, a camisa social branca estava embolada dentro da calça, e ele ostentava alguns pelos faciais que ainda não podiam ser chamados de barba.

— Só precisamos pegar uma coisa no carro — respondeu Bree, sem reduzir a velocidade dos passos.

O manobrista notou a chave na mão dela. Bree cerrou o punho apertado, como se ele pudesse tentar pegá-la de volta à força. Ela se perguntou se conseguiria correr mais rápido que ele.

— Ah — disse o rapaz, começando a se aproximar. — Vocês, hum... são sócias do clube?

— Meus pais esqueceram uma coisa — falou Bree, apontando vagamente na direção do Mercedes dourado.

Leila a seguia, mas o manobrista continuou se aproximando, como se pretendesse interceptá-las. Ele tirou o celular do bolso.

— Tudo bem — disse, mas era evidente que não as deixaria em paz.

Merda, pensou Bree, sentindo um obstáculo intransponível. Depois lembrou como tinha sido fácil sair da loja de conveniência com todos os produtos furtados, como aquele cara abastecendo o carro tinha olhado para elas. Agora o Mercedes estava a apenas três carros de distância, suficientemente perto para conseguir destravar as portas usando o controle. Ela encarou o manobrista, procurando em seus belos olhos algo além de desconfiança.

— Posso perguntar uma coisa? — ela disse, dando um passo na direção dele.

— Hum — o rapaz respondeu. Agora eles estavam ao lado do Mercedes. O manobrista olhou para o carro, depois para Leila e em seguida para Bree, a menos de um braço de distância. — É claro.

— Quando foi a última vez que você se sentiu realmente vivo?

— O quê?

Sem dizer mais nada, Bree tocou a cintura dele e se aproximou um pouco mais. Ela o beijou em um impulso. Apesar do que tinha acontecido, Bree ainda acreditava em beijos impulsivos. Ela se afastou e não conteve o riso ao ver a expressão atordoada do manobrista.

— Uau — ele disse.

— Escuta, vou ser honesta com você. — Bree mantinha um braço na cintura dele. — Esse carro não é nosso. Mas não vamos roubar nada.

— Não? — Ele olhou para as duas, e Bree se perguntou se a desconfiança já dava lugar às fantasias.

— Não. Mas queremos pegar emprestado.

— Ah. Não sei se eu posso...

— Só uma hora — Bree continuou. — A gente devolve antes que alguém perceba.

— Acho que não é uma boa ideia.

Bree o beijou novamente. A barba por fazer irritava a pele, mas não de um jeito ruim, mais como um dedo roçando o canto de sua boca.

— Você só precisa fingir que não viu a gente — Bree sugeriu, se afastando dele e sentindo o coração disparar com a descarga de adrenalina. — A gente volta em uma hora. Depois, quando sair do trabalho, a gente pode se encontrar.

Ele coçou o queixo, olhou para Leila apoiada no Mercedes, depois outra vez para Bree, os olhos descendo abaixo da linha de seu decote. Uma buzina soou atrás deles.

— Droga — ele resmungou, olhando para a fachada do clube. — Tudo bem. Tudo bem. Esperem até eu estacionar o carro que chegou, então podem ir. — E começou a voltar para o seu posto de manobrista, andando e olhando por cima do ombro. — A gente se vê mais tarde — disse.

Quando ele desapareceu, Bree olhou para Leila e destravou as portas.

— Hora do ar-condicionado alemão.

— Você é minha nova heroína — Leila declarou e se acomodou no banco do passageiro.

Bree sorriu e se sentou ao volante. Esperava que o interior tivesse cheiro de couro, ou de carro novo, que na verdade era cheiro de formol, de acordo com o que lera em algum lugar. Mas o cheiro predominante era de cigarro, odor corporal, excesso de perfume. Aquelas janelas nunca tinham sido abertas?

Quando ela ligou o carro, o ar-condicionado começou a funcionar de imediato. Era maravilhosamente poderoso e sonoro, como se os engenheiros alemães que o projetaram quisessem criar não só ar, mas vento. No momento em que o manobrista chegou para parar o outro carro, um BMW prateado, Bree acenou para ele e saiu lentamente do estacionamento, tomando a direção da rodovia. Ela podia sentir o coração bombeando outra vez a monotonia para fora do corpo.

Quando alcançaram a rua, Bree pisou mais fundo do que era necessário, as árvores do lado de fora se transformando em borrões tão repentinamente que tudo parecia um desenho animado.

— Você ouviu como ele disse "uau" quando você o beijou?

Bree riu e pisou um pouco mais fundo no acelerador. O pedal quase não oferecia resistência. Ela cruzou um sinal amarelo, e uma mulher que passeava com o cachorro balançou a cabeça em um gesto de indignação.

Elas ajustaram o ar-condicionado na potência máxima, abriram as janelas e gritaram, gritos agudos que teriam feito os monstros de Maurice Sendak tremerem de prazer. O carro rugia como se as acompanhasse, o ar entrava pelas janelas e sacudia seus cabelos, fazendo as mechas dançarem diante de seus olhos. Talvez ela estivesse apenas imaginando, mas Bree sentia a adrenalina circulando pelo corpo, partículas microscópicas percorrendo as veias, coisinhas selvagens com vida própria. Ela gritou de novo, um uivo de esvaziar o pulmão, um som que o vento capturou e misturou à risada de Leila.

Bree encontrou a saída para a rodovia e cruzou a rampa de acesso. Ela pisou mais fundo no acelerador, tão fundo que praticamente podia sentir o combustível queimando. Leila batucava no painel como se o passeio tivesse uma daquelas músicas carregadas de energia como trilha sonora. Bree tinha uma visibilidade incrível. Eram apenas ela, Leila, a área metropolitana de Kansas City esparramada sob o amplo céu do Centro-Oeste e a estrada desaparecendo centímetro a centímetro no horizonte, convidando-as a seguir em frente.

4

BREE SÓ PRECISAVA DAR UMA leve cutucada no volante para o Mercedes mudar de faixa na rodovia. Essa não era a primeira vez que ela dirigia. De vez em quando, Alexis a levava para praticar pelo bairro, ou nos amplos estacionamentos dos shopping centers em Reno. Mas essa era a primeira vez que ela sentia a alegria de dirigir e como um carro podia fazer o motorista se sentir mais poderoso, como uma besta livre.

Quando o tráfego começou a ficar mais lento, Bree pegou a saída seguinte. Dirigia com cuidado e sem muita perícia pelas ruas da cidade. Ela voltou para o centro, procurando uma plateia diante da qual pudesse exibir secretamente o carro roubado.

— Para aqui — Leila sugeriu, apontando para uma vaga pequena. — Vamos tomar um sorvete para comemorar.

— Comemorar com sorvete?

— Não tem nada melhor — comentou Leila —, nem álcool. É o segredo que todo pai conhece por instinto: sorvete faz tudo melhorar. Fico surpresa quando penso que os hospitais não têm um estoque de todos os sabores.

Bree pensou na época em que os pais estavam no hospital, em como ela e Alexis costumavam ir à sorveteria com frequência, ou para passar o tempo, ou porque a mãe não conseguia comer outra coisa.

— Agora você disse tudo — ela respondeu enquanto estacionava o carro. Quando desceram, Bree pensou em outra coisa: — Aliás, como você sabe disso? Que os hospitais não têm estoques de sorvete. Quem foi visitar?

Leila virou rápido, como se tivesse sido pega fazendo algo errado. Então baixou os olhos e deu de ombros.

— Minha irmã mais nova teve amidalite.

Elas encontraram uma sorveteria perto dali. A decoração girava em torno de uma velha máquina de refrigerante, um longo balcão com banquetas e, do lado de fora, um toldo listrado sobre duas mesas de aço inoxidável.

— Aqui parece um lugar em San Francisco — comentou Bree, puxando uma cadeira e virando-a de frente para a rua. — Lá tinha todos aqueles sabores malucos, tipo abacaxi assado, chocolate com pimenta e manjericão.

Leila lambeu seu sorvete de morango e pôs os pés na cadeira diante de si.

— Deve ser incrível.

— É. Eu raramente tinha dinheiro para ir lá, o que tornava tudo ainda melhor quando eu podia ir.

— Você ficou lá por quanto tempo?

— Só duas semanas, logo depois que saí de casa — respondeu Bree, observando o trânsito.

— Eu nunca estive lá. Como foi?

— Não lembro de muita coisa, para ser honesta — Bree deu risada.

Era de certa forma divertido ver todo mundo sofrendo e suando dentro dos carros. Bree gostava de observar os detalhes: gravatas afrouxadas com um ou dois puxões e então esquecidas; conversas gritadas em fones de ouvido escondidos; rabos de cavalo afrouxando como tecido desfiado.

— Vamos — disse Leila, terminando de comer a casquinha de seu sorvete. — Já faz um tempinho desde a última descarga de adrenalina. Vamos encontrar alguma coisa para fazer.

Bree e Leila passaram por um parque movimentado onde aconteciam várias partidas da liga infantil. As quadras de basquete eram um borrão de camisetas e shorts coloridos. Nuvens de insetos rodeavam as lâmpadas, e Bree estacionou, mas manteve o motor ligado por causa do ar-condicionado, então sentiu o cheiro de cigarro e decidiu abrir um pouco as janelas. Uma corrente de ar morno entrou pela fresta.

Bree pensava no desenrolar do seu dia em termos de temperatura, a começar pela queimadura de sol no acostamento, depois o calor insuportável no carro de Leila, o primeiro choque gelado no Mercedes e agora a maneira quase milagrosa como o anoitecer tornava o ar agradável.

— As pessoas não sabem apreciar a rotação da Terra — ela comentou, encaixando um dedo na abertura da janela.

Leila riu.

— Esse foi um comentário meio de maconheiro.

Bree deu de ombros, se deliciando com a sensação do ar no dedo.

— Não, parei com essas porcarias todas quando saí de San Francisco. Um ou outro comentário meio maluco faz parte de curtir o dia. Em algum momento, a apreciação acaba simplesmente transbordando.

Leila abriu um pouco o vidro e pôs a mão para fora.

— Por que você e sua irmã não se davam bem? Você é uma das pessoas mais legais que já conheci.

Bree virou para encarar Leila com um sorriso.

— A gente se desentendia. Ela era sempre muito certinha, e eu... sou como sou. E essa aqui é a minha versão mais calma. Há alguns meses eu era mais, humm... agressiva em relação a me divertir.

— E você disse que ela queria mandar em você?

— É. Às vezes parecia que estávamos só representando. Ela ficava furiosa, brigava comigo, e eu respondia com aqueles clichês exagerados de adolescente, tipo, "Você tá acabando com a minha vida" — Bree recitou com uma voz irritante, abrindo completamente a janela. — Eu ficava esperando a Alexis sorrir, ou chorar, ou qualquer outra coisa.

Mas tudo o que ela queria fazer era me disciplinar, e aquilo só me deixava ainda mais irritada. Acho que, de algum jeito, eu esperava que o que tínhamos enfrentado fosse nos unir, tipo, uma ponte sobre o abismo que separava nossa personalidade. Em vez disso, ela começou a namorar um estudante de direito e parecia me odiar mais a cada dia.

Leila não falou nada por um tempo. As duas olhavam para o jogo na quadra.

— Como seus pais morreram?

Bree cutucou o couro do volante.

— Minha mãe teve câncer de pulmão. Ela adoeceu primeiro. Eu tinha catorze anos, a Alexis tinha dezoito. — Ela olhou para Leila, depois deslizou um dedo pelo revestimento da porta do carro, incapaz de manter as mãos quietas. — Meu pai morreu menos de um ano depois. Às vezes não sei se devo me sentir grata ou apavorada por já ter vivido tantas vidas aos dezesseis anos.

Bree suspirou, depois balançou a mão no ar morno.

— Fico feliz por ter partido — disse, virando para Leila com um sorriso. — Posso curtir mais dias.

— Foi um dia legal — Leila comentou.

— Muito legal — Bree concordou, contente por Leila não insistir no assunto. — E agora?

— Não sei. Estava pensando em voltar para a estrada ainda hoje. A gente pode levar este carro de volta, pegar o meu e seguir para o norte por mais algumas horas.

— Onde você costuma dormir?

— De vez em quando alugo um quarto de hotel, mas é solitário pra caramba, prefiro dormir no carro. — Leila diminuiu a intensidade do ar-condicionado e abriu toda a sua janela, pondo a cabeça para fora para sentir o cheiro do ar. — Você está mais do que convidada a vir comigo, se não tiver outros planos.

Maravilha. Sem planos. Exatamente como eu gosto.

Que a aventura continue, então — Leila afirmou, como se lesse os pensamentos de Bree.

Um grito soou no campo de futebol. Bree observou o time que acabara de marcar um gol correr para se abraçar, os pais aplaudindo loucamente, a felicidade estampada no rosto de todos. A outra equipe olhava a comemoração como se quisesse ser convidada.

— E então — Bree falou quando pôs o cinto de segurança e ligou o motor —, por que a aurora boreal?

— É minha obsessão há um tempo. Meu portfólio do colégio não ficaria completo sem isso — respondeu Leila, e, no mesmo instante, uma viatura da polícia fez a sirene soar uma vez atrás delas. O som desapareceu quase tão depressa quanto aparecera, como alguém que pigarreia para interromper uma conversa sem parecer deselegante. Luzes vermelhas e azuis brilharam dentro do carro. Outra viatura se aproximou e parou exatamente atrás do Mercedes. O segundo carro acendeu seu holofote, e Bree desviou o olhar do brilho ofuscante no retrovisor.

— Quais são as chances de não estarem atrás de nós? — perguntou Leila.

Dois policiais desceram de cada carro com a mão no revólver. Um deles apontou uma lanterna para o Mercedes, o que parecia um pouco redundante, considerando o holofote do carro de trás. Eles se aproximaram a passos lentos pelos dois lados do automóvel. Bree protegeu os olhos das luzes brilhantes e esperou que tudo acabasse depressa.

O jogo de futebol havia parado. Todo mundo olhava para o Mercedes e para as viaturas, e os adultos tentavam sem muito empenho fazer as crianças voltarem a se concentrar na partida, embora também estivessem distraídos.

Bree se sentiu meio mal pela bola rolando lentamente para fora das linhas do campo, temporariamente esquecida. Imaginava que nada fazia uma bola mais feliz do que ser chutada pelo campo, sentir as folhas de grama cedendo sob seu peso. Se não fosse pela real possibilidade de levar um tiro, Bree teria saído do carro, corrido até lá e chutado a bola. Chutaria com força, ela passaria por cima do gol, sairia do campo, atravessaria a rua e passaria por cima da fileira de casas, subindo e subindo como uma bala perdida ou um míssil destruidor.

5

A CELA EM QUE ESTAVAM tinha mais ou menos dez metros quadrados e era surpreendentemente limpa. Bree estava deitada no estreito banco de alvenaria, pendurada na beirada, embora colada à parede. O banco era de concreto frio e duro, ferindo as costas. Não sem certa satisfação, ela massageou os pontos onde as algemas tinham pressionado seus ossos, quase lamentando descobrir que não haveria cicatrizes.

— É impressão minha — disse Leila — ou esta cela é mais confortável do que você esperava? — Ela estava sentada ao lado das pernas esticadas de Bree, olhando para o chão com os braços soltos e a ponta dos dedos tocando o solo.

Bree correu um dedo na parte debaixo do banco e olhou para ele procurando sinais de sujeira.

— E mais limpa também.

De repente Leila se ajeitou no banco, os olhos arregalados.

— Puta merda! É a primeira vez que sou presa.

Bree se apoiou nos cotovelos e olhou com escárnio para Leila.

— Eu também.

— A gente devia comemorar. Isso é uma coisa para contar aos netos.

— Tem razão. Como vamos comemorar?

— Você acha que, se pedirmos com jeitinho, nos trariam sorvete?

— Se não der certo, é a sua vez de beijar alguém para conseguir o que a gente quer.

— Combinado. — Leila ficou de pé e se aproximou da grade, que não era cinza sujo como o ferro, mas tinha sido pintada de um bege agradável. — Policiais, por favor — ela falou para o corredor vazio. —

Ainda não ganhamos nosso sorvete de cortesia — e fez uma pausa — Conheço os meus direitos! — Ela olhou para Bree e franziu exageradamente a testa. — Acho que não vamos ganhar sorvete nenhum.

— Miseráveis. Vamos ter que pensar em outro jeito de celebrar a ocasião especial.

— Alguma ideia? — Leila voltou para o banco e sentou sobre os próprios pés.

— Correr nua talvez, porque nunca fiz isso, e pode ser interessante riscar mais um item da lista enquanto comemoramos. Mas não temos muito espaço aqui. Além do mais, não seria a decisão mais inteligente acrescentar mais um delito à nossa ficha criminal tão cedo.

— Suposta ficha criminal — Leila corrigiu. — Você está preocupada?

— Não — respondeu Bree, se deitando como se quisesse mostrar que não estava nada preocupada. — Tenho certeza que vai dar tudo certo. Além do mais, eles praticamente fizeram minha redação para a faculdade. O assunto é aprender com as dificuldades dos meus anos de rebeldia adolescente, e serei aceita em todos os lugares que quiser. — Mas Bree tinha de reconhecer que havia uma pequena fagulha de preocupação. Não por ela, que era menor de idade, e na pior das hipóteses passaria alguns meses em reabilitação. A preocupação era com o que poderia acontecer com Leila.

Um momento depois Bree percebeu como o silêncio era sinistro. Havia apenas a vibração baixa de uma lâmpada fluorescente em algum lugar no corredor. Nenhuma indicação do que estava acontecendo no mundo lá fora.

Leila ficou de pé e se aproximou da grade.

— Alguém? Sorvete? — Sua voz rompeu o silêncio e ecoou pelo corredor, mas não produziu nenhuma resposta. — Canalhas! — Ela sentou no chão, as costas apoiadas nas barras de ferro, as pernas estendidas. Leila tirou os chinelos e os analisou por alguns instantes. — Você não acha que é um erro deixar prisioneiros de chinelos dentro das celas? Podem ser usados como armas. Quer dizer, os meus são muito leves para provocar algum estrago, mas posso dar uma boa surra em alguém.

Bree levantou as pernas e olhou para os sapatos. Eram tênis de skate, antes pretos, agora desbotados e esfarrapados, as solas lisas por causa de sua jornada. O pé direito estava manchado, havia nele uma substância irreconhecível e grudenta que Bree nunca havia notado.

— Os meus tênis são pesados o bastante para fazer estrago. Sou muito apegada a eles, mas posso fazer o sacrifício, se for para me tornar a primeira pessoa a fugir da cadeia usando apenas os próprios sapatos.

— Bom, mas não podemos simplesmente sair usando nossas armas. Precisamos de um plano.

— É claro — Bree concordou, se juntando à Leila no chão. — A gente devia fazer um refém. Quando alguém vier nos pegar, usamos meus cadarços para amarrar a vítima. Eu aponto o tênis para a cabeça dele, enquanto você abre caminho a chineladas.

— O que vamos fazer quando estivermos lá fora?

— Aí é hora de disparar os sapatos. Na confusão do tiroteio, corremos para a viatura policial. Fazemos uma ligação direta, fugimos para um lugar seguro e pintamos a viatura de vermelho.

— E vivemos o resto da vida como fugitivas — Leila concluiu em um tom animado. — Vamos dirigir pelo país todo zombando das autoridades. Depois atravessamos a fronteira e seguimos para o norte até onde as estradas canadenses permitirem. Vamos ver a aurora boreal, depois voltamos para os Estados Unidos e seguimos para o sul até a Patagônia, para ver o céu do outro lado do mundo.

Bree estava prestes a concordar quando ouviram o barulho de portas sendo abertas e fechadas, depois os passos pesados de um oficial no corredor.

— O Estado exige que concedamos a vocês o direito a um telefonema cada para um parente ou advogado — ele avisou com as chaves na mão.

Bree ficou parada, quieta. Ela podia sentir os olhos de Leila e do policial sobre ela, carregados de expectativa. Leila pediu um instante ao homem e se sentou ao lado de Bree, esperando que ela a encarasse.

— Não tenho ninguém a quem telefonar — disse suavemente. — Você tem? — Bree exalou, talvez exagerando um pouco para mostrar que a pergunta era como um soco no estômago. Ela balançou a cabeça. — Eu esperava que você tivesse um tio ou uma tia — Leila confessou.

— Não. Não perto daqui, pelo menos.

Leila levou a mão à boca e roeu um canto de unha.

— Por mais que tenha sido surpreendentemente razoável ficar presa, é bem provável que a gente se meta em uma confusão muito feia se não chamarmos alguém. Tipo, daquelas que podem estragar a vida. Se tivesse qualquer outra coisa que pudéssemos fazer, outra pessoa para chamar, eu não pediria isso. Mas, a menos que consiga pensar em outra pessoa, vamos precisar ligar para sua irmã.

— Talvez não seja tão grave assim — Bree respondeu. — Vamos esperar até alguém vir aqui falar com a gente, precisamos saber exatamente com o que estamos lidando. — As palavras não soavam convincentes nem para ela mesmo, mas estava tentando afastar a ideia de ligar para Alexis. Elas não se falavam havia mais de nove meses. Bree tinha um pesadelo recorrente: ela estava pedindo carona e todos os carros que paravam eram dirigidos por Alexis, com Matt no banco do passageiro.

— Bree, nós duas sabemos que não é uma boa ideia. Tivemos um dia do caramba. — Ela mostrou a cela e sorriu, ainda falando em voz baixa. — Mas acho que dá pra dizer que acabou por aqui. Agora as consequências começam a aparecer. Se não tiver ninguém lá fora para nos ajudar, elas vão ser piores do que precisam ser.

— Leila... — Bree começou a dizer, mas não sabia como continuar.

— Eu sei que você não saiu de casa nas melhores circunstâncias, mas o que mais podemos fazer?

— Você não entende — Bree respondeu, surpresa com o fato de que estava muito perto de chorar. — "Nas melhores circunstâncias" é uma merda que não chega nem perto de descrever o que aconteceu. Não posso ligar depois de tanto tempo e pedir para ela me tirar da cadeia.

O silêncio voltou a dominar a cela, rompido apenas pela respiração pesada de Bree. Ela puxou os joelhos contra o peito, quase sem conseguir encaixar os pés no banco estreito. Cutucou a mancha no tênis, removendo a substância grudenta com um barulho nojento.

— Não dá pra curtir a vida aqui dentro, Bree. Eu sei que você não quer falar com ela. Mas você tem que fazer isso. Vocês são irmãs. Tenho certeza que ela vai ficar feliz quando ouvir sua voz.

Bree parou de arrancar a sujeira do tênis e apoiou a cabeça nos joelhos.

— Eu beijei o noivo dela. — Ela respirou fundo, tentando estabilizar a voz quando se lembrou da expressão de Alexis. — Era só rebeldia, sabe? Do tipo esperado quando se trata alguém como criança. Ela pegou a gente. Assim que vi a cara dela, peguei minhas coisas e saí de casa.

Bree havia pensado que, na próxima vez em que visse Alexis, elas já seriam adultas e o tempo teria curado as feridas que causaram uma à outra. Tinha até fantasias de encontrá-la na rua, em algum lugar em Nova York talvez, e elas sorririam uma para a outra e diriam: "Como estão as coisas?", e tomariam um café. Quando isso acontecesse tudo seria esquecido, ou se tornaria irrelevante, pelo menos.

— Não posso ligar para ela. Não depois do que fiz.

Um dreadlock lhe caiu sobre os olhos, e ela desanimadamente tentou desfazer alguns nós.

— Me deixa falar com ela — Leila disse depois de um tempo.

Bree respirou fundo e fechou os olhos.

— Ela não vem.

— Não custa tentar.

Em algum lugar para além das grades da cela, um telefone estava tocando.

— Não quer tentar o plano de fuga com os sapatos? Acho que pode dar certo — Bree tentou.

Leila riu e apertou de leve o braço dela.

— Não se preocupa. Vou cuidar de tudo.

Ela hesitou por um momento. Bree podia ouvir o policial impaciente do lado de fora, a respiração meio ofegante. Leila afagou novamente o braço de Bree e disse ao policial que estava pronta.

Bree observou Leila se afastar pelo corredor com o policial, ouvindo o ruído das solas de borracha contra o piso de linóleo.

Bree não sabia dizer quanto tempo ela e Leila ficaram presas. Tempo suficiente para deixar a monotonia chegar. Foi aí que ela começou a entender de fato o horror de uma cela. Antes, achava cruel manter relógios nas prisões, forçar os prisioneiros a literalmente ver o tempo passar sem participar dele. Mas agora se dava conta de que não ter relógios por perto era o castigo mais severo. Só um dia abstrato seguido de ou tro, e você ali, imóvel no meio disso tudo.

Uma campainha interrompeu a reflexão de Bree e a porta no fim do corredor se abriu. Fazia muito tempo que ela não via um rosto familiar.

Mais do que tudo, ela estava surpresa pelo fato de Alexis ainda estar do mesmo jeito. Ela vestia um moletom com capuz e calça larga e estava sem maquiagem, parecendo ainda mais jovem do que era, mais próxima da idade de Bree. Ela sempre achara a irmã mais bonita, e agora tinha certeza disso. Ela parecia descansada, como se sua ausência fosse um alívio.

Um policial a acompanhava, examinando um molho de chaves e claramente não sabendo qual usar. Bree não se levantou, mas viu a irmã se aproximar lentamente.

Leila ficou de pé e se afastou da grade. Ela sorriu numa tentativa de reconfortá-la, mas Bree não se sentia reconfortada. Seu estômago sofria com o nervosismo. Tinha medo de vomitar na frente de todo mundo.

O rosto de Alexis era sereno, quase sem expressão, só um pouco diferente de como ela o vira meses atrás. Bree se lembrava da tensão nos músculos do maxilar que precedia todos aqueles sermões.

Bree continuava esperando algo grandioso acontecer. Alexis gritar com ela, ou, por alguma razão, abraçá-la. Mas não conseguia saber o que a irmã estava pensando.

O policial conduziu Leila e Bree pelo corredor sem dizer nada. Elas seguiram alguns procedimentos burocráticos, assinaram alguns formulários. Um dos policiais falou um pouco e perguntou: "Vocês entenderam?", quando terminou, mas Bree nem estava ouvindo, então apenas assentiu. De todas as coisas possíveis, Bree estava pensando se havia voo direto de Reno para Kansas City, ou se Alexis fizera escala. Quanto tempo elas haviam passado na cela?

Um jovem policial atrás de um balcão entregou a chave de Leila e informou para onde o guincho havia levado o carro. Ele também devolveu a bolsa de viagem de Bree. Quando o policial passou mais formulários para Alexis assinar, Bree sentiu a ansiedade crescer e comprimir seu peito, como se realmente tivesse o poder de arrancar todos os músculos do coração. Quando foram encaminhadas para o lado de fora, Bree deu um passo para longe de Leila, como se quisesse mantê-la distante da discussão que certamente aconteceria.

Lá vem, pensou Bree. *Um sermão, a grande explosão do amor fraternal e singular de Alexis.* Mas Alexis simplesmente continuou andando em silêncio para o estacionamento. Não havia muitos carros ali, e todos pareciam ter a mesma cor desbotada sob o brilho das lâmpadas da rua. As ruas estavam quietas, todo o bairro dormia.

— É isso? — Bree perguntou à irmã. — Você não tem nada a dizer?

Alexis virou. Parecia prestes a começar a berrar, mas apenas falou suavemente:

sento mal podia sustentá-lo. Os dois últimos botões da camisa estavam abertos, revelando pelos enrolados grudados de suor. Ele não disse nada, só a olhou de um jeito que a fez abrir a bolsa e tatear lá dentro em busca da faca de carne.

— Preciso ir à rodoviária — Bree falou, tentando identificar o objeto no porta-copos do SUV.

— E aí? — ele respondeu, apoiando um braço sobre o banco do passageiro. Bree teve a impressão de que ele podia abrir a porta do outro lado do carro sem ter que se mover muito.

Ela sentiu o cheiro doce e enjoativo de uísque.

— A rodoviária mais próxima — repetiu, ainda tateando entre as roupas e os restos de comida para encontrar a faca. — Você pode me levar?

— Ah, claro, posso fazer isso sim. — Sem nem se incomodar em disfarçar que estava tentando ver o corpo dela abaixo da linha da camiseta, ele se inclinou para a janela, derrubando a garrafinha de uísque que levava no porta-copos. Ele nem pareceu ter notado.

Bree olhou para a estrada, esperando que talvez outro carro aparecesse. A pista estava vazia, só uma faixa de asfalto sob as lâmpadas da rodovia, as silhuetas das árvores para além do acostamento, nem mesmo uma casa ou uma loja fechada. Ela tirou a mão da bolsa e vasculhou os compartimentos laterais.

— É muito longe?

— Perto — ele respondeu. — Muito perto. Mas a gente devia tomar alguma coisa antes. — Quando ele disse isso, pareceu se lembrar da garrafa de uísque. — Ah, merda — resmungou e se abaixou para procurar a bebida.

Em qualquer outra noite, em qualquer outro lugar, Bree teria ido embora. Teria caminhado a noite toda até encontrar uma rodoviária, se necessário. Mas sabia que a voz de Alexis a seguiria. Ela só queria movimento de novo.

Ela suspirou e segurou a maçaneta, mas não abriu a porta.

— Eu venho até Kansas City pra tirar você da cadeia depois de passar nove meses sem nenhuma notícia sua, e você nem pede desculpas pelo que fez? — Alexis parou e esfregou os olhos vermelhos com a palma da mão. — Esquece o Matt. Eu pensei que você estivesse morta, Bree. Telefonei para todos os hospitais num raio de cento e cinquenta quilômetros. Assinei jornais online de todas as grandes cidades para ler os obituários, sobre pessoas desaparecidas que haviam sido encontradas mortas, sempre com a esperança de que nenhuma descrição correspondesse à sua. Você se comportou como uma pirralha por meses depois que o papai e a mamãe morreram, e em nenhum momento lembrou que eu também tinha perdido os pais. E tudo que você fazia era agir como se eu tivesse culpa. Depois de tudo pelo que passamos, você me deixou sozinha morrendo de preocupação. Não deu a mínima para como eu me sentia. Então, nove meses mais tarde, os piores nove meses de uma vida que incluiu muitos meses ruins, recebo um telefonema de uma delegacia do outro lado do país, e nem ao menos é sua voz que escuto. É a voz de uma desconhecida. Não teve nem a decência de ligar você mesma? Como você pode ser tão egoísta e imprudente?

Leila cruzou os braços como se quisesse se proteger. Os olhos dela estavam fixos em Bree, o olhar firme, o rosto marcado apenas por uma ruga entre as sobrancelhas. Fora da delegacia, tudo era silêncio, mas Bree imaginava que conseguia ouvir coisas se dilacerando.

— Você realmente não tem nada para me falar? — perguntou Alexis, a chave em sua mão tilintando contra o vidro quando ela se apoiou na porta aberta. — Foi tão longe assim?

Os músculos no peito de Bree se contraíram mais. Ainda podia sentir os olhos de Leila cravados nela, por isso olhou para cima, para o ponto mais escuro do céu.

— De que merda você está falando? É você quem tem que pedir desculpas. Depois que o papai e a mamãe morreram, passei meses ouvindo você reclamar de tudo. Você nunca disse que sentia saudade deles, nem uma vez; nunca se comportou como se sofresse por eles terem morrido. Sua única preocupação era ficar com o Matt. Como se não tivesse mais família nenhuma. É a primeira vez que vejo você chorar.

Alexis soltou o ar pela boca e balançou a cabeça.

— Eu chorava toda noite, Bree. Assim que eu ia para a cama, ligava a tevê para encobrir o barulho e enterrava o rosto no travesseiro para chorar. É um milagre que Matt e eu tenhamos ficado juntos tanto tempo, considerando quanto desse tempo eu passei chorando.

A lembrança voltou, Bree lembrou que ouvia a tevê ligada no outro quarto e se ressentia por Alexis ter superado tudo tão depressa.

— Se isso é verdade, por que nunca me contou?

— Porque eu tentava ser forte na sua frente. Eu estava destruída. E ainda estou. — Ela suspirou, ou arfou, ou uma mistura das duas coisas. — Meus pais morreram e minha irmã mais nova começou a aparecer bêbada, andar com drogados e estava sempre metida em encrenca. De que outro jeito eu poderia me sentir? — Ela fungou e, a julgar pelo ruído, tirou alguma coisa da bolsa para limpar o nariz, mas Bree não tinha coragem de olhar. — Só para você saber, pra tirar você dessa encrenca, eu tive que procurar o Matt — Alexis continuou, falando o nome dele como se o vomitasse para Bree. — A última pessoa com quem eu queria falar, graças a você. Ele telefonou para o dono do carro que você roubou e conseguiu convencê-lo a retirar a queixa — ela falava lentamente, como se esperasse que Bree a interrompesse. — Portanto você está livre para fazer o que quiser outra vez.

Antes que Bree pudesse dizer alguma coisa, a porta do carro de Alexis começou a fechar. O motor ganhou vida e a garota acendeu a luz interna para se olhar no retrovisor, limpar as lágrimas. Depois pisou no acelerador e começou a se afastar.

Bree esperou o carro da irmã desaparecer antes de olhar para Leila. Ela sentia que começava a tremer com o esforço de conter as lágrimas, como se o choro de Alexis fosse contagioso.

— Essa sim foi uma conversa bacana.

Então pegou a bolsa do chão e pendurou a alça no ombro. A alça raspou no pescoço queimado de sol e provocou um ardor que lhe desceu pelas costas. Sempre que se deparava com uma situação na qual nunca estivera antes, Bree gostava de se atentar ao cenário, comprometida, como sempre, com a intenção de não deixar a vida passar despercebida. Mas quase não notava o ar agradável do Kansas, ou os policiais que conversavam no estacionamento; tudo era esquecido com quase a mesma rapidez com que era notado, suplantado pelas palavras de Alexis. Bree tinha a sensação de que não havia nada ali, apenas ela e a bagunça que acontecia em seu estômago. Precisava sentar, mas tinha medo de as lágrimas aparecerem e ela não ser capaz de levantar por horas.

— Sabe — Bree comentou, andando tão lentamente que parecia estar mancando —, acho que vou continuar sozinha.

Leila parou de segui-la.

— Por quê? — Ela parecia magoada.

— Só preciso ficar sozinha por um tempo — Bree explicou. Falar exigia um esforço enorme. Ela se sentia ofegante, zonza, imaginava Alexis chorando no travesseiro, telefonando para os hospitais, adoecendo de preocupação enquanto ela viajava de carona, praticava pequenos furtos e bloqueava qualquer pensamento que contrariasse seu declarado amor pela vida.

Leila mordeu o lábio e franziu o cenho.

— Não consigo entender.

— Obrigada por um dia legal — Bree murmurou, quase sem ar. — Desculpe ter feito você ser presa. — Ela ajeitou a alça da bolsa mais uma vez e deu as costas para Leila, descendo a rua sem olhar para trás, o mundo todo se apagando e a deixando sozinha com seus pensamentos.

6

EM MISSION HILLS, KANSAS, POUCA gente precisava usar a estrada depois da meia-noite em um dia de semana, Bree logo descobriu. Depois de sair da delegacia, ela andou por cerca de meia hora para se acalmar. E, embora ainda não conseguisse raciocinar com clareza, o hábito enraizado da estrada se impôs e ela se viu pedindo carona. Estava parada no semáforo da rampa de acesso havia pelo menos uma hora e o motorista do único carro que passara nem a vira.

Ela colocou a bolsa no chão e vestiu a regata verde fluorescente que usara para se proteger do sol mais cedo. Migalhas caíram como flocos de neve quando ela tirou a regata da bolsa. Um par de faróis brilhou distante em sua direção, mas virou à esquerda alguns quarteirões antes do acesso à rodovia. Bree costumava achar bonitas as ruas à noite, tudo iluminado e tranquilo, os galhos, as luzes e o asfalto calmos, como se estivessem dormindo. Agora tudo parecia tão solitário.

Ela avistou pedras espalhadas na lateral da rodovia e pegou um punhado delas. Desejando atirá-las contra alguma coisa, escolheu o poste do semáforo do outro lado da rua. Esperava ouvir o ruído característico do impacto da pedra contra o metal, mas errava sempre Bree ficava com mais raiva a cada pedra que passava pelo poste sem fazer nenhum barulho. Das pedras, do poste, dela mesma. Mais que tudo, no entanto, sentia raiva do monólogo interior, de como seu cérebro não parava de repetir as mesmas palavras muitas e muitas vezes na voz de Alexis: *egoísta e imprudente.*

Por fim, uma pedra acertou o metal e o som ecoou pela noite. Bree ergueu as mãos e gritou triunfante. Um carro passou pela estrada sobre o elevado sem ser visto. Depois a noite caiu no silêncio de sempre, e a voz de Alexis retornou.

Bree sentou na calçada, os antebraços sobre as pernas, a cabeça apoiada no colo, como alguém bêbado demais para andar, ou alguém a bordo de um avião prestes a cair.

Egoísta e imprudente. Bree queria jogar as palavras de volta na cara da irmã. Quem tinha sido egoísta primeiro? Muito antes de Bree sair de casa, Alexis começara a passar a noite na casa de Matt, cancelar almoços, agir como uma figura de autoridade quando tudo que Bree queria era uma aliada. E por quê? Por causa de um estudante de direito chato e pouco atraente? Um cara que queria passar o resto da vida lendo contratos?

Bree olhou para as pedrinhas no asfalto, para os brilhantes cacos de vidro deixados por um acidente antigo. Tentava não pensar em quantas noites dos últimos nove meses Alexis passara sozinha na casa vazia, cercada de lenços de papel que caíam feito destroços à sua volta. Bree tentou se convencer de que a culpa não era sua. Tentou se convencer de que a insistência de Alexis em ser forte em vez de compassiva era a raiz do problema, mas o argumento não se sustentava, e cada tentativa era refutada pela voz de Alexis: *egoísta e imprudente*.

Então ela notou que os cacos de vidro começaram a brilhar mais forte por causa dos faróis que cortavam a escuridão. Bree ficou em pé e ergueu o polegar na pose clássica de quem pede carona, aquele clichê insubstituível. Seu primeiro pensamento foi pegar mais pedras e atirá-las no carro para ouvir o ruído do impacto. Mas ela conteve o impulso.

O carro era do tipo que os residentes de Mission Hills pareciam preferir, grande e luxuoso, um SUV preto com acabamento cromado. O veículo quase passou direto, mas de repente o motorista pisou no freio, manobrando para parar. A janela se abriu e Bree olhou para dentro do veículo, mas manteve um pé na calçada.

O motorista tinha bolsas sob os olhos que, a princípio, Bree pensou serem apenas sombras. A careca quase encostava no teto, e o assento mal podia sustentá-lo. Os dois últimos botões da camisa estavam abertos, revelando pelos enrolados grudados de suor. Ele não disse nada, só a olhou de um jeito que a fez abrir a bolsa e tatear lá dentro em busca da faca de carne.

— Preciso ir à rodoviária — Bree falou, tentando identificar o objeto no porta-copos do SUV.

— E aí? — ele respondeu, apoiando um braço sobre o banco do passageiro. Bree teve a impressão de que ele podia abrir a porta do outro lado do carro sem ter que se mover muito.

Ela sentiu o cheiro doce e enjoativo de uísque.

— A rodoviária mais próxima — repetiu, ainda tateando entre as roupas e os restos de comida para encontrar a faca. — Você pode me levar?

— Ah, claro, posso fazer isso sim. — Sem nem se incomodar em disfarçar que estava tentando ver o corpo dela abaixo da linha da camiseta, ele se inclinou para a janela, derrubando a garrafinha de uísque que levava no porta-copos. Ele nem pareceu ter notado.

Bree olhou para a estrada, esperando que talvez outro carro aparecesse. A pista estava vazia, só uma faixa de asfalto sob as lâmpadas da rodovia, as silhuetas das árvores para além do acostamento, nem mesmo uma casa ou uma loja fechada. Ela tirou a mão da bolsa e vasculhou os compartimentos laterais.

— É muito longe?

— Perto — ele respondeu. — Muito perto. Mas a gente devia tomar alguma coisa antes. — Quando ele disse isso, pareceu se lembrar da garrafa de uísque. — Ah, merda — resmungou e se abaixou para procurar a bebida.

Em qualquer outra noite, em qualquer outro lugar, Bree teria ido embora. Teria caminhado a noite toda até encontrar uma rodoviária, se necessário. Mas sabia que a voz de Alexis a seguiria. Ela só queria movimento de novo.

Ela suspirou e segurou a maçaneta, mas não abriu a porta.

— Só a rodoviária é suficiente.

Ele levantou resmungando, a garrafa nas mãos. Tirou a tampa e deu uns goles.

— Um drinque — disse, limpando a boca com o dorso da mão. — Vem, entra.

Bree sentia que, com a faca na mão, entrar no carro podia não acabar sendo a coisa mais estúpida que já fizera na vida. Não seria inteligente, admitia, mas talvez essa fosse uma daquelas histórias que contaria um dia sobre a inconsequência da juventude. Ela abriu completamente o zíper da bolsa e olhou dentro dela, afastando sacos de salgadinho, o kit de costura e a embalagem de chiclete. Mas a faca não estava lá. Os policiais deviam ter confiscado.

E ainda assim ela começou a puxar a maçaneta da porta. E viu a própria imagem refletida na porta do SUV. Parecia cansada, abatida, cercada pelo brilho alaranjado da iluminação pública que a envolvia e formava uma espécie de halo não merecido.

O motorista ergueu as sobrancelhas e sorriu ao vê-la abrir a porta.

— É disso que eu tô falando — ele comentou.

Quando se preparava para entrar, Bree ouviu um chiado familiar e viu um automóvel parando atrás do SUV. Os faróis iluminando seu rosto a impediam de enxergar muita coisa.

Apesar dos dois motores ligados, Bree ouviu a música que saía dos alto-falantes do carro. A voz do cantor era mais lamuriosa do que ela apreciava normalmente, mas já sentia a urgência de aumentar o volume. A música soou um pouco mais alta quando Leila abriu a porta e desceu para se aproximar de Bree. Ela olhou dentro do SUV, e o motorista sorriu.

— Duas? Que bom. Tem muito de mim também.

Leila pousou a mão no ombro de Bree.

— Estou dirigindo em círculos há uma hora procurando você — sussurrou. — Achei que você precisava de um tempo para se acalmar.

Por um momento, a voz de Alexis em sua cabeça se calou. Bree nunca se sentira tão feliz por ver alguém.

— Bem na hora — disse, fechando a porta do SUV e provocando gritos ininteligíveis do motorista. — Você me salvou da pior decisão da minha vida.

Quando entrou no carro de Leila, Bree viu a silhueta de papelão no banco de trás e quis rir, mas não encontrou o riso dentro dela e se limitou a soltar o ar pelo nariz, como se seu corpo tivesse perdido essa capacidade. Ela prendeu o cinto de segurança e aumentou o volume do rádio, depois fechou os olhos e deixou a melodia afogar seus pensamentos. Leila pisou no acelerador e elas saíram do acostamento.

Egoísta e imprudente, seu cérebro cochichou mais uma vez. Bree pensou no que poderia ter acontecido se entrasse naquela caminhonete, vislumbrou como poderia ter sido o acidente. Imaginou Alexis atendendo a outro telefonema inesperado, pensou que a irmã — mesmo em meio à dor — poderia sentir alívio.

Os soluços explodiram de repente. Subiram-lhe à garganta antes que ela pudesse contê-los, a deixaram ofegante antes mesmo de as lágrimas molharem seu rosto. Elas pingaram no banco vermelho do carro de Leila, brilharam por um segundo sob as luzes da rodovia antes de penetrarem no tecido, formando manchas escuras como sangue.

Leila não disse nada por um tempo, mas abaixou o volume do rádio e deu a Bree alguns guardanapos de papel do saco de rosquinhas que ainda estava no carro.

— Sei que você ama sua vida na estrada, Bree — ela disse, estendendo a mão para tocar a da amiga. — Mas talvez você ame mais a *ideia* de amar essa vida do que a vida propriamente dita.

Bree limpou os olhos, espalhando a umidade pelos cílios. Um carro passou em sentido contrário na pista. Os faróis se tornaram sóis brilhantes nas lágrimas que pendiam de seus cílios. Bree limpou o nariz em um dos guardanapos que Leila lhe dera. Por um bom tempo não disse nada, apenas sentiu as lágrimas que se recusavam a cessar, o nó no estômago que persistia enquanto se negava a admitir o que sabia que era verdade. Mais carros passaram, iluminando o interior do carro de Leila por um instante antes de desaparecerem na estrada, sem saber ou se importar com o que Bree estava sentindo.

— Ela estava certa — ela disse por fim, apertando tão forte o guardanapo usado que ele ficou com a forma de seu punho cerrado mesmo depois de ter sido jogado no lixo preso ao câmbio. — Sou egoísta e imprudente. Pensei que estava vivendo como a gente tem que viver, sem subestimar as coisas. Mas eu só estava sendo uma idiota, não é?

— Eu não diria isso — Leila riu.

— Não, eu fui uma cretina. Beijei o noivo dela e desapareci. Deixei minha irmã pensar que eu estava morta. Nunca pedi desculpas. E ela só estava tentando cuidar de mim. — A voz de Bree sumiu, a compreensão do que fizera sufocando as palavras.

— As pessoas se machucam — disse Leila, sem mudar o tom de voz. — Acontece com todo mundo. De propósito ou não, com arrependimento ou não. É parte do que fazemos às pessoas. A beleza está na nossa capacidade de superar e perdoar.

Bree deixou as palavras de Leila suspensas no ar. Desde que saíra de casa, pensava no beijo que dera em Matt como um exemplo claro de curtir o dia. Beijar alguém que queria beijar, seguir aquela vozinha interior espontânea e não olhar para trás devia ser sempre uma vitória.

Mas agora não parecia nada mais do que um impulso egoísta. As lágrimas começaram a brotar outra vez. Ela as sentiu transbordar em silêncio, sem soluços desta vez, como Alexis chorara na delegacia.

Bree endireitou as costas e puxou o cinto de segurança, que a apertava demais.

— Estou perdida — disse, pegando outro guardanapo para limpar o nariz. — Não sei o que dizer para consertar tudo isso, mas ela precisa saber que estou arrependida. Temos que encontrá-la.

— Tudo bem, nós vamos.

— Como? Não sei onde ela está. Não lembro o número do celular. Você tem o número?

Leila balançou a cabeça.

— O policial procurou o número da sua casa quando eu fui telefonar para ela.

— Então ela sumiu. — As lágrimas lhe anuviavam a visão e Bree as deixou rolar.

— Acho que sei para onde ir — disse Leila.

Enquanto o carro ganhava velocidade, Bree segurou a mão reconfortante de Leila e se permitiu chorar.

7

ERAM QUATRO DA MANHÃ. E Bree perdera a conta do número de hotéis nos quais passaram à procura de Alexis. Elas contornaram o aeroporto, parando em todos os lugares que avistavam. Teria sido mais fácil controlar as paradas se todos os hotéis não usassem a mesma paleta de cores: o mesmo amarelo-claro nas paredes, o mesmo carpete verde-escuro, a mesma mobília vermelha.

Leila tinha certeza de que Alexis estava em um dos hotéis perto do aeroporto, aguardando para embarcar na manhã seguinte. Mas elas não a encontraram; tudo o que viram foi uma sucessão de recepcionistas balançando a cabeça para o monitor e dizendo: "Sinto muito". Os saguões estavam sempre vazios, os estacionamentos quietos, como se o Arrebatamento tivesse acontecido e deixado para trás apenas os funcionários de hotel.

— A gente já não passou nesse aqui? — Bree perguntou quando Leila parou o carro em uma vaga perto da entrada de mais um hotel na região do aeroporto. — Acho que não faz mais sentido, Leila. Não vamos encontrá-la.

— Vamos lá — respondeu Leila, soltando o cinto de segurança. — Tenho um bom pressentimento com relação a esse hotel. — E deu uns tapinhas encorajadores na coxa de Bree antes de sair do carro. A garota suspirou e a seguiu, sentindo uma vontade rara de dormir.

As paredes do saguão eram mel e mostarda, o carpete estampado em verde-jade e marrom. Havia duas mulheres atrás do balcão da recepção. A mais velha fazia cara feia para alguns papéis diante de si. Os cabelos finos e loiros estavam presos em um coque frouxo, e ela tinha rugas que pareciam profundas demais para a idade. O crachá estava preso na camisa, brilhante, mas lascado em um canto, de forma que o "e" de "Marjorie" havia quase desaparecido.

A mais jovem parecia cansada, mas alegre. O cabelo vermelho estava penteado como o de Marjorie, mas cada mecha estava firme no lugar. Seu crachá exibia apenas "em treinamento". Quando notaram Bree e Leila se aproximando, Marjorie sussurrou alguma coisa para a mais jovem e deu um passo para trás. "Em treinamento" adotou uma expressão cortês, embora aquilo não pudesse ser chamado de sorriso.

— Bom dia, senhoritas — disse. — Como posso ajudá-las?

— Oi — Leila respondeu, dando início à mesma explicação que dera a todos os recepcionistas dos hotéis. — Nós precisamos falar com uma hóspede. — E disse o nome de Alexis.

— Qual é o número do quarto? — perguntou a jovem, olhando para o monitor e pousando as unhas com francesinhas bem feitas sobre o teclado.

— Não temos o número do quarto, na verdade. Só o nome.

"Em treinamento" digitou alguma coisa, mas não esboçou nenhuma reação ao que viu na tela. A mulher hesitou, depois olhou por sobre o ombro para Marjorie, que balançou brevemente a cabeça.

— Lamento, não tenho autorização para fornecer informações sobre os hóspedes. — "Em treinamento" cruzou as mãos sobre o balcão. — Sinto muito.

— Então ela *está* hospedada aqui? — perguntou Bree, sentindo o coração começar a acelerar.

— Hum, bem... — "em treinamento" começou, mas foi interrompida por Marjorie.

— Não podemos fornecer informações. — E deu um passo a frente, empurrando a jovem para o lado. Bree não pôde deixar de notar os curativos cobrindo duas unhas na mão esquerda de Marjorie.

— É uma emergência familiar — disse Leila. — Não precisa fornecer nenhuma informação. Basta ligar para o quarto dela.

— Não posso incomodar os hóspedes a esta hora — Marjorie respondeu.

Bree lutava contra o impulso de partir para o ataque.

— Por favor, nos ajude. Preciso muito falar com a minha irmã. Não pode dizer pelo menos se ela está neste hotel?

— Lamento, não posso fazer nada. É contra a política da empresa. — Marjorie se ajeitou, cruzando as mãos às costas como um soldado em posição de descanso. "Em treinamento" olhou para Bree com ar de piedade e moveu os lábios pedindo desculpas.

— O que é contra a política da empresa? — Bree ergueu a voz. — Permitir o contato entre dois membros de uma família em situação de emergência?

Leila pousou a mão sobre o ombro de Bree e a tirou do caminho, se colocando diretamente na frente de Marjorie. Bree deu dois passos na direção da lareira falsa para se acalmar antes de voltar.

— Marjorie — Leila disse com um sorriso. — Não queremos que faça nada que vá contra as normas da empresa. Só precisamos entrar em contato com a irmã da minha amiga imediatamente. O que pode fazer para nos ajudar?

A mulher ergueu o queixo com despeito. Bree percebeu que sua expressão normal era carrancuda, os cantos da boca voltados para baixo como se esperasse constantemente a decepção.

— Não posso dar nenhuma informação sobre os hóspedes e não posso incomodá-los.

— Tem um gerente com quem a gente possa falar? — Bree perguntou da forma mais calma possível.

Marjorie exibiu os cartões sobre o balcão. "Supervisora da recepção."

— Ótimo — disse Bree. — Uma pessoa infeliz agarrada ao poder. Era exatamente o que precisávamos encontrar. — Ela pegou um cartão e começou a rasgá-lo em pedacinhos, balançando a cabeça.

Leila olhou para Bree de um jeito que ela entendeu imediatamente. "Deixa que eu cuido disso." Bree abaixou a cabeça, mas continuou rasgando o cartão até o nome e o título de Marjorie ficarem ilegíveis.

— Peço que desculpe a minha amiga. Ela teve uma noite difícil — Leila começou. E se inclinou para frente para olhar bem nos olhos azuis de Marjorie. — Uma das minhas canções preferidas é de uma banda chamada Modest Mouse: "O mundo todo fede, então ninguém mais toma banho". Talvez você tenha tido uma noite pior que a da minha amiga. Seu chefe tenha gritado com você, ou um hóspede tenha sido grosso. Mas, na minha opinião, só existem duas maneiras de resolver as coisas depois de uma noite ruim: ou você fede com todo mundo, ou toma um banho. Tenho certeza que a minha história aqui vai fazer você se sentir grata por seus problemas serem tão pequenos. E tenho certeza que há uma história sua que vai fazer meus problemas parecerem pequenos. Mas que utilidade teria isso? Todo mundo mostrando como tudo é horrível, em vez de tentar melhorar um pouco as coisas? Você só precisa nos dar o número do quarto. Só essa coisinha e o mundo vai se tornar um pouco melhor.

Leila uniu as mãos, um gesto mais de esperança que de súplica.

Bree ergueu os olhos da pilha de pedaços de cartão que havia feito enquanto Leila falava. O saguão estava quieto depois do discurso, o que era bom sinal, apesar de todos os outros também terem sido silenciosos. No entanto, algo mudara na expressão de Marjorie. Talvez fosse bondade, talvez só misericórdia.

Marjorie pigarreou.

— Não posso ajudar vocês. — Ela se virou para a "em treinamento". — Sempre siga as regras da empresa. — E empurrou um cartão por cima do balcão em direção a Leila. — Se descobrir qual é o número do quarto da hóspede, por favor, sinta-se à vontade para voltar.

Bree balançou a cabeça, sem poder acreditar. Pensou em jogar os pedaços de cartão na cara de Marjorie, ou disparar pelos corredores acordando todo mundo no hotel, mas não tinha energia para isso. Ela agarrou o braço de Leila e a puxou para longe do balcão da recepção.

— Vamos sair daqui — disse.

Quando abriram a porta para o estacionamento, Bree ficou chocada com o fato de o ar ter esfriado tanto.

— Que vaca — disse Leila. Ela estava olhando para o cartão que Marjorie lhe dera. — Que mulher sem coração.

— É — Bree concordou. Não estava a fim de encarar frustração. Só queria parar por um tempo.

Um momento de silêncio passou. O aeroporto estava bem diante delas, e Bree podia ver táxis seguindo para o terminal, deixando ali os primeiros passageiros. Ela se perguntou que consolo teria se simplesmente voltasse para a vida na estrada, tentasse amar a ideia de viver desse jeito, mesmo não amando a coisa em si?

— Dois um oito! — Leila gritou, rompendo o silêncio.

— O quê?

— Dois um oito — repetiu, passando o cartão a Bree e voltando ao hotel.

Bree olhou para o cartão e o virou, vendo os números anotados no verso, em uma caligrafia redonda, limpa.

Seu coração acelerou. Alexis estava ali. Ela não sabia o que diria à irmã, mas tudo podia ficar bem. Elas se apressaram até a porta e seguiram direto para o elevador. Os pensamentos de Bree corriam loucamente durante a lenta subida.

As portas abriram no segundo andar, e elas saíram para o corredor. Havia ali duas poltronas e uma mesinha com um vaso de flores de plástico de cores vibrantes. Uma placa na parede orientava os hóspedes para um ou outro lado, dependendo do número do quarto. Bree olhou para um lado, depois para Leila. Leila parecia ter sobrevivido perfeitamente aos eventos do dia, como se a vida nunca pudesse desaparecer de seus olhos, por maior que fosse a carga de dificuldades.

— Obrigada, Leila — disse Bree. — Por me convencer a procurar minha irmã. Por ver a bobagem que eu estava fazendo quando eu não conseguia enxergar nada.

Leila sorriu calorosamente.

— Esquece — disse e se jogou em uma das poltronas. — Vai lá. Espero aqui.

Bree hesitou por um segundo, depois assentiu e seguiu pelo corredor. No quarto 218, Bree pulou o drama de respirar fundo e bateu à porta com firmeza. Se a irmã não iria perdoá-la, ela queria ao menos acabar logo com isso.

Alexis abriu a porta com a mesma calça de pijama e moletom de capuz de quando foi buscar a irmã na delegacia. Com a luz forte do corredor, seu rosto parecia muito mais velho do que duas horas atrás. As sobrancelhas estavam levemente erguidas, como se ela esperasse se divertir. "Vai logo com isso", seus olhos vermelhos diziam.

— Eu nunca devia ter desaparecido — disse Bree. — Fui egoísta e imprudente... você tem razão. Tornei a sua vida e a minha mais difíceis do que já estavam.

Bree tomou consciência do silêncio no corredor. Alexis estava apoiada no batente, as mãos no bolso frontal do moletom. Parecia totalmente indiferente às palavras de Bree. Mas Bree não podia parar.

— Desculpa por nunca ter perguntado como você estava. Eu achei que soubesse o que se passava na sua cabeça, e não devia ter feito isso. Desculpa por ter beijado o Matt. Aquilo foi horrível. Desculpa por ter feito você passar por tudo que eu fiz. Eu fiz tudo aquilo com *a gente*. A vida já estava bem difícil sem eu me comportar como uma idiota. — Ela passou o dorso da mão pelo nariz. — Não sei se adianta, mas eu amo você. Sei que a gente nunca se deu muito bem, mas, nesses nove meses longe, eu senti sua falta. E quero você de volta na minha vida. Eu entendo se você nunca mais quiser me ver, mas tinha que pedir desculpas.

A expressão de Alexis continuava a mesma. Bree se virou para ir embora. Pelo menos ela havia tentado.

Antes que pudesse dar um passo, no entanto, Alexis a segurou pelo braço e a puxou para um abraço. Era um abraço apertado, tão caloroso e familiar. Ela podia sentir o cheiro de xampu de morango no cabelo de Alexis, a mesma marca que usavam havia anos. Bree pressionou a bochecha contra a da irmã, sentiu as lágrimas misturadas de ambas descendo pelo pescoço. Elas se abraçaram como tinham feito tantas vezes durante o período da doença dos pais.

— Desculpa — Bree repetiu, apoiando a cabeça no ombro de Alexis.

— Eu fiquei tão preocupada com você. Minha irmãzinha andando pelo mundo, completamente sozinha. — E a abraçou com mais força. — Tudo bem. Eu perdoo você. Só não me faça passar por nada parecido de novo. — Ela fungou e riu. — É claro que quero te ver de novo, pateta.

Bree também riu, sentindo o nariz entupido por causa das lágrimas. Sem nenhuma vergonha, ela o limpou no moletom de Alexis. As irmãs se afastaram e ficaram no corredor, na porta do quarto, aproveitando o momento de felicidade.

Foi difícil para Bree sair de perto de Alexis, mesmo que por alguns minutos. Ela a abraçou mais uma vez antes de sair do quarto e se juntar a Leila na frente do elevador.

— Como foi? — Leila perguntou. Bree sorriu em resposta. — Que bom — Leila retribuiu o sorriso. Depois levantou da poltrona e chamou o elevador. — Você me acompanha até o carro?

— Claro — Bree respondeu sem deixar de sorrir.

Elas atravessaram o saguão do hotel, assentindo para Marjorie quando passaram pela recepção. Bree até levantou a mão para um tímido aceno em agradecimento, mas Marjorie não pareceu ter notado.

Bree abriu a porta para o estacionamento, o ar do início da manhã a recepcionando. As primeiras luzes do nascer do dia coloriam o horizonte. Bree aprendera a partir com facilidade, mas despedidas eram outra história, esta em particular.

Leila também andava lentamente, prolongando o trajeto até o carro.

— A Alexis quer que eu volte para casa com ela.

— Isso é ótimo — comentou Leila, com um largo e sincero sorriso. E pressionou de leve o antebraço de Bree. — Era o que você queria, certo?

— Para ser bem honesta, eu nem tinha pensado no que ia vir depois do pedido de desculpas. Ela me perguntou se eu queria voltar para casa.

— Você vai?

— Eu disse que quero voltar com ela, mas do meu jeito. Uma viagem de carro daqui até Reno, sem itinerário, sem planos, sem pressa de chegar. Só nós duas vivendo uma aventura.

— Certifique-se de encontrar um carro com ar-condicionado.

Bree riu até pararem ao lado do automóvel de Leila. Mais do que tudo, ela sentiria falta do riso fácil de quando estava com Leila. Ela deslizou um dedo pelo capô, deixando um rastro na fina camada de poeira.

— As pessoas podem dizer o que quiserem sobre você, Leila, mas a vida não é chata quando você está por perto.

— E não é muito dentro da lei quando você está por perto.

— Faço o que posso — Bree deu de ombros. — Tem certeza que não quer ficar e dormir um pouco? Podemos sair todas juntas de manhã.

Leila pareceu considerar a oferta por um segundo, brincando com a chave do carro na mão.

— Não — respondeu. — Acho que vou voltar para a estrada. A aurora boreal me chama.

Bree assentiu, surpresa por sentir que era difícil segurar as lágrimas. Ela abraçou Leila.

— Talvez a gente se encontre por aí.

— É, talvez — disse Leila, abraçando-a com força antes de se afastar. Ela destravou as portas e entregou a bolsa de Bree, que a pendurou no ombro e olhou para dentro do automóvel.

— O que vai fazer com o display?

Leila riu como se tivesse esquecido que ele estava lá. Ela deu de ombros.

— Vai ser minha companhia na estrada, alguém para abraçar nas noites frias e solitárias.

Bree riu e a abraçou mais uma vez.

— Se cuida, Leila.

— Você também — ela respondeu, entrando no carro. Ela deu partida e abriu a janela. — Se precisar de ajuda para fugir da prisão usando sapatos, sabe quem chamar.

Então deu ré, saiu do estacionamento, engatou a primeira e foi embora, acenando. Bree acenou de volta, mesmo tendo certeza de que Leila já não conseguia mais vê-la. Depois pegou a bolsa e entrou no hotel para se juntar à irmã, imaginando todos os lugares que veriam juntas.

Oi, tia Cathy.
Encontrei lindos cartões-postais em uma lojinha em Chicago e pensei que você podia gostar de um deles Tinha também uma prateleira com cartões-postais já enviados, alguns com mais de trinta anos. Não diziam nada de mais, só coisas como "Estou no Havaí e pensei em você. Com amor, Simon". Mas foi muito legal dar uma olhada em todos eles, ler os pensamentos que as pessoas queriam dividir com alguém que estava muito longe. Além do mais, como cartões são bem fáceis de xeretar (Oi, funcionário do correio!), pareceu natural ler as mensagens de gente que eu não conhecia. Espero que vocês todos estejam bem. Eu estou. Juro. Mais uma vez, obrigada por tudo. Estou em Chicago e pensei em você.

Com amor,

Leila

Cathy Harrison
412 Rainbow Boulevard
LaPlace, LA 70068

ELLIOT

1

— **ELLIOT — DISSE MARIBEL**, tocando de leve o antebraço dele. Toques leves no antebraço são o começo de todas as grandes histórias de amor. Ele sabia que se lembraria desse momento para sempre, que no futuro seria capaz de contar os detalhes referentes a ela: como ela estava bonita, como ela o tocou com o braço em que estava o corsage que ele fizera para ela e que combinava com a orquídea na lapela dele. Seria capaz de recitar cada palavra da resposta que ela dera à sua tão esperada declaração de amor.

Ele se preparou para lembrar, resistindo — pela última vez, assim esperava — à urgência de beijá-la.

— Dou muito valor à sua amizade. De verdade. E não quero perder o que temos. — Ela se inclinou para beijá-lo no rosto. — Não vamos complicar as coisas, está bem? Vamos deixar tudo como está.

Filme errado, pensou Elliot imediatamente. Não era isso que ela devia dizer. Era a formatura deles, e seu melhor amigo de uma vida inteira acabara de lhe confessar seu amor em um longo discurso. Tinham todo um verão de romance pela frente. Depois do leve toque no antebraço, ela devia beijá-lo. Devia dizer "Eu sei" e "Eu também".

Não estava no roteiro — em nenhuma versão do script que Elliot imaginara para esta noite — Maribel dar um daqueles sorrisos pelos quais ele tinha se apaixonado e depois ir embora. Mas foi exatamente isso que ela fez.

Tudo parecia pesado para Elliot. Os pés que o carregavam pela calçada, a garrafa na mão, o uísque na língua. O smoking pesava como se não fosse só tecido, mas um lembrete real de que a noite devia ter terminado com ele tirando um peso do peito, não nesse oposto brutal.

Depois de arranjar uma garrafa de uísque e tomar uns goles, Elliot saíra do salão de baile no hotel em Minneapolis e começara a caminhada de vinte e sete quilômetros de volta para casa, em Burnsville. Depois de percorrer quase três pelo centro da cidade, evitando os olhares experientes de adultos claramente mais habituados a andar bêbados por aí, ele parou para se recuperar apoiado em um prédio. Fechou os olhos por um instante, mas ainda podia ver a expressão de Maribel: indiferente. Uma onda de náusea o invadiu, então ele abriu os olhos e respirou fundo. Se a vida fosse como nos filmes, estaria chovendo. Mas a noite de Minneapolis era perfeita, com algumas estrelas se exibindo nos vãos entre os edifícios. Risadas se erguiam das multidões que deixavam cada bar na First Avenue. Era como se a cidade risse dele, ou, pior, fosse indiferente a seu sofrimento. "Elas nunca dizem sim quando você quer que digam", dizia a música que transbordava dos bares. "Por que você acha que estamos todos aqui bebendo?"

Alguma coisa fazia cócegas em seu queixo, e ele levou a mão à orquídea que usara para combinar com o corsage de Maribel. Ele arrancou a flor do smoking e, antes de se dar conta do que estava fazendo, a atirou no meio da rua. A flor voou sem qualquer delicadeza, as pétalas brancas vibrando como asas quebradas. Evitando uma caminhonete que passava por ali, a orquídea caiu no asfalto sem sofrer dano nenhum. Elliot olhava para a flor, para as pétalas internas roxas salpicadas de vermelho, como um hematoma. Não demorou muito para um carro esmagá-la na rua. Na câmera em sua mente, Elliot deu zoom na flor destruída e congelou a imagem por um instante, deixando o som dos carros que passavam se misturar ao das notas de abertura de uma canção. As pétalas tinham sido arrancadas, o bulbo esmagado contra o solo implacável. Elliot pensou consigo mesmo que sabia exatamente como era estar naquela posição.

Esquecendo a náusea, ele abriu a garrafa de uísque e bebeu mais um gole, derrubando um pouco na lapela. Então, abandonando a decisão de voltar a pé para casa, pensou em outro plano. Imaginava uma cena deletada de *Digam o que quiserem*, na qual Lloyd Dobler se deita no meio da rua, deixando a chuva lavá-lo. Se ao menos estivesse chovendo.

Ele voltou a tampa à garrafa e se afastou do prédio em que estava apoiado, cambaleando em direção à rua. Comparava essa marcha pela calçada à abordagem adotada na formatura e rapidamente decidiu que essa era mais fácil. A conclusão era mais previsível e havia menos sofrimento envolvido.

Na beirada da calçada, ele nem hesitou. Seguiu para a rua sem nem sequer titubear por causa da bebida. Depois deu mais um passo e ficou bem no meio da pista.

Elliot não podia ver nada do carro que se aproximava com os faróis acesos, só que vinha em sua direção. Esperou que um filme de sua vida lhe passasse diante dos olhos, mas tudo o que via era Maribel entrando no salão de baile do hotel. Ela usava um vestido roxo que combinava exatamente com o tom das pétalas internas da orquídea. O cabelo estava preso, deixando só algumas mechas loiras onduladas caindo como raios de sol entre folhas.

Talvez fosse o smoking preto, ou o fato de tudo em Elliot ser um pouco escuro: o cabelo, a pele vagamente na tonalidade do Oriente Médio, os olhos castanhos. Ou talvez Elliot fosse magro demais para ser notado. O motorista nem parecia ter visto que ele estava ali e continuava se aproximando em alta velocidade. Por instinto, ou talvez por uma falha de convicção própria da embriaguez, Elliot pulou para trás, para a calçada. O movimento deve ter chamado a atenção do moto. rista, que brecou com um barulho alto.

Quando o carro passou derrapando por Elliot, um coro de buzinas se juntou ao som da freada, uma sinfonia tão alta que ele quase não conseguiu ouvir o estrondo de vidro quebrando. Seu coração estava disparado, mas, por um vago instante, Elliot pensou no próprio bem-estar. Levantou a cabeça, meio atordoado, quando o carro parou.

Levou um segundo para ele entender que o estrondo era do choque do espelho lateral do carro com a garrafa de uísque em sua mão e que, no fim das contas, não escapara ileso. Assim que olhou para baixo, sentiu o calor do sangue lhe escorrendo por entre os dedos, antes mesmo de sentir o ardor do álcool lavando o corte. Elliot ergueu a mão na altura do rosto. Sob a fraca luz da iluminação pública, era difícil saber de onde saía o sangue, mas era abundante. Sua mão estava tremendo, exibindo os cacos de vidro que cintilavam sob a luz da rua e os fazendo se transformar em estrelinhas brilhantes de um desenho infantil.

Ele desviou os olhos da mão para o carro que conseguira evitar o atropelamento. Tudo o que conseguia focalizar eram as brilhantes luzes de freio vermelhas. Então a porta abriu, e a motorista desceu com uma das mãos sobre a boca, incrédula, enquanto a outra segurava o vestido tomara-que-caia. Ela correu até Elliot.

— Puta merda! Você está bem?

Ele apenas assentiu, olhando para si mesmo como se quisesse demonstrar que estava quase inteiramente bem.

— Quase matei você — a garota gaguejou, a mão ainda cobrindo a boca. — Desculpa.

Carros passavam buzinando para os dois parados na rua, atrapalhando o tráfego.

— Estou sangrando um pouco — ele disse.

— Ai, meu Deus — a garota gritou. E agarrou o antebraço de Elliot para examinar sua mão. — Eu nem te vi.

Ela correu até o carro e voltou com um punhado de guardanapos com o logotipo de várias redes de fast-food. Colocou-os na mão de Elliot que não estava machucada e, com apenas um deles, começou a limpar a ensanguentada. Como se estivesse distante, ele a observava trabalhar com cuidado, como um arqueólogo exumando um artefato.

— Não consigo acreditar que quase te atropelei — disse a garota, a voz trêmula. Ela não perguntou o que ele estava fazendo no meio da rua.

Elliot não sabia dizer se estava meio tonto por causa da bebida ou pela perda de sangue.

— Acho que estou bem — disse. Quando os faróis de outro carro que passava iluminaram o lugar, ele viu o rosto da garota, sua testa franzida expressando consternação.

— Você não está bem. Uma idiota acabou de bater com o carro em você. — Ela jogou o guardanapo sujo de lado e pressionou um limpo contra a mão dele. — Tem muito sangue aqui.

— Um pouco disso pode ser uísque. E provavelmente parece pior do que é de verdade.

A menina ergueu a cabeça e olhou para Elliot com preocupação, depois voltou a limpar cuidadosamente o sangue com os guardanapos. Eram baratos e ásperos, e, não fosse pela delicadeza do toque e pela bebida, Elliot estaria sentindo muito mais dor.

— Você precisa ir pro hospital.

Ele sentiu o sangue escorrer para debaixo da manga e a camisa o absorveu, formando uma mancha morna e pegajosa que se estendia até o cotovelo. O corte começou a aparecer no meio de todo aquele sangue, uma fenda profunda atravessando a palma no sentido diagonal. Havia cortes menores nos dedos.

— Eu vou ficar bem — ele disse. — Só preciso limpar quando chegar em casa e pronto.

Mais carros buzinaram. Alguém abriu a janela e passou gritando para eles saírem da rua.

— Ótima ideia — a garota gritou de volta. — Muito útil. Obrigada!

Elliot riu, mas se deteve ao sentir um arroto se formando.

— Cretinos — ela comentou. — Mas eles têm razão. Vamos procurar um hospital. Vão cuidar muito melhor da sua mão.

Elliot teve uma rápida visão de Maribel indo visitá-lo no hospital, a preocupação estampada em seu rosto ao perguntar por que ele estava parado no meio da rua.

— Vai parar de sangrar logo — ele disse, segurando sobre o corte os guardanapos que sobraram. — Só preciso fazer um pouco de pressão e...

— Foi minha culpa — a garota o interrompeu. — Me deixa te levar para casa, pelo menos.

— Não, está tudo bem.

Mas ela já o conduzia para o carro. Elliot se concentrava na tentativa de andar em linha reta. Os pés se arrastavam pelo chão, esmagando os cacos de vidro da garrafa. Eles chegaram ao carro, e a garota o ajudou a sentar no banco do passageiro.

— Mantenha pressionado — disse ela.

— Vou tentar não sangrar em cima de tudo aqui — ele comentou. Depois olhou em volta, como se quisesse determinar com o que devia tomar mais cuidado. — Desculpa. Acho que já sangrei.

A garota riu.

— Não, é só o forro.

— Ah. — Elliot olhou para ela, notando apenas que seu cabelo era mais curto que o de Maribel. Ele levou um instante para lembrar de onde ela tinha aparecido. — Meu nome é Elliot.

A garota sorriu.

— Prazer, Elliot. O meu é Leila.

Ele assentiu, apoiou a cabeça no encosto para fechar os olhos. Ouviu a batida da porta a seu lado e, segundos depois, Leila entrou no carro.

— Você não pode dormir ainda — disse. — Para onde vai?

— Burnsville. — Sua cabeça girava agora, a mão latejava. Definitivamente, não era assim que essa noite tinha que ser. Ele respirava devagar, tentando acalmar o corpo.

Mais alguns carros buzinaram atrás deles.

— Tá bom, tá bom — Leila gritou pela janela aberta. — Já estou indo.

Ela engatou a marcha, e imediatamente Elliot sentiu o incômodo do movimento. Virou a cabeça para a janela, buscando ar fresco. A abertura era pequena, apenas uma fresta, e ele tateou com a mão saudável até se dar conta de que não havia um botão para abri-la, mas uma daquelas manivelas. Com certa dificuldade, conseguiu abaixar o vidro por completo. Guardanapos ensanguentados foram levados pelo vento.

— Elliot? Não dorme, tá?

— Hummm — ele gemeu. Precisava da leveza do sono. Precisava esquecer Maribel e a formatura, precisava deixar o corpo esquecer o uísque.

Algo em seu estômago revirou. Ele tentou fazer um sinal para Leila encostar, mas, antes que conseguisse, o vômito formou uma poça em seus pés, deixando rastros no colo e nas pernas. E no painel, nas saídas de ar-condicionado, no revestimento da porta e na moldura da janela aberta, respingando no asfalto.

Assim que terminou de vomitar, Elliot apoiou a cabeça no encosto.

— Desculpa — disse, e não falava só para Leila, mas para Maribel e para si mesmo. Em seguida, fechou os olhos e dormiu.

2

A PRIMEIRA COISA QUE ELLIOT viu ao despertar foi o brilho das luzes da ambulância girando em silêncio, sem a sirene. Ele virou a cabeça e viu que estava em Burnsville, reconheceu as árvores grossas que cercavam tudo em sua cidade. Observando as luzes vermelhas dançarem mudas nas árvores, pensou por um segundo que talvez tivesse ficado surdo. Depois ouviu o som de passos e o rosto de Leila apareceu na janela. Ela tinha estacionado o carro e se preparava para ajudá-lo a descer.

— Vem — disse ela, abrindo a porta. — Vamos dar um jeito nisso.

— Onde estamos?

— No hospital — disse Leila. — Você desmaiou antes de me dar seu endereço e sua mão continua sangrando muito.

— Desculpa pelo carro.

— Tudo bem. — Ela se debruçou para ajudá-lo a soltar o cinto de segurança. — Não foi de propósito.

O cheiro dela era bom, e Elliot sentiu vergonha do próprio hálito.

Leila o ajudou a sair do carro. Depois pôs a mão sem ferimentos dele sobre o ombro, passou um braço em torno da cintura de Elliot e disse para ele levantar a mão machucada. Enquanto atravessavam o estacionamento, Elliot se esforçava para não parecer tão bêbado.

O pronto-socorro estava vazio, exceto por uma mulher tentando acalmar uma criança que gritava e pela enfermeira atrás do balcão da recepção. Leila acomodou Elliot em uma cadeira e foi falar com a recepcionista, voltando logo em seguida com alguns papéis. Enquanto ela pedia seus dados para preencher os formulários, Elliot olhava para a criança chorando, torcendo para que a ausência de ferimentos aparentes fosse um indício de que o menino estava bem, só mal-humorado, e de que a mãe era meio superprotetora.

— Motivo da consulta?

Elliot olhou para Leila.

— Sério? — Ele mostrou a mão, tentando escondê-la da criança para evitar mais um ataque de pânico.

— Vou escrever apenas "bêbado".

— Serve. — Elliot escorregou na cadeira de plástico para apoiar o pescoço no encosto. Quanto menos a cabeça girava, mais a mão doía.

Leila levou os formulários de volta para a recepcionista, que informou que seriam atendidos em breve. Depois de mais ou menos um minuto, mãe e criança desapareceram para além de uma porta. Os gritos do menino foram, convenientemente, desaparecendo, como a sirene de uma ambulância se afastando.

— E aí? — Leila falou. — Qual é sua história?

Elliot podia sentir o olhar dela sobre ele; no smoking sujo de bebida, sangue e vômito, na mão ensanguentada, na ausência de uma flor na lapela.

— Não é uma história que alguém queira ouvir — respondeu, evitando encará-la.

— Bom, se você sangrar até morrer, quero poder contar às pessoas um pouco sobre você.

Elliot riu, então pressionou um pouco mais o corte e gritou de dor.

— Vamos lá. Eu trouxe você ao hospital, apesar de odiar hospitais. Você vomitou no meu carro todo. Você me deve uma história.

— Você disse que tudo bem.

— E é verdade. Mas faço questão absoluta de saber quem são as pessoas que atropelo.

— Você está no hospital com um bêbado que não conhece e ainda faz piada?

— Eu quase te matei. Sem um pouco de humor, eu teria de lidar com a culpa. — Leila deu um tapinha de leve em seu braço machucado, e ele se encolheu na cadeira. — Não seja tímido. Não temos nada para fazer nesta sala de espera.

Como Elliot não respondeu, ela suavizou a voz:

— Foi uma garota?

Ele olhou para ela.

— Como você sabe?

— Você estava cambaleando, bêbado, de smoking em plena época de formaturas. Chutei.

Escorregando ainda mais para baixo na dura cadeira de plástico, Elliot fechou os olhos. Algo dentro dele doeu, e não tinha nada a ver com a mão ou com o álcool.

— Eu tinha planejado para ser tudo perfeito. Perfeição do tipo Lloyd Dobler com um aparelho de som na cabeça. Devia ter sido perfeito, no mínimo.

— Quem é Lloyd Dobler?

— Você nunca viu *Digam o que quiserem?*

— Nunca ouvi falar.

— *Curtindo a vida adoidado? Clube dos cinco?* — Leila deu de ombros. — Ah, cara, você está perdendo muita coisa boa. Os filmes da década de 80 são os melhores. Quando meus pais se mudaram para os Estados Unidos, quiseram se atualizar na cultura pop. Eles compravam todos os filmes que podiam e viam muitas vezes para aprender as gírias. Minha casa ainda é cheia de fitas VHS. Cresci vendo esses filmes. Não são como os de hoje. Você não precisa de um orçamento de duzentos milhões de dólares para mostrar um cara conquistando uma gata.

— Mas sua gata te dispensou?

Elliot abriu os olhos de novo. A recepcionista saíra dali e eram só ele, Leila e as luzes fluorescentes da sala de espera, que espalhavam um brilho horrível em tudo o que tocavam, das paredes verde-claras e cadeiras de plástico cinza aos panfletos com pequenos gráficos e listas de sintomas.

— Vai, fala — Leila insistiu. — Suas preocupações não morrem afogadas no álcool. Você tem que colocá-las para fora — ela sorriu e o cutucou de leve com o cotovelo. — Conta mais sobre essa garota.

Ele se ajeitou na cadeira, tomando cuidado para não mover muito a mão. A náusea cessara quase que por completo, mas ele ainda podia sentir o álcool lhe correndo pelas veias e anuviando seu raciocínio.

— Sou um cara meio esquecido — ele começou. — Mas tudo que ela diz eu lembro. Lembro a cor da fita que ela usava no cabelo quando nos conhecemos, no primeiro dia do quinto ano. Que ela adora orquídeas por parecer, mas não ser delicadas, na verdade. O único cartão-postal que ela me mandou quando viajou com a família no verão, dois anos atrás, lembro como é meu nome escrito com a letra dela.

— Qual é o nome dela?

— Maribel. — Ele amava pronunciar o nome dela em voz alta, sentir cada letra moldando seus lábios. — Eu sou apaixonado por ela há muito tempo. Somos amigos, isso desde o ensino fundamental. Mas nunca fomos nada mais do que isso.

Ele olhou para Leila. Ela estava sentada sobre as pernas na cadeira, os dedos distraídos brincando com a bainha do vestido.

— E você nunca tinha dito nada a ela sobre o que sentia até hoje?

Elliot deu de ombros, olhando para a mão ensanguentada.

— Nunca soube como falar.

— Nunca pensou em "Oi, amiga, te amo. A gente devia se pegar"? Sempre funciona.

— Pensei nisso, na verdade. Pensei em todos os jeitos possíveis de admitir amor por alguém. Não conseguia decidir se queria soltar tudo de uma vez quando estivéssemos juntos, se escrevia uma carta, se fazia algo grandioso, ou se elaborava um daqueles planos passo a passo que os vilões de filmes para adolescentes sempre inventam para fazer uma garota gostar deles. Quer saber quanto custa escrever o nome de alguém no céu com um daqueles aviões? Porque eu pesquisei o preço.

— Se custa mais do que uma lagosta, não vale a pena. Leve a garota a um restaurante, peça uma lagosta e escreva o nome dela com manteiga na toalha de mesa. Isso com certeza funcionaria comigo.

Elliot deu uma olhada de canto de olho para ela e riu.

— Aposto que você não pensou *nesse* jeito de declarar seu amor.

— Quase. Pensei em pernas de caranguejo.

— Teria sido um erro. — Leila puxou as pernas para mais perto do corpo. — E por que esta noite?

Elliot respirou fundo, e o gosto horrível que lhe veio à boca o fez virar o rosto, sem jeito, para soltar o ar.

— Eu sabia que queria falar antes de terminarmos o colégio. Por isso escolhi a formatura, e na frente de todo mundo. Não tem nada mais romântico do que alguém que não tem medo de se expor pela pessoa que ama. Ensaiei a cena na minha cabeça e sempre achei que seria romântica, como em um filme. Só conseguia imaginar tudo acabando bem. Sempre sentia o beijo.

Elliot foi interrompido por uma enfermeira chamando seu nome. Leila o seguiu conforme ele era conduzido por um corredor até um pequeno consultório, onde um médico lavava as mãos. Ele limpou o corte, removeu os cacos de vidro e deu os pontos necessários, tudo sem dizer uma única palavra. Trabalhava quieto, como se consertasse um brinquedo quebrado. Elliot tentava não se encolher de dor, mas não devia estar sendo bem-sucedido, porque, depois de um tempo, Leila ofereceu a mão para ele apertar. Quando o médico terminou o curativo na mão de Elliot, localizou rapidamente uma veia no outro braço, introduziu ali uma agulha ligada a um tubo e o orientou a esperar vinte minutos e então chamar a enfermeira.

— Vai cortar o efeito do álcool — concluiu, soando como um juiz anunciando uma sentença.

Assim que ele saiu do consultório, Leila pulou em cima da maca ao lado de Elliot, amarrotando o papel.

— Quero ouvir o que você falou para ela, a... Como é mesmo que ela chama?

— Maribel — disse ele, sem perder uma oportunidade de pronunciar o nome. — Obviamente, não descolei a garota. Não tem um felizes para sempre aqui.

— Me conta mesmo assim.

Elliot sustentou seu olhar insistente e percebeu pela primeira vez, talvez por estar recuperando a sobriedade, que ela era bonita. Não era Maribel, mas bonita. Depois olhou para os próprios pés pendurados fora da maca.

— Acho que ainda não estou pronto para reviver aquele momento.

— É justo — ela disse. Os dois ficaram em silêncio, mas Elliot sentia o olhar cravado nele. — Mas você está bem?

Ele ergueu a mão enfaixada.

— Todo remendado.

— Não foi isso que eu perguntei.

— É, eu sei. — Ele deu de ombros.

— Olha, eu sei que a gente acabou de se conhecer... — começou Leila, mas sua voz sumiu antes que ela pudesse concluir seu raciocínio. Pessoas falavam alto no corredor, e, antes que ele conseguisse entender o que diziam, Elliot soube exatamente a quem as vozes pertenciam.

— Ah, não.

— Eu sabia que você ia acabar no hospital um dia desses — a mãe dele disse antes mesmo de entrar na sala.

A porta foi aberta, revelando um casal de meia-idade com cabelos afros quase idênticos, da variedade judia. O pai estava de calça de pijama, chinelos e uma camiseta manchada que, Elliot sabia, provocaria a ira da mãe assim que ela visse. Elliot moveu instintivamente a mão saudável para cobrir os curativos, mas ou foi muito lento, ou a mãe estava preparada para gritar de qualquer jeito, e nada a teria impedido.

— Meu bebê!

— Ai, meu Deus — Elliot resmungou.

— Não comece com essa de "Ai, meu Deus" — ela o censurou, se apressando em examinar sua mão como se tivesse certeza de que era impossível o médico ter feito um trabalho suficientemente bom. — O que você fez?

— O que é isso no smoking? — O pai dele deu um passo à frente, estreitando os olhos para examinar as manchas, como se tentasse lê-las.

— Será que vocês dois podem ficar calmos? — Elliot olhou para Leila e fez uma expressão envergonhada.

Os pais nem pareciam notar a presença dela ali.

— Calma? Meu filho está sangrando no meio da noite e eu devo ficar calma?

— Não estou sangrando, *ima*. Está tudo bem.

— Quando tiver filhos, espero que nunca tenha que sentir a dor de receber um telefonema de um hospital no meio da noite. Estou surpresa por nenhum de nós ter tido um infarto, por não estarmos ligados a uma máquina ao seu lado. — A mãe ajeitou a alça da bolsa. — Muito bem, *mamzer*. Se está tudo bem, me diga: Por que veio para o hospital?

— Alguém lembra como funciona quando a roupa alugada é devolvida com manchas? — O pai de Elliot inspecionava o smoking segurando-o entre os dedos, os óculos na ponta do nariz.

— Não é nada — Elliot insistiu. — Estou bem.

— Está bem, é claro. Cheirando a mendigo. E para que isso? — Ela apontou o tubo intravenoso. — Me fala o que aconteceu ou vou chamar o médico e mandar tirar os pontos. E é bom você torcer para ele me atender, ou eu mesma tiro.

— Sharon, acho que ele bebeu — o pai de Elliot comentou, cheirando o paletó do smoking.

— Não diga *shtuyot* — a mulher respondeu. — Ele não bebe. — E franziu o cenho para o marido antes de olhar para Elliot novamente: — Você não bebe.

Elliot puxou o tecido da mão do pai.

— Pai, para de me cheirar, por favor. Mãe, tenta ficar calma por um segundo. — Ele olhou para Leila, que fazia um grande esforço para conter o riso e parecer séria.

— *Nu*? Estou esperando.

— O negócio é que... — ele começou, sem saber qual era o negócio ou como explicá-lo aos pais.

Felizmente, uma enfermeira apareceu no exato momento. Se soubesse o que esperava por ela dentro do consultório, talvez tivesse deixado Elliot no soro por mais uns minutos, por conta da casa. A mãe dele a atacou imediatamente com perguntas sobre o estado do filho, o prognóstico e o tratamento que devia ser adotado em casa.

— Tem farmácia aqui no hospital? Está aberta? Que marca de gaze é a mais confiável? Quantos analgésicos ele pode tomar sem risco? Veja como ele está com dor, não pode dar mais remédio?

A enfermeira apontou apressadamente para onde ficava a farmácia.

— Venha — ela chamou o marido —, vamos antes que fechem.

Em momento nenhum a enfermeira sugeriu que a farmácia poderia estar fechando.

— Você — a mãe falou da porta, apontando para Elliot. — Nossa conversa ainda não acabou. — E seguiu para o corredor, um eco de conversa em seu encalço.

A enfermeira balançou a cabeça enquanto removia a agulha do braço de Elliot e segurava uma bola de algodão sobre a gota de sangue que surgiu ali.

— Uau — disse Leila.

— Eu sei. — Elliot levantou a mão para mostrar que entendia completamente qualquer pensamento sobre seus pais que ela pudesse estar tendo. — Aff, vai ser uma noite longa, e pelas razões erradas — disse, passando uma das mãos pelo rosto. O soro diminuíra o efeito do álcool, mas era como se o mundo insistisse em mantê-lo atordoado.

Quando levantou a cabeça, a enfermeira tinha partido e Leila estava na porta, olhando para o corredor. Ela voltou para perto de Elliot e o puxou de cima da maca.

— Vamos embora — disse ela.

— O quê? Para onde? — O papel que cobria a maca rasgou quando ele desceu. Elliot seguiu Leila para fora do consultório, passou por um funcionário empurrando uma maca vazia e por um homem sussurrando ao celular.

Leila não disse nada até estarem outra vez na sala de espera do pronto-socorro e se dirigindo à saída.

— Vamos atrás da garota.

— Espera aí — disse Elliot, conforme ela abriu a porta para o estacionamento. — Como assim, atrás da garota?

— Olha, em todas as comédias românticas, sempre tem uma cena em que o cara acha que perdeu sua grande chance antes de descolar a garota. — Ela ainda o puxava pela mão que não estava machucada em direção ao carro. — É isso, a hora é agora. Você acha que a perdeu. Mas ainda não. Não se eu puder evitar. — Ela abriu a porta do passageiro como se ele ainda estivesse bêbado ou sangrando. — Tenho a sensação de que foi por isso que, desculpa pela expressão, a gente se trombou. Vou ajudar você a conquistar a Maribel.

— É muita gentileza sua, mas acho melhor eu voltar lá e conversar com meus pais.

Não. Seus pais vão estar lá para conversar amanhã de manhã. Hoje é a noite da formatura. O que você tem que fazer é ir atrás da garota.

Para com isso — Elliot respondeu. Ele balançava a cabeça, embora pudesse sentir parte dele se aquecer com a chama da esperança. — A vida não é como nos filmes. Se você tenta viver como se estivesse em um filme, acaba com a mão ensanguentada e o coração partido.

— Isso parece uma fala do cinema — ela respondeu, contornando o carro para se sentar ao volante. Depois de abrir a porta, olhou para ele por cima do automóvel. — O que Lloyd Dobler faria?

— Eu não sou Lloyd Dobler. — Ele queria gritar, mas as palavras soaram tristes, derrotadas. Leila ignorou o comentário e deslizou para dentro do carro, forçando Elliot a se sentar ao lado dela para continuar a conversa. — Sou mais parecido com o Duckie, de *A garota de rosa--shocking*, e talvez seja hora de aceitar. A Maribel disse não. Eu tenho que deixar pra lá.

Leila se inclinou sobre o console e puxou o cinto de segurança de Elliot, prendendo-o com um estalo firme.

— Você não tem que ser o Duckie, seja ele quem for. Não tem que desistir. Lloyd Dobler desistiria?

Talvez o olhar de Leila tenha lhe parecido maluco, em vez de entusiasmado. Talvez ela tenha parecido mais transtornada que inspiradora. Mas, quando ela girou a chave na ignição e o motor deu partida, Elliot sentiu que a vida ainda podia ser como nos filmes. Com a ajuda dessa garota, talvez ele ainda pudesse ter uma chance daquele beijo de animar a orquestra.

— Vamos atrás dela.

3

A MÚSICA DA PARADA DE sucessos enchia a escuridão do salão de baile do hotel, onde a formatura continuava animada. Luzes coloridas dançavam loucamente pelas paredes. Um palco fora montado para a banda do outro lado do salão e havia uma grande pista de dança. Todos os casais dançavam juntinhos para impedir que os adultos vissem quem estava colado em quem.

Elliot e Leila estavam no banheiro masculino. Elliot pedira um minuto para ir se limpar, mas Leila o seguiu, examinando a bancada de pias em busca de poças de água antes de se sentar na superfície de mármore.

— E aí, qual é o plano? — Ela teve que falar alto, já que as paredes praticamente pulsavam com a música do salão de baile. As luminárias de vidro colorido penduradas nas laterais do espelho vibravam como tambores.

Elliot tirou o paletó e começou a umedecer algumas toalhas de papel.

— Hum, não sei, na verdade. Acho que a estratégia de declarar meu amor para ela não funcionou muito bem, então é melhor tentar outra coisa. Algo...

Ele fez um gesto com a mão, como se tentasse tirar do ar a palavra seguinte.

— Não sei — concluiu. — Alguma coisa mais eficiente, espero. — E tentou não sentir ânsia enquanto removia pedaços de comida do smoking.

— Alguma coisa maior — disse Leila. Então tirou uma embalagem de chiclete do bolso do vestido e ofereceu a Elliot. — Maior e um pouco mentolada, talvez. Sem querer ofender.

Ele aceitou e enfiou dois chicletes na boca, grato e envergonhado.

— Claro. Algo maior funcionaria. — Ele pingou uma gota de sabonete sobre o tecido, esperando que, milagrosamente, tudo parecesse impecável. — Alguma coisa mais cinematográfica.

Eles ficaram quietos por um instante, ouvindo a música além das paredes enquanto Elliot fazia o possível para deixar o smoking apresentável. Então eles ouviram o pessoal assobiando e gritando conforme a banda parava de tocar.

— Vamos fazer um rápido intervalo e voltamos para a última sequência da noite.

Mais gritos.

Alguns instantes depois, três membros da banda entraram no banheiro, se cumprimentando pelo andamento da apresentação. Elliot os conhecia do colégio. Dois eram formandos, assim como ele. O baterista, Kurt, era da sua turma de inglês. O terceiro era aluno do segundo ano, lendário por sua habilidade com a guitarra. Havia boatos de que a banda tinha shows marcados na costa Leste pelo resto do verão, graças ao guitarrista. Os três se detiveram quando viram Leila sobre a bancada.

— Vocês estão no lugar certo — ela disse, acenando para que entrassem.

Os garotos olharam para Elliot, que deu de ombros. Eles hesitaram, mas então devolveram o gesto de Elliot e se aproximaram dos mictórios. Kurt disse oi quando passou por ele.

— O que aconteceu com você? — perguntou ao ver o smoking e a mão enfaixada.

— É uma longa história — respondeu Elliot, agora esfregando a calça, tentando não usar muita água para que não parecesse que também havia urina no smoking, o único fluido corporal que conseguira evitar.

— Eu bati nele com meu carro e depois ele vomitou — Leila resumiu.

— Tudo bem, não é uma história tão longa — Kurt riu. — Pensei que você tivesse ficado aqui o tempo todo.

— Saí por um tempinho — Elliot falou, não querendo explicar tudo.

Aparentemente, Leila não se importava com a exposição.

— A Maribel deu um fora nele. — Elliot a encarou sem poder acreditar. — O que foi? Você não é o James Bond — Leila reagiu. — Não tem motivo para manter isso em segredo. Se você gosta dela, precisa deixar o mundo saber. Simples assim.

Kurt fechou o zíper da calça e foi lavar as mãos.

— Todo mundo meio que já sabe, cara. O que aconteceu? Só amigos mesmo?

Os outros dois membros da banda ignoravam a conversa e discutiam o que tocar na sequência. Eles deram descarga e se aproximaram da pia, e Elliot deu um passo para o lado para usarem a torneira.

— Não — disse Elliot. — Não foi isso. Essa coisa de só amigos elimina todo o sofrimento. Vamos dar o nome certo às coisas: a garota que eu amo não me quis.

— Foi uma rejeição precipitada — Leila falou. — Ele ainda vai conquistar a garota.

Kurt usou o secador de mãos por alguns segundos antes de terminar de enxugá-las batendo na parte de trás da calça.

— Ah, é? E como você planeja fazer isso?

— Ainda não temos um plano — Leila respondeu. — Só sabemos que vai ser algo grandioso.

Elliot deixou o paletó sobre a bancada, desistindo das manchas e apenas passando a toalha de papel sobre as partes que ainda estavam molhadas. Ele deu uma olhada para Kurt, para Leila e depois para os outros membros da banda.

— A gente tem cinco minutos para decidir — dizia o guitarrista quando o secador de mãos desligou. — Podemos esticar um pouco a brincadeira ou, sei lá, seria divertido tocar "Don't You Forget About Me". Uma ironia, sabe como é.

— Nunca ensaiamos essa — respondeu o cantor, os olhos vagando para o local onde Leila estava sentada.

— O que acha de uma música do Weird Al?

— Caramba, cara, a gente precisa de alguma coisa ensaiada.

— Merda, desculpa por tentar pensar em alguma coisa. Você ainda não sugeriu nada — o guitarrista resmungou.

— Não se trata de pensar em alguma coisa. Precisamos de mais uma música na sequência, e temos duas que ainda não tocamos. Ou vamos tocar "All That She Wants", do Ace of Base, ou "99 Problems", do Jay-Z. Qual delas?

Elliot já conseguia imaginar: os ângulos da câmera, as imagens da multidão cantando junto, closes do rosto sorridente de Maribel entre uma cena e outra, o tipo de energia que deixa a gente sem ar.

— Acho que tenho uma ideia — ele disse.

Houve um momento de empolgação e autoconfiança antes de Elliot se dar conta de que teria de subir no palco e cantar. E não seria uma música qualquer, seria "All That She Wants", sobre uma mulher tão solitária que sai à procura de homens, tentando engravidar. Não era o ideal, mas ele sabia todas as letras do Ace of Base, graças à obsessão do pai pela banda.

A esperança era que dizer as palavras "Essa é pra você, Maribel" de cima do palco fosse suficiente. Se aprendera alguma coisa com os filmes, era que passar vergonha em nome do amor só podia ter resultados positivos.

Eles saíram juntos do banheiro, Leila escondida entre eles para impedir que o segurança na porta a visse.

— Voltamos ao palco em cinco minutos. Vamos cantar as últimas músicas da sequência para animar o pessoal e depois chamamos você

— Kurt explicou, e foi nessa hora que os nervos de Elliot entenderam a situação.

Ele sentiu que começava a suar, o que fez a mão enfaixada coçar. Olhou ao redor tentando encontrar Maribel. Já não tinha mais tanta gente como na hora em que ele saíra dali, mas o salão continuava cheio, alguns garotos dando uns goles em garrafas escondidas perto da mesa de petiscos, casais se agarrando nas paredes, os que estavam sozinhos se reunindo em grupos.

— Onde ela está? — perguntou Leila. — Me mostra quem é.

— Leila, acho que não vou conseguir. — O estômago dele roncou como se concordasse. Ele se perguntou se o hospital não deveria ter feito uma lavagem estomacal, mesmo que ele já meio que tivesse resolvido isso sozinho. — Não sei cantar. Não sei dançar. Nunca nem fui a um karaokê. — Ele começou a respirar mais depressa. — Meu Deus, o que foi que eu fiz?

Leila parou diante dele e pôs as mãos em seus ombros.

— Ei, olha para mim. — Ela o encarou até ele sustentar o olhar. — Vai ficar tudo bem. É sempre um pouco assustador ir atrás do que você quer, mas ela vai ver o que você está disposto a fazer por ela e vai adorar. Você consegue.

— Não, é sério. Não sei cantar. Não sei quantas cordas vocais as pessoas têm normalmente, mas eu devo ter metade. Quando tento cantar no chuveiro, a água esfria. Toda vez, eu juro, como se tentasse me fazer parar.

— Elliot — Leila falou. — O que viemos fazer aqui?

— Ter um ataque de pânico?

Leila o sacudiu.

— Fala.

Ele olhou em volta. Podia ver alguns dos seus amigos do outro lado, todos meio bêbados, mas entediados. Uma garota da sua turma de cálculo estava sozinha em uma das mesas, digitando furiosamente no celular. Dois professores tomavam conta da saída de emergência sem tomar conta de nada, mas tentando dar a impressão de que era isso que estavam fazendo. Elliot queria dar uma olhada em Maribel em seu vestido roxo, mas também estava ciente de como seria doloroso vê-la de novo.

— Fala — Leila repetiu.

Ele se esforçou para resmungar uma resposta, algo que nem ele conseguiu ouvir. As pessoas aplaudiram entusiasmadas quando a banda voltou para o palco.

— Tudo bem, eu digo o que viemos fazer. — Leila segurou a mão dele e o conduziu para algumas cadeiras próximas. Ela o fez sentar e puxou outra para se acomodar na frente dele. — Quero que feche os olhos e se imagine beijando a Maribel. Na frente de todo mundo, ou em algum lugar privado, ou em qualquer outro lugar.

Elliot fez o que ela disse. O pensamento lhe veio naturalmente, ele vinha pensando nisso havia muito tempo. Sentiu um arrepio alegre lhe descer pelas costas no instante em que imaginou os lábios tocando os dela. A mente criou a cena do beijo em um descampado, em um piquenique; na cama dela com todos aqueles travesseiros; casualmente no cinema, antes de as luzes se apagarem, como se a beijasse houvesse anos.

— Se não fizer isso, provavelmente você nunca vai beijar a Maribel — disse Leila. — Nunca. Então é muito simples. Vai lá cantar. Cante bem ou mal, não importa, desde que você ponha a merda do seu sentimento para fora — Leila concluiu, erguendo a voz quando a banda voltou a tocar.

Embora ainda estivesse nervoso, Elliot se pegou assentindo.

— Não sei o que dizer da minha sorte depois de quase ter sido atropelado pela única pessoa em Minnesota capaz de fazer um discurso como esse.

Era difícil afirmar sob aquela iluminação horrível, mas Leila parecia um pouco vermelha.

— O que eu posso dizer? Sou uma romântica incorrigível. Talvez um dia você retribua o favor.

A banda terminou de tocar uma versão divertida de um rap famoso, e, quando todos pararam de aplaudir, Kurt pegou o microfone preso à bateria.

— Agora, senhoras e senhores, temos uma surpresa muito especial para vocês. Por favor, recebam neste palco, em nome do amor, a performance de Elliot Pinnik!

Umas duas pessoas aplaudiram e alguém assobiou. Elliot praticamente pulou da cadeira e começou a caminhar para o fundo do salão, marchando para não ter tempo de mudar de ideia. Uma garota bêbada que ele não conhecia gritou:

— Vai, Elliot!

Ele passou pelos amigos, que pareciam confusos sobre onde ele estivera e por que subiria no palco.

Elliot subiu a escada lateral e evitou olhar para a plateia, caminhando diretamente até o cantor. Quando pegou o microfone e olhou para as pessoas, se surpreendeu ao ver que tudo era escuridão. As luzes brilhantes voltadas para o palco só permitiam ver silhuetas, e sua náusea diminuiu. Mais algumas pessoas assobiaram.

— Maribel — ele disse, desconhecendo a voz nos alto-falantes —, esta é pra você.

Kurt bateu as baquetas.

— Um, dois, três, quatro — gritou, e a música explodiu em volta de Elliot.

Ele se sentia nadando na melodia, como se a música brotasse do ar. Começou a bater com a mão que não estava machucada na lateral da perna, acompanhando o ritmo, depois balançando a cabeça. Antes de se dar conta, estava segurando o pedestal e dançando, esperando outras notas até chegar sua vez de entrar na canção.

Quando cantou as primeiras linhas da letra, nem parecia que o som saía de dentro dele.

— *She leads a lonely life* — gritou ele ao microfone.

Elliot podia ouvir o barulho da plateia em meio à música. A situação o fez pensar na cena de *Curtindo a vida adoidado*, quando Matthew

Broderick canta "Twist and Shout" no desfile. Canalizando seu Ferris interior, Elliot começou a pular pelo palco, fechando os olhos enquanto cantava:

— *All that she wants is another baby.* — Ele saltou sobre a plataforma elevada onde estava a bateria de Kurt, pulou do outro lado sobre o palco e tocou guitarra aérea ao lado do guitarrista do segundo ano. Sempre ouvia as pessoas dizerem que era preciso dançar como se não tivesse ninguém olhando, mas até aquele momento nunca tinha entendido realmente o que isso significava. Alguma coisa simplesmente se soltou dentro dele, e a sensação era fantástica.

A música acabou antes que ele percebesse, e, quando os últimos instrumentos silenciaram e o barulho da plateia aumentou, Elliot sentiu que *era* o próprio Ferris Bueller. Ele se sentia pronto para pular do palco e beijar Maribel. Imaginou as pessoas lá embaixo abrindo caminho para o beijo acontecer.

E foi isso que ele fez. Pulou do palco procurando Maribel em meio à multidão antes mesmo de chegar ao chão. Porém, em vez de lhe dar passagem, a plateia o cercou. Mãos batiam em suas costas e se erguiam no ar tentando cumprimentá-lo.

— Isso foi incrível! — gritou um jogador de futebol com quem ele nunca tinha falado antes.

Abrindo caminho por entre as pessoas, Elliot continuava procurando Maribel e até chamou por ela algumas vezes, embora ninguém prestasse muita atenção no que ele dizia; estavam todos ocupados demais elogiando a apresentação.

Por fim, a música de fundo começou a brotar dos alto-falantes, e ele encontrou mais espaço para se mover. Elliot avistou os amigos e, meio ofegante, se aproximou deles.

— Caramba, cara — disse Mario. — Aquilo foi incrível. Não consigo acreditar no que você acabou de fazer. — Mario era o melhor amigo de Elliot havia anos e raramente elogiava alguma coisa.

— Obrigado — Elliot respondeu, e os outros membros do grupo também o cumprimentaram. — Vocês sabem onde está a Maribel? Não a vi por aqui.

— Ah, ela foi embora — disse Mario.

— O quê?

— É, faz uma hora, mais ou menos.

— Mais, provavelmente — Damon acrescentou.

— Merda — resmungou Elliot.

— É, isso vai acabar com a sua empolgação — Mario comentou. Ele tirou uma garrafinha do bolso interno do paletó, bebeu um gole e a passou para os colegas. — Ela foi à festa na casa daquele tal de Bobby. Nós também vamos pra lá. Aqui já era. Você deu um show, cara. Não conhecia esse seu lado artístico.

Mario deu um soco de leve no ombro de Elliot, que nem percebeu o contato. Como lhe acontecera na maior parte da noite, seus sentimentos se concentravam no estômago, que parecia dizer em sua linguagem de grunhidos e gorgolejos: "Droga". A adrenalina desapareceu de suas veias. Imaginava Maribel em uma festa, segurando um copo de plástico vermelho, conversando com as amigas sem nem sequer saber de sua apresentação.

Leila se aproximou da roda, os olhos arregalados e cheios de entusiasmo.

— Deu certo? Onde ela está?

— Ela foi embora — Elliot respondeu.

4

LEILA NÃO DEIXOU ELLIOT DESANIMAR nem por um momento. Ela agarrou o braço dele e o conduziu diretamente para a saída.

— Nesses filmes sempre tem uma festa na casa de alguém — ela disse. — Tenho a sensação de que caminhamos para um final feliz típico do cinema.

Elliot não disse uma única palavra. Entrou no carro dela e, pela primeira vez, notou o bizarro display de papelão no banco de trás.

— Ele não deixa que eu me sinta sozinha na estrada — explicou Leila.

Elliot olhou para ela.

— Como assim, na estrada?

— Não sou daqui. Estou só visitando as Cidades Gêmeas, vim passar poucos dias. Na verdade, estava indo embora quando um bêbado maluco atropelou meu carro.

— Não! Mas que filho da mãe — Elliot respondeu, sorrindo. — Para onde você está indo?

— Alasca.

— Legal. Algum motivo especial?

— Vou ver a aurora boreal. Ele quer muito ir — Leila apontou para o banco de trás. — Nunca consigo negar o que ele pede.

Elliot riu, mas podia sentir que havia algo por trás do humor de Leila.

— É mesmo por isso que você está na estrada? Só para ver a aurora boreal?

— Não é um motivo bom o bastante? As pessoas vão a Buffalo só para ver as cataratas do Niágara.

— Então por que a aurora boreal, e não as cataratas do Niágara?

— Acho que um milagre dos céus em meio às belezas naturais do Alasca é muito mais interessante do que um monte de água em Buffalo. Além do mais — ela dizia enquanto dava partida —, prometi à minha avó que iria ver a aurora boreal pessoalmente, já que ela nunca conseguiu ir.

Elliot estudou Leila. Seus dedos, pequenos e sem anéis ou esmalte nas unhas, seguravam o volante sem apertá-lo. A expressão dela era neutra enquanto olhava para a rua.

— Para onde eu vou?

Ele apontou para a direita, os olhos ainda fixos no perfil de Leila. Depois de mais algumas orientações, ela deu uma olhada rápida para ele, como se estivesse verificando um dos espelhos do carro.

— Qual é o plano desta vez? Mais alguma coisa grandiosa e cinematográfica?

— Não sei se tenho energia para mais uma apresentação como aquela. — Elliot mexeu na manivela da janela. — Vou tentar a declaração de amor de novo. Para ser bem honesto, não fui muito seguro na primeira vez. Quase gaguejei, e ela me interrompeu antes que eu pudesse terminar. Não foi como em *Jerry Maguire*, tipo, "Você me ganhou no oi". Ela me interrompeu e fugiu.

— Bom, ela pode fugir, mas não se esconder.

Elliot riu, apesar da vergonha que ainda sentia da primeira tentativa com Maribel. Ele quase podia senti-la na pele, como algo que precisava ser lavado.

— Nas circunstâncias atuais, foi a coisa mais sinistra que você podia ter dito.

— Não foi apropriado? Achei que podia ser alguma dessas coisas que dizem nos filmes.

— E é. Mas normalmente os caras maus dizem esse tipo de coisa para os bons, ou ao contrário. É mais um clichê de filme de ação. Não tem a ver com comédia romântica.

— Ah. Bom, então esquece. — Um momento passou. — Droga, eu devia ter parado de falar depois daquele discurso. Teria criado uma aura de mistério e sabedoria ao meu redor.

— Leila, você me atropelou no meio da noite e, apesar de não sabermos praticamente nada um do outro, está decidida a consertar minha vida amorosa. Acredite, a aura já existe.

Quando chegaram à festa, Elliot esperava encontrar a confusão generalizada das festas de ensino médio dos filmes: gente bêbada vomitando no jardim, casais se pegando em todos os lugares, alguém com uma fantasia maluca correndo pela rua. O que viram foi uma rua tranquila, sem muitas vagas para estacionar e uma casa grande com as luzes acesas. Havia música vibrando no ar e vozes distantes.

Elliot e Leila subiram pelo caminho de pedra que atravessava o jardim e se estendia até a porta. No centro de uma fonte, um anjo cuspia tranquilamente na larga bacia. Na porta, um cartaz avisava: NÃO ADIANTA TOCAR A CAMPAINHA, TEM MUITO BARULHO. NÃO SE PREOCUPE, SUBORNAMOS OS VIZINHOS, NINGUÉM VAI CHAMAR A POLÍCIA. ENTRE E BEBA. O BARRIL ESTÁ LÁ NO FUNDO.

Eles abriram a porta, liberando os sons da festa. Possivelmente havia duas músicas diferentes tocando, embora pudesse ser resultado da falta de conhecimento de Elliot sobre música eletrônica. Ou as pessoas riam e gritavam tão alto que o barulho parecia uma linha extra de acordes. Havia um grupo perto da porta, pessoas bebendo goles tímidos de copos vermelhos e olhando o relógio.

Leila e Elliot seguiram pelo corredor até a cozinha. Havia plaquinhas nas paredes apontando onde ficavam os banheiros, a bebida e, de acordo com a mais verdadeira tradição do ensino médio, a masmorra do sexo.

— Caramba, espero que ela não esteja na masmorra do sexo — disse Elliot.

— Com que roupa ela está? — Leila perguntou, ficando na ponta dos pés para tentar ver acima das cabeças, mas fracassando. A maioria estava de smoking e vestido de festa, destacando o vestido amarelo simples de Leila.

— Vestido roxo e corsage de orquídea. — Eles entraram na cozinha. — Temi que ela fosse com alguém ao baile e que esse alguém desse o corsage — Elliot comentou. Ele tinha que falar quase dentro da orelha dela para ser ouvido com aquela música alta. — Mas ela e as amigas disseram que não precisavam estar penduradas em um cara para ter uma noite especial. Então eu dei para a Maribel o corsage que fiz para ela.

— Você fez um corsage pra ela?

Elliot sentiu que corou.

— Procurei na internet e aprendi a fazer.

— Que fofo — Leila sorriu. — E ela usou?

— Sim. — Ele deu de ombros. — A maioria das pessoas não entende, mas somos muito amigos. De verdade.

Ficaram alguns minutos ao lado das bebidas na cozinha, esperando Maribel ou uma das amigas aparecer para pegar um drinque. Um cara com uma camiseta dos Vikings, que Elliot reconheceu por terem frequentado a mesma turma de artes no primeiro ano, ficou parado ao lado deles como se esperasse alguém lhe servir.

— Ei, Victor! — Elliot chamou quando conseguiu lembrar o nome. — Lembra de mim?

— Não — Victor respondeu sem hesitar, ainda esperando alguém lhe servir uma bebida.

— Ah — Elliot franziu o cenho, mas então se deu conta de que nem estava tão ofendido. — Você viu a Maribel por aí? Maribel Palacios?

— Ela está bem aí do seu lado, cara — Victor apontou para Leila.

— Certo — Elliot falou. — Obrigado.

— Ele foi muito útil — Leila disse, virando para um grupo de garotas do outro lado do bar para perguntar por Maribel.

Maribel não era exatamente uma garota popular, mas fazia parte do conselho de alunos e atuara em muitas peças do colégio, então Elliot deduziu que seria útil perguntar às pessoas. Mas só duas delas sabiam quem era ela e só um cara a vira.

— Em algum lugar por aqui — ele disse, sem muita utilidade, pegando uma garrafa de vodca.

Depois de alguns minutos, eles decidiram seguir para a sala. As luzes estavam apagadas e raios verdes cortavam a fumaça, que, assim Elliot esperava, era produzida por uma máquina, não por um incêndio de verdade. A sala estava lotada de gente dançando, e um DJ comandava as músicas de seu computador. Elliot achava difícil imaginar Maribel no meio daquela gente suada, por isso eles foram para fora.

O quintal era um gramado amplo cercado de árvores, com estátuas e uma piscina. Um casal havia se apoderado dos móveis em um canto afastado, mas as outras espreguiçadeiras tinham sido tomadas por malucos chapados que olhavam para as estrelas. A fumaça lembrava um conglomerado de fábricas com suas chaminés.

Elliot e Leila pararam ao lado do barril e olharam ao redor em busca de Maribel.

Dois caras que Elliot conhecia estavam na fila da cerveja. Peter Jones, que segundo boatos tinha conseguido uma bolsa no MIT, olhou para o amigo:

— Sabe o que eu nunca entendi na vida?

— Já chegamos nesse ponto da noite? A hora da epifania?

— Tem muito mais mulher do que homem no mundo, certo? — Peter continuou, ignorando o comentário do amigo. — Cinquenta e dois por cento da população mundial, mais ou menos. Em todos os lugares do mundo, tem mais mulheres do que homens. É um fato matemático.

— É, e daí?

— Por que nunca fui a uma festa que refletisse essa proporção? É sério, olha em volta. Fácil, três a um para os pênis. E isso faz desta festa um sucesso. Normalmente a proporção é de cinco para um, pelo menos. Por que as festas desmentem as probabilidades matemáticas? Que leis regem essas reuniões? Não entendo.

— Você precisa de uma namorada, cara.

— Preciso de uma namorada, com certeza.

Por fim, Elliot avistou uma das amigas de Maribel, Stephanie, saindo da casa. Ele não sabia muito sobre ela, só que fazia parte da equipe do anuário. Eles a alcançaram quando Stephanie acendia um cigarro. Ela parecia constrangida com a presença de Elliot, evitando encará-lo. Maribel devia ter contado sobre o que acontecera no baile.

— Oi, Steph. A Maribel está por aqui?

Ela soprou a fumaça e olhou para Leila com curiosidade.

— Sim. Por quê?

— Eu preciso falar com ela.

Ela bateu a cinza com o braço esticado para não sujar o vestido.

— Você sabe que só fala comigo quando está procurando a Maribel, né? Sempre que vejo você se aproximando, penso: *Onde está a Maribel?* — disse e olhou para Leila como se tentasse identificá-la, depois encarou Elliot. — Na próxima vez em que se apaixonar por uma garota, pode ser uma boa ideia conversar com as amigas dela.

Elliot não sabia o que dizer. Gaguejou alguma coisa, então olhou para Leila como se ela fosse sua intérprete.

— O que foi? Ela tem razão — Leila falou.

Steph suspirou, levando o cigarro à boca.

— Eu a vi lá dentro — disse. — Estava subindo a escada.

— Obrigado. — Elliot sentia que devia dizer mais alguma coisa, mas Leila também agradeceu e começou a puxá-lo pelo quintal de volta para a casa.

Eles seguiam lentamente por entre as pessoas, Leila olhando ao redor e apontando uma ou outra coisa, como se Elliot nunca tivesse ido a uma festa de colégio e visto as pessoas bebendo e comendo.

— Tem dezoito pessoas no celular só neste cômodo — Leila disse atrás dele conforme tentavam atravessar a cozinha e passar pela pista de dança. — Para quem estão mandando mensagens, se todo mundo que conhecem está aqui?

— Você está falando sério? — Elliot perguntou, erguendo uma sobrancelha.

— Aquele cara quase mergulhou o telefone no molho de cebola! — Leila gritou com prazer. — E aquela menina parece que vai... É. Vomitou. E ninguém se incomodou. Elliot, por que ninguém se incomoda?

— As pessoas não vomitam nas festas que você frequenta?

Leila ignorou a pergunta, olhando em volta para ver mais coisas.

Elliot continuou seguindo pela festa com Leila em seu encalço. Ele tinha imaginado que a escada seria área restrita, mas não havia cordão de isolamento, e as plaquinhas convidativas apontavam: MAIS BANHEIROS, ARMÁRIO PARA OS CASACOS E OUTROS LUGARES NOS QUAIS SER FLAGRADO ENQUANTO PEGA ALGUÉM OU COISA PIOR.

— É melhor isso que a masmorra do sexo, né? — Leila opinou. Elliot gemeu sem querer. — É brincadeira — ela disse e deu um tapinha encorajador nas costas dele. — Espera, não. Não estou brincando. Isso *é* melhor que a masmorra do sexo. Desculpa por ter mencionado isso.

— Leila?

— O que é?

— Aquela aura de mistério e sabedoria de que falamos antes... Quer voltar para ela?

— Foi a forma mais gentil que alguém já usou para me mandar calar a boca — ela reconheceu e começou a subir a escada.

Passaram por uma garota desmaiada no meio da escada. Leila deu uma olhada impassível para as fotos de família na parede. No topo da escada havia outra saleta com um sofá e uma TV de tela grande. Pessoas bêbadas jogavam videogame e dividiam um narguilé, tentando soprar anéis de fumaça. Um casal namorava na ponta de um sofá em L. O vestido da garota era roxo, e por um segundo Elliot sentiu o estômago despencando em queda livre. Mas então a menina virou para olhar por sobre o ombro, para Elliot e Leila, e ele viu que era uma ruiva com uma argola no nariz e que o vestido nem era do mesmo tom de roxo.

Eles seguiram em frente, batendo nas portas e entrando nos cômodos. Cada vez que Leila empurrava uma porta, Elliot prendia a respiração, esperando que Maribel não estivesse lá dentro com alguém. Em um dos quartos, as pessoas estavam sentadas no chão ouvindo Pink Floyd com as pupilas dilatadas. O banheiro tinha cheiro de vômito. A suíte master era a única trancada.

No fim do corredor, eles alcançaram a única porta que não tinham verificado. Estava entreaberta, e dava para ver que o quarto estava escuro. Havia um papel preso à porta, um aviso sobre assumir o risco ao entrar. Leila pousou a mão sobre a maçaneta.

— Espera — Elliot tocou seu ombro. — E se ela estiver aí com alguém?

— As luzes estão apagadas.

— Isso não é exatamente reconfortante, Leila.

— Talvez ela esteja sozinha aí dentro, dando um cochilo ou alguma coisa assim. Não estou ouvindo nenhum barulho.

Leila empurrou a porta.

— Tem alguém aqui?

Ela deu um passo à frente, e Elliot a seguiu para enxergar melhor o interior do cômodo. Barulhos indistinguíveis vinham de algum lugar do quarto, e ele teve a forte sensação de que tinha mais alguém ali.

— Oi? — ele tentou. — Maribel?

Os ruídos continuaram, quem quer que os estivesse produzindo não se importava com a presença deles ali. Elliot tateou a parede em busca do interruptor. Ele mal conseguia ver Leila se movendo com os braços estendidos para frente. Ela gritou quando o pé ou a canela se chocou contra alguma coisa.

Assim que Elliot achou o interruptor e acendeu a luz, a porta bateu atrás deles. Ele não sabia a que reagir primeiro: à surpresa por ter sido trancafiado ali, ao casal se agarrando furiosamente na cama (pelo menos não era Maribel) ou às paredes cobertas de prateleiras de bonecas Repolhinho. Centenas de carinhas de plástico assustadoras olhando para eles como se estivessem em um filme de terror de gosto duvidoso. Algumas eram tão velhas que tinham perdido todos os cabelos, ou um membro, ou os traços faciais tinham sido apagados, deixando-as sem rosto, exceto pelo relevo do nariz, uma mancha azul onde devia existir um olho.

O casal na cama, felizmente ainda vestido, finalmente notou a luz acesa. A garota sentou na cama, olhou para Leila e para Elliot, depois deu uma bofetada no rosto do namorado.

— Tacos no jantar, baile de formatura, e você manda mensagem para os seus amigos virem interromper de novo? Estou de saco cheio de você.

— Amor, não conheço essas pessoas — gritou Carl, levando a mão à bochecha vermelha.

Enquanto Leila ria, Elliot sentiu que começava a hiperventilar. Podia sentir os olhos das bonecas Repolhinho nele. O leve sorriso desenhado em cada rosto de plástico dava a impressão de que elas debochavam dele. Até Carl conseguia descolar a garota, mesmo que estivesse prestes a perdê-la agora. Ele correu para a porta e sacudiu a maçaneta com desespero. Estava trancada por fora. Ele sacudiu a maçaneta de novo e gritou por socorro, mas só ouviu os sons da festa lá embaixo.

— Muito engraçado — Elliot gritou. — Vocês trancaram a gente aqui. Agora deixem de ser babacas e abram a porta.

A voz de uma garotinha soou do outro lado.

— Vocês não sabem ler? Esse quarto é meu, e precisam da minha permissão para entrar. E agora também vão precisar dela para sair.

— É uma criança? — Leila perguntou. — O que uma criança está fazendo nesta festa?

— Menina, estamos só procurando uma pessoa. Por favor, abra a porta!

— Não — a vozinha respondeu, já se afastando.

Elliot esmurrou a porta, mas nem ele mesmo podia ouvir muito bem as batidas com a música eletrônica pulsando pela casa. Ele apoiou a testa na madeira.

— Você prometeu que esta noite seria especial! — a namorada de Carl berrava entre soluços.

Elliot bateu a cabeça na porta. Não era assim que essa noite devia acontecer. Ele sentiu a mão de Leila em seu ombro.

— Ei, a gente vai sair daqui. Não se preocupe.

— Olha só o que vocës fizeram — Carl falou, apontando para a namorada que soluçava contra os travesseiros.

— Desculpa — Leila respondeu —, a gente estava procurando uma pessoa.

— É, e ela não está neste quarto. Agora vocês podem dar o fora daqui?

Leila fez uma cena, sacudindo a maçaneta e puxando a porta.

— Você ainda não entendeu que estamos trancados aqui?

— Que seja — ele resmungou, voltando a se concentrar na namorada, cujo corpo era sacudido por soluços. Carl tentou tocar as costas dela, mas a garota o empurrou. — Amor, para com isso, eu te amo. Não precisa fazer tanto drama.

Elliot olhou pasmo quando a garota se levantou e sorriu.

— Ama mesmo?

Segundos depois eles estavam se pegando de novo, e o barulho lembrava o de alguém mastigando com a boca aberta.

Elliot apoiou as costas na parede e escorregou até o chão, esfregando o rosto com a mão saudável. Leila se sentou ao lado dele.

— Eu morri, não é? — ele perguntou. — Você me atropelou e agora estou no inferno.

— Acho que devo ter matado nós dois — Leila respondeu, fazendo uma careta em direção à troca de saliva que acontecia na cama.

— Sabe abrir portas com grampo?

Leila balançou a cabeça.

— Não. E você, acha que consegue arrombar a porta?

— Gostaria de dizer que sim, mas provavelmente vou acabar tendo que voltar para o hospital. — Elliot olhou para a mão enfaixada, imaginando se as cicatrizes seriam mais que uma lembrança dolorosa dessa noite. — Não sei o que é pior: eles ou as bonecas. Tenho a impressão de que elas vão ganhar vida e tentar fazer cócegas em mim. — Ele estremeceu.

Elliot bateu com o cotovelo na porta atrás dele, esperando que alguém ouvisse o barulho, ou que a garotinha desistisse.

— Eu te amo muito — Carl falou entre um beijo e outro, mas a garota continuava soluçando.

Ela se afastou e piscou para conter as lágrimas.

— Ama mesmo?

Leila e Elliot olharam para o casal com um misto de espanto e repulsa, e os dois voltaram a se beijar, sussurrando coisas não tão doces entre beijos barulhentos.

— A gente tem que sair daqui — disse Elliot.

— Imediatamente — Leila concordou, olhando ao redor como se pudesse encontrar uma segunda porta. Depois pôs as mãos na cintura. — A janela! — gritou. — Uma casa como esta não teria quartos sem janelas! — E seguiu para a parede ao fundo, de onde começou a tirar as bonecas das prateleiras. Como imaginava, as bonecas Repolhinho escondiam uma janela.

Elliot ficou de pé e se apressou para perto de Leila. Felizmente, as prateleiras não eram chumbadas à parede, mas encaixadas em fendas em vigas fixas dos dois lados da janela. Os dois começaram a remover as prateleiras, deixando-as no chão ao lado das bonecas, que eram tão assustadoras vistas de cima quanto de baixo.

Quando Elliot removeu as últimas prateleiras, Leila estendeu a mão para a janela.

— Maribel, aí vamos nós — disse, e empurrou a vidraça para cima. Ela não se mexeu. Antes que Elliot pudesse desanimar, no entanto, ela puxou a trava que mantinha a janela fechada. Tentou novamente, e dessa vez a vidraça subiu com facilidade, deixando entrar o ar morno do verão. Elliot passou a cabeça pela abertura. Havia uma laje bem embaixo deles, poucos metros acima do jardim. Mesmo sem o desespero de ter sido trancado naquele quarto, a descida não pareceria tão assustadora.

Leila subiu no parapeito. Usando praticamente só uma das mãos, Elliot a seguiu com cuidado. Eles pisaram na laje, as mãos apoiadas na parede da casa para se equilibrar. Leila olhou para Elliot e sorriu:

— A gente não vai desistir, nem que leve a noite toda. Você vai ter seu grande momento cinematográfico.

E então eles pularam.

5

ELLIOT CAIU NA GRAMA COM um baque. Ele sentia uma dor que começava na mão e se espalhava pelo braço, mas estava tão feliz por ter saído daquele quarto que a ignorou. Quando olhou para a casa, viu que a luz no quarto das Repolhinhos estava apagada.

— Para onde agora?

— Não sei — disse Elliot. — Ela pode ter ido para outra festa, ou para a casa de alguém.

— Por que a gente simplesmente não liga para ela?

— Ela pôs o telefone acidentalmente na máquina de lavar roupa um dia desses. E ainda não comprou outro.

— Inconveniente. E as amigas dela?

— Não temos muitos amigos em comum. Meu círculo social tem um diâmetro de quatro pessoas, talvez. — Leila não riu. — Não que eu precise de muito mais do que isso. Três bons amigos e alguém por quem estar irremediavelmente apaixonado, isso é tudo com que sou capaz de lidar. — Ele riu, mas Leila continuou quieta.

Ela olhou para os dois lados da rua e mordeu o lábio inferior.

— Onde mais ela pode estar?

— Na loja de discos — Elliot pensou em voz alta. — Às vezes ela gosta de ir pensar no telhado da loja de discos onde trabalha.

— Último dia do ensino médio e meu melhor amigo acabou de se declarar para mim — Leila refletiu. — Se fosse eu, provavelmente estaria pensativa. Vamos dar uma olhada lá.

Eles voltaram para o carro. Leila ligou o som e deu partida, e Elliot fechou os olhos e pensou em Maribel, imaginando que as marcas de dedos no para-brisa haviam sido deixadas por ela. Depois de alguns minutos, no entanto, o carro começou a gemer, perder velocidade e avançar aos trancos, interrompendo o devaneio de Elliot.

— Merda — disse Leila. Ela esticou o braço para ligar o pisca-alerta no instante em que o carro parou de vez.

— O que é isso? O que aconteceu?

— Acho que estamos sem gasolina. — Leila virou a chave e tentou ligar o motor outra vez, mas não pegava. — Droga. Normalmente consigo andar até trinta quilômetros depois que a luz acende.

— Por que não parou para abastecer?

— Fiquei envolvida com essa história toda da Maribel. — Leila bateu no volante e encostou no banco.

O estômago de Elliot grunhiu outro "droga".

— Você tem seguro ou alguma coisa assim? Bom, a essa hora da noite, vão levar uma eternidade para chegar aqui. — Ele olhou para o para-brisa, procurando as impressões digitais, mas o carro estava entre dois postes de luz e elas desapareciam no escuro.

— Não — respondeu Leila, tentando dar partida mais uma vez.

Elliot cutucou uma mancha seca no smoking, se sentindo derrotado.

— Então acho que é um sinal. Provavelmente, não vai acontecer esta noite.

Ele examinou a sujeira que ficou presa sob a unha, fez uma careta e limpou o dedo no smoking.

— Ei, nenhum desses caras nos filmes conseguiu tudo fácil, certo? Conquistar a garota dos seus sonhos é sempre uma jornada cheia de obstáculos.

— Ótimo, já temos o slogan da minha noite. E me diga como vamos superar este obstáculo em particular?

— Você sai e empurra o carro. Eu dirijo e ajudo a empurrar pela lateral. — Leila abriu a porta.

— O quê?

— Vamos empurrar o carro até o posto de gasolina mais próximo.

— Você está brincando. São uns três quilômetros. Eu mal consigo andar três quilômetros carregando a mochila. Quer que eu empurre um carro por essa distância com uma das mãos machucada?

— Se sua intenção é ouvir outro discurso motivacional, pode esquecer. Agora sai e me ajuda a empurrar.

Elliot balançou a cabeça, então saiu do carro e foi para a parte de trás, tentando pensar em um jeito de dar impulso sem machucar ainda mais a mão que já estava ferida. Depois de algumas tentativas desajeitadas e dolorosas, ele finalmente encontrou uma posição confortável e começou a empurrar. Leila estava bem na frente dele, com uma das mãos no volante, debruçada para ajudar a dar impulso. Ele mantinha os olhos no chão.

— Vamos seguir reto por dois quarteirões, depois vire à direita — ele disse. — Se eu não desmaiar antes.

Não havia outros carros na rua e a noite estava quieta. Elliot podia ouvir o som dos passos lentos dos dois conforme empurravam o carro, os pneus sobre os cascalhos produzindo um ruído que lembrava insetos sendo esmagados. Ao longe, a linha brilhante das Cidades Gêmeas iluminava o horizonte, pequenas trilhas de luz cortando a escuridão que separava a visão dourada do contorno de Burnsville.

— Tudo bem aí? — Leila perguntou.

Elliot respirava com dificuldade, o corpo exausto depois da longa noite de bebida e perda de sangue.

— Eu vou ficar bem. Quando chegarmos ao posto, eu compro um Gatorade. E talvez um transplante de pulmão. — Ele parou de empurrar por um segundo para recuperar o fôlego. — Acho que a última vez em que minha frequência cardíaca alcançou esse pico foi no quinto ano. — Mais uma inspiração profunda, o ar passando dolorosamente pela garganta, mas acalmando ao chegar aos pulmões. — Quando brincamos de pique no recreio. — E continuou desse jeito por mais alguns quarteirões, arfando até recuperar o fôlego e contando a Leila, algumas palavras por vez, como Maribel correra atrás dele e ele se sentira dividido entre correr mais para impressioná-la e ficar parado para ser pego.

— Que romântico — disse Leila. — Se ela ouvisse você falar desse jeito, tenho certeza de que já seria sua.

Elliot sentiu o rosto corar. Os amigos sempre eram encorajadores, mas ninguém além de suas fantasias jamais o fizera pensar que ficar com Maribel era possível. Ele continuou empurrando o carro.

— O que você acabou fazendo? Correu ou parou?

— Dei três passos e tropecei. Ela me ajudou a levantar e me pegou. Foi o dia mais feliz da minha vida.

Leila riu. A risada tinha um som maravilhoso que ecoou pela rua vazia e fez Elliot desejar que Leila estivesse por perto há muito tempo.

Quando finalmente chegaram ao posto, eles pararam um instante para recuperar o fôlego. Tinha demorado menos do que Elliot imaginava. Não havia notado antes, mas o posto ficava no mesmo quarteirão que a loja de discos. Primeiro golpe de sorte da noite.

— Ótimo — disse Elliot, cheirando o smoking. — O único cheiro que faltava neste paletó: suor. — E olhou para a loja de discos do outro lado da rua. Havia uma placa na fachada do prédio que não deixava ver se havia alguém no telhado, cuja vista do Performing Arts Center e do horizonte de Minneapolis era mais um motivo para Maribel gostar tanto de lá.

— Vamos — disse Leila, se dirigindo para a loja de conveniência. — Eu pago seu Gatorade.

Eles pegaram algo para beber e um desodorante em spray pequeno para Elliot, mas, quando a moça no caixa tentou passar o cartão de crédito de Leila, ele foi recusado.

— Merda — ela disse. — Deve ser a viagem. O banco fica confuso por eu estar em uma cidade diferente todo dia. Eu sei que disse que era por minha conta, mas não tenho dinheiro. Você se importa?

— Também não tenho — respondeu Elliot. — Dei tudo o que tinha para os caras que me venderam a garrafa de uísque na formatura.

Eles olharam para a moça do caixa com ar de súplica. Ela deu de ombros e voltou a ler sua revista. Os dois saíram arrastando os pés.

— Sabe de uma coisa? Esquece a gasolina — Leila falou. — Estamos em uma missão, certo? Vai ver se ela está na loja de discos. Eu espero aqui. Vou dar uma olhada se não tem dinheiro jogado no carro.

— O que devo dizer? Se ela estiver lá.

— Não importa. Fale com ela do mesmo jeito que fala *sobre* ela e vai dar tudo certo.

Ele olhou para a loja de discos. Todas as luzes estavam apagadas, exceto as que iluminavam o letreiro no alto do prédio. Elliot conseguia ver a arte na vitrine anunciando lançamentos e ofertas especiais, a maioria na bela caligrafia de Maribel.

— Leila?

— Sim?

— Se algum dia precisar de ajuda para ir atrás do cara dos seus sonhos, pode contar comigo.

— Obrigada. Talvez eu precise de ajuda.

Elliot atravessou a rua meio que correndo, olhando para os dois lados. Ele se dirigiu aos fundos da loja de discos e abriu o portão como Maribel lhe mostrara. Depois subiu na caçamba de lixo para alcançar a escada de incêndio que ia até o telhado. Seu coração batia tão alto que podia sentir a pulsação no estômago vazio. Depois de respirar fundo algumas vezes, ele começou a subir. A mão latejava cada vez que segurava um degrau, mas Elliot imaginou Maribel sentada lá em cima em seu vestido de formatura, as costas nuas no ar morno do verão, os grandes olhos castanhos meio cerrados em pensamento e subiu mais depressa.

Do último degrau, ele passou para o telhado. O espaço era completamente aberto, nada além de alguns canos entre a escada e a placa voltada para a rua. Elliot caminhou até o meio do telhado, embora já estivesse claro que ele estava sozinho ali. Não era só a evidência visual; Elliot era capaz de sentir a ausência de Maribel. Por um segundo, teve a sensação de que nunca mais a veria, de que o vazio no telhado significava não só mais um obstáculo, mas que ela saíra de sua vida por completo. Ele não sabia quantas falsas esperanças ainda seria capaz de suportar.

Ele se aproximou da placa, depois olhou para além dela, em direção ao posto de gasolina do outro lado da rua. Leila estava dentro da loja de conveniência, apoiada no balcão, conversando com a moça do caixa. Que tipo de adolescente viaja sozinha até o Alasca para ver a aurora boreal? Que tipo de garota estava disposta a ajudar um completo desconhecido como ela estava fazendo?

Elliot desceu a escada e atravessou a rua de volta para o posto de gasolina. Leila o viu se aproximando e saiu da loja para encontrá-lo. Por alguma razão, Elliot acenou para ela como se não a visse havia muito tempo.

— Nada? — ela perguntou antes de olhar para a mão erguida. — Eita, você está sangrando.

— O quê? — Elliot virou a mão enfaixada. Um pequeno círculo de sangue aparecera na palma e se espalhava lentamente. — Droga.

— Eu me ofereceria para voltar ao hospital, mas... você sabe. — Ela chutou um pneu.

— Tem uma farmácia vinte e quatro horas a alguns quarteirões daqui. Eu só preciso de algumas gazes limpas.

— Era isso o que eu queria ouvir — disse Leila.

Na farmácia, eles tentaram passar o cartão de crédito de Leila novamente, mas deu na mesma. Então tentaram convencer o gerente a deixar Elliot levar a gaze e voltar mais tarde com o dinheiro.

— É uma emergência — Leila explicou, apontando o sangue que aparecia no curativo.

— Então recomendo que ele procure um hospital.

— Por favor, senhor. Se eu não voltar com o dinheiro amanhã, pode mandar a polícia atrás de mim. Pior, pode telefonar para os meus pais.

Estou ignorando os dois a noite toda e provavelmente eles lhe darão uma recompensa por avisar que estou vivo. Meu nome é Elliot Pinnik. Moro em...

— São sete dólares e quarenta e nove centavos — disse o gerente. Ele pôs as mãos na cintura e franziu o cenho, a postura adulta clássica para demonstrar que a conversa estava encerrada.

Elliot e Leila saíram da farmácia e pararam na frente da loja.

— Eu meio que espero sangrar até morrer para ele ter que lidar com a culpa. — Elliot suspirou e tirou uma sujeira do curativo. — Então, incansável líder de torcida, e agora?

Leila mordeu o lábio e chutou uma pedrinha no chão. Elliot seguiu a trajetória da pedra pelo estacionamento até um carro entrar e cegá-lo com os faróis. Quando seus olhos se recuperaram, o carro estava parado em uma vaga e um homem de calça de moletom e camiseta suja se dirigia à entrada da farmácia. Ele parecia não dormir havia semanas.

— Com licença, senhor — Leila o abordou. — Sei que isso vai parecer estranho, mas...

— Desculpa, não tenho trocado — o homem respondeu, mal olhando para eles conforme entrava na farmácia.

Leila observou a porta automática fechar depois que o homem entrou e olhou para Elliot.

— Hum. Então essa é a sensação.

— E se a gente tentar roubar a gaze?

— Não! — Leila gritou de um jeito exagerado, estranho. — Nada de furtos. — Ela se acalmou um pouco. — Vamos torcer para aparecer alguém generoso que empreste o dinheiro. Se conseguirmos uma grana para a gasolina também, a gente vai até a casa da Maribel e espera ela aparecer. Senta aí e faz cara de dor. Mas não mostre o lado ensanguentado da mão, isso pode assustar as pessoas.

Elliot fez o que Leila dizia, sentando na calçada do estacionamento. Por um tempo não houve movimento. O homem cansado saiu da farmácia com um pacote grande de fraldas e foi embora. Uma mulher de meia-idade que fumava no carro jogou a ponta de cigarro no chão, sem se dar o trabalho de pisar na brasa para apagá-la, e os ignorou completamente ao passar. Dois homens de vinte e poucos anos pararam e ouviram o que Leila tinha a dizer, mas olharam desconfiados para Elliot e balançaram a cabeça em resposta negativa. O pé de Elliot começou a formigar e ele se lembrou do sétimo ano, quando Maribel organizou uma noite de filmes na casa dela. Ele se sentara no sofá, ela no chão, ao lado de seus pés, e Maribel até apoiara a cabeça em seu joelho por um tempo. Com medo de quebrar o encanto, ele não se mexera até o fim do filme, apesar de o pé dormente formigar tanto que chegava a doer. Uma van entrou no estacionamento. Elliot tentava parecer abatido e inofensivo, deixando Leila falar. Olhando para o chão, ele ouviu a porta da van abrir e reconheceu uma voz.

— Veja se não é o homem da noite!

Confuso, Elliot ergueu a cabeça. Era Kurt.

— O que vocês estão fazendo aqui? — ele perguntou, cumprimentando Leila com um aceno de cabeça. Ela respondeu balançando a mão. — Como foi com a garota? Depois daquele espetáculo, achei que estivesse em um lugar romântico com um colchão.

— Ela não estava mais na formatura. Ela não viu.

— Que droga. Você deu uma olhada na festa do Bobby?

— Sim, ela também não estava. Estamos procurando a noite toda.

— E por que ela estaria na farmácia?

— Tivemos que interromper a busca para fazer um curativo. — Ele levantou a mão para Kurt poder ver o sangue.

— Caramba — Kurt falou.

— Mas acontece que não temos dinheiro — Leila interferiu.

— De quanto precisam?

— Sete e cinquenta — Elliot falou, já se levantando.

— E uma grana para a gasolina, se não se importar — acrescentou Leila.

— Sua apresentação hoje vale pelo menos isso — Kurt respondeu. E os convidou a entrar na farmácia, pagando pela gaze e dando uma nota de vinte para Leila abastecer o carro. Elliot olhou para o gerente com uma expressão que esperava ser de superioridade.

Quando saíram, Elliot lembrou o que aprendera nas aulas de ciências para trocar a gaze da mão. Apesar do sangue, o corte não parecia muito feio. Só um ponto havia se soltado, e a maior parte do sangue já havia coagulado.

— Muito obrigado — ele disse.

— Tudo bem — Kurt respondeu, tirando as chaves do bolso. — Aliás, já passaram no Ruby's Diner? Tem bastante gente lá curando o porre com café e comendo as ofertas da madrugada. Passei na porta e tive a impressão de que metade do colégio estava lá dentro. A Maribel pode estar lá. — Kurt apertou a mão de Elliot, depois acenou para Leila. — Boa sorte, cara. Todo mundo está torcendo por você.

Enquanto observava a van de Kurt sair do estacionamento, Elliot se perguntava se não teria escutado errado. Seria possível? Todo mundo se importava com o que acontecia entre ele e Maribel?

— Então? — Leila interrompeu os pensamentos dele. — Ruby's Diner?

— A essa altura, o Ruby's Diner deve estar cheio de zumbis ou alguma coisa assim.

Leila bateu no peito dele.

— E aí, Ruby's Diner?

— Sou apaixonado por essa garota desde que consigo lembrar. É claro que vou ao Ruby's Diner — respondeu Elliot. — Mas posso fazer uma piadinha de vez em quando, não posso?

— Você tem uma definição muito convencional da expressão "de vez em quando".

Elliot deu de ombros.

— Que seja. A essa altura, se eu tiver que enfrentar zumbis por ela, eu brigo feliz.

6

COMO QUASE TUDO EM BURNSVILLE, o Ruby ficava a uma distância curta de carro. Elliot mal teve tempo de identificar o que estava sentindo: um misto de esperança e desespero, a exaustão e o restante da adrenalina da noite, a ausência de Maribel e a intensidade do desejo de estar perto dela outra vez, de dizer-lhe como a amava falando de um jeito diferente de antes.

Leila estacionou na frente do restaurante. Elliot reconheceu alguns carros no estacionamento e, pelas amplas janelas, pôde ver que o lugar estava lotado, o que não era comum às quatro da manhã. Alguns garotos fumavam do lado de fora, as camisas para fora da calça e as gravatas-borboleta sem o laço. Os penteados das meninas estavam começando a desmontar, o spray fixador finalmente perdendo a briga contra a gravidade. Todos pareciam cansados, mas orgulhosos do próprio cansaço, como se a exaustão fosse testemunha de todos os anos de colégio e quisessem mostrar ao mundo que eram sobreviventes.

— Quer que eu espere aqui fora? — Leila perguntou.

— Não. Eu não teria chegado tão longe sem você. — Elliot tentou avistar Maribel lá dentro, mas havia gente em todos os lugares. Uma garçonete com uma bandeja cheia de panquecas e linguiças usou o quadril para tirar alguém do caminho. — Além do mais, sempre tem alguém que começa a aplaudir devagar nos filmes. Estou lhe dando esse papel.

Eles saíram do carro. Elliot deslizou a mão boa pelo smoking. Ele desejou não ter jogado a orquídea na rua; ela o ajudaria a parecer apresentável.

— Como estou?

Leila parou diante dele, ajeitou o paletó de Elliot pelas lapelas, tirou uma sujeira imaginária (ou talvez não tão imaginária) do ombro.

— Parece que você passou pelo inferno. Mas é assim que tem que parecer. Foi ao inferno para conquistar a garota. — Ela o encarou e sorriu, os olhos iluminados e sem nenhum traço da distância que às vezes ele via. — Está ótimo.

Dentro do restaurante, a agitação era ainda maior do que Elliot fora capaz de imaginar olhando pelas janelas. Tantas mesas haviam sido juntadas que o lugar parecia o salão de uma cervejaria alemã. Garotos se amontoavam em banquetas como em um carro cheio de palhaços. Eles estavam divididos nos grupos de sempre e gritavam de um lado para o outro do salão. Alguns bebericavam café, outros devoravam um café da manhã gorduroso, e havia os que dormiam com a cabeça apoiada na mesa. Desgarrados — bêbados perdidos ou bêbados sociáveis — vagavam pelos corredores entre as mesas. As garçonetes, a maioria mulheres na casa dos cinquenta anos, pareciam concentradas e bravas, mas sobretudo confusas com o fato de que seu turno da noite, habitualmente tranquilo, fora tumultuado por adolescentes barulhentos. Os únicos clientes adultos, dois homens de regata e boné de caminhoneiro, estavam sentados ao balcão, tentando engolir os ovos mexidos e pagar a conta o mais depressa possível.

Antes que Elliot pudesse seguir adiante, alguém se aproximou por trás e passou um braço por sobre seus ombros.

— Elliot! Você é meu herói, cara — disse a voz desconhecida. Ele virou para olhar para o garoto, um jogador de futebol com quem só frequentara duas disciplinas durante todo o colégio. O cara cheirava a uísque, e Elliot ficou envergonhado ao se dar conta de que também exalara esse cheiro mais cedo. — O que você fez na formatura? — O jogador de futebol pôs a mão na lateral da cabeça de Elliot e fez um barulho de explosão, acompanhado de respingos de saliva. — Muito legal. — E tirou a mão dali para lhe dar um tapinha no rosto. — Legal pra caramba. — Então ele se afastou, roubando a torrada do prato de alguém ao passar.

Assim que o garoto havia se afastado por completo, Elliot viu Anthony, de sua turma de matemática, caminhando decidido em sua direção. Ele estava apontando para Elliot com uma das mãos, a outra erguida para um cumprimento. Elliot se forçou a corresponder, tomando o cuidado de usar a mão que não estava machucada. O som do encontro das palmas abertas ecoou pelo restaurante. Anthony se afastou sem dizer nada, mas o cumprimento alertara todos a respeito de sua presença, e logo ele foi cercado por um clamor.

— Épico! — alguém gritou.

— Não consigo acreditar que você fez aquilo — disse uma garota chamada Diana, dando um tapa em seu ombro. — Aquilo tornou a formatura, tipo, inesquecível, sabe?

Várias outras pessoas se aproximaram para cumprimentá-lo e, entre outras coisas, sua apresentação foi chamada de "legítima", "profissa", "do caramba" e, em um estranho toque de gíria anacrônica, "bacana". Ele também nunca soube que as pessoas gostavam de expressar suas congratulações com uma variedade tão grande de contato físico indesejado. Elliot escondeu a mão machucada no bolso do paletó para protegê-la.

— Acho que você não vai precisar de mim. Parece que tem muita gente querendo começar a aplaudir — Leila sussurrou em seu ouvido.

Elliot sorriu e então se deu conta de que o que ela acabara de dizer era verdade. Nunca antes sentira tantos olhares de aprovação. As mãos continuavam erguidas para cumprimentá-lo, e a cada um ele respondia com entusiasmo crescente, o estalo das mãos cada vez mais satisfatório, como aplauso desconstruído.

Era isso, o ponto de transformação da noite. A qualquer momento, a multidão de rostos sorridentes se abriria lentamente, um a um, todos dando um passo para o lado até por fim revelarem Maribel olhando para ele. Ela sorriria e diria algo doce, encantador e instantaneamente clássico, algo que se tornaria uma citação. Essa noite era para ser assim, e agora estava acontecendo. Ela estava no restaurante. Elliot podia sentir isso no ar.

Ele deu um passo à frente, os olhos percorrendo as banquetas à esquerda, as mesas à direita. O ruído de tantas vozes ao mesmo tempo era como silêncio para ele, como o precursor de um estrondo que só aconteceria depois que ele e Maribel finalmente se beijassem.

Quando ele passou pela mesa onde todo o pessoal do teatro estava, alguém agarrou seu pulso e puxou.

— Aqui — disse o garoto, colocando três pedaços de bacon na mão de Elliot. — Você merece.

Confuso porém grato, Elliot assentiu e pegou o bacon. Ele sentiu um tapinha no ombro, e seu coração disparou quando pensou que fosse Maribel.

— Estou com muita fome — Leila falou quando ele virou para encará-la. — Você se importa?

Ele lhe passou o bacon, limpou a gordura na calça e continuou andando. Os jogadores de basquete comiam com voracidade, os alunos de artes erguiam xícaras vazias pedindo mais café. Peter Jones, futuro aluno do MIT, olhava desolado ao redor, contando.

— Eu simplesmente não entendo — Elliot o ouviu dizer.

Então, como um raio de sol atravessando as nuvens em um dia nublado, um lampejo de roxo brilhou do outro lado da multidão.

Tudo que ele conseguia ver da garota era o vestido ao lado da banqueta, aquele tom de roxo inconfundível. Ela estava sentada no canto, de costas para Elliot. Quando uma garçonete passou e empurrou alguém do caminho, ele avistou a mão de Maribel sobre a mesa, a orquídea do corsage visível em seu punho.

Por cima do ombro, sem querer desviar os olhos de Maribel, Elliot disse a Leila:

— É ela.

Sem esperar pelo incentivo da amiga, ele atravessou o restaurante desviando de todos que ocupavam o corredor, dos bêbados cujas pernas ultrapassavam o limite das mesas. Ele perdeu a noção da velocidade dos próprios batimentos, de quantos nós o estômago dera em si mesmo, se a mão ainda doía. Tudo o que tinha na cabeça era Maribel.

O nome dela estava na ponta da língua antes mesmo de alcançá-la; ele se sentia pronto para pronunciá-lo em voz alta, dizer como ela era importante para ele. Mas Maribel não estava sozinha.

Tinha um cara na mesa com ela. Um sujeito que Elliot nunca vira antes, alguém que, até onde ele sabia, nem frequentava o mesmo colégio que eles. O cara estava de smoking, imaculado. Maribel ria de algo que ele havia dito. Eles nem notaram a presença de Elliot.

Incapaz de desviar os olhos, com os pés aparentemente relutantes em tirá-lo dali, Elliot conseguiu apenas olhar conforme a garota que amara pela maior parte de uma década se inclinava para frente e beijava o desconhecido.

Durante a amizade deles, Maribel beijara o rosto de Elliot de vez em quando. Certa vez o beijo escorregara do rosto para a região embaixo da orelha. Mas o que ele via ali não era um beijinho. A mão dela, a que sustentava o corsage, tocou o rosto do garoto e o puxou mais para perto.

O coração de Elliot se despedaçou outra vez, antes mesmo de a cena chegar ao fim. Tudo pelo que passara naquela noite, só para encontrá-la desse jeito. Queria desaparecer. Ele sentia como se *estivesse* desaparecendo, como se o corpo finalmente tivesse se fartado de toda a merda daquela noite e pressionasse o botão de autodestruição. Como se, a qualquer minuto, fosse simplesmente explodir.

Ele achava que amor não correspondido era tortura. Achava que entendia o que a orquídea sentira ao ser atirada no chão daquele jeito. Mas ele passara a noite toda apenas deitado, ainda inteiro, e agora Maribel era o pneu que o esmagava no asfalto.

Finalmente, misericordiosamente, o desconhecido sentiu sua presença e se afastou de Maribel. Quando ela percebeu que a atenção dele estava voltada para outro lugar, ela se virou. Seus olhos imediatamente encontraram os de Elliot.

Como é injusto a pessoa que parte o coração de alguém ainda poder ser tão irremediavelmente linda, ainda ter o rosto que você mais ama no mundo. Naqueles olhos, Elliot viu algo que devia ser pena. Imaginava se aquilo sempre tinha estado ali e ele não notara em todos esses anos. De repente se dando conta de que preferia estar em qualquer outro lugar do planeta, Elliot virou para sair. Quando passou por Leila, ele estava quase correndo, desejando poder esquecer a noite toda.

7

ELLIOT FICOU QUIETO NO TRAJETO até sua casa. Não queria falar sobre Maribel, não queria que Leila sentisse pena dele, não queria ceder à pressão crescente das lágrimas. O céu no horizonte começava a clarear em tons mais suaves de roxo, as nuvens que haviam estado ali a noite toda começavam a se revelar.

Leila parou o carro. Não havia nada que Elliot desejasse mais do que arrancar o smoking sujo, se enfiar na cama e rezar para dormir. No entanto, todas as luzes da casa estavam acesas, o que significava que a mãe ficara acordada esperando por ele, sua imaginação fértil sem dúvida a deixando mais preocupada que o necessário, especialmente por ele ter ignorado os telefonemas dela a noite toda. Então, ele e Leila dobraram a esquina rumo a um pequeno playground no parque. Eles sentaram em balanços vizinhos, olhando para as nuvens que se tingiam lentamente de rosa e laranja. As correntes rangiam com o peso de Elliot.

Ele podia sentir o olhar de Leila.

— Por favor, não pergunte se estou bem.

— Eu não ia perguntar. Sei que não está.

Elliot apoiou a cabeça na corrente do balanço. Uma lágrima rolou do canto do olho, e ele a secou depressa.

Foda-se Molly Ringwald e seus finais felizes. Foda-se Lloyd Dobler, que, se existisse na vida real, provavelmente *teria* deitado no meio da rua e não teria esperado um dia de chuva para isso. Eles eram as razões pelas quais o peito de Elliot parecia ter implodido. Por causa deles ele se permitira amar Maribel por tanto tempo; por culpa deles se enganara, acreditara que um gesto romântico podia convencer alguém a amá-lo quando esse alguém não o amava.

— A vida não é como naqueles filmes. Foi idiotice da minha parte pensar que podia ser. — Ele chutou o chão e o barro grudou no bico de seu sapato. — Eu devia parar de ver esses filmes; eles estão mexendo com minha cabeça.

Elliot enxugou os olhos outra vez, tentando secar as lágrimas. As correntes do balanço rangeram com o movimento. Sempre se sentava com Maribel no parque, naqueles mesmos balanços, matando o tempo de tardes vazias. Aquilo o fazia sentir como se eles vivessem em um mundo feito só para eles dois.

Os primeiros raios de sol apareceram, claramente delineados através das nuvens como o cenário de uma pintura. As nuvens eram douradas, o céu azul tingido de toques de laranja brilhantes.

— Mas que droga, céu — Elliot falou. — Não é uma boa hora para parecer tão pitoresco. Estou tentando argumentar que a vida é uma porcaria.

Leila riu ao lado dele. Ela estava se balançando suavemente, os pés dando impulso no chão sem nunca se afastar dele. O vestido dançava discretamente com o movimento. Eles olharam para o céu inapropriadamente majestoso.

— Você sabe o que acontece no filme depois disso, né?

Elliot suspirou, esperando que ela não tentasse manter viva sua esperança. Ele virou para olhar para Leila, surpreso com a ideia de que só a conhecia havia algumas horas. Parecia muito mais do que isso. Ela plantou os pés com firmeza no solo para fazer o balanço parar e o encarou. Elliot foi pego de surpresa por aqueles olhos impressionantes, como se fosse a primeira vez que realmente os via. Então ela se inclinou e o beijou.

Elliot levou um momento para registrar o que estava acontecendo. A boca de Leila estava sobre a dele, suave, morna, revigorante. Os olhos dele permaneciam abertos, e ele seria capaz de jurar que viu o mundo começar a se transformar. A luz em torno deles ficou dourada, suave, como se filtrada por lentes. Elliot fechou os olhos, ouvindo em sua cabeça uma música que poderia tranquilamente vir de todos os lugares ao mesmo tempo.

Ele estava errado; a vida podia ser como nos filmes. Ele a beijou de volta, o coração crescendo.

Então Leila se afastou, pousando uma mão espalmada sobre seu peito. O sol começava a surgir no horizonte, laranja e ofuscante, fazendo os olhos dela brilhar.

— Não me leve a mal — ela falou. — Isso foi só para mostrar que pode acontecer com você também. Que você pode ter um final feliz se encontrar a pessoa certa. — Ela tirou a mão do peito dele, mas os olhos continuavam nos de Elliot. — Sei que você tinha a esperança de que essa pessoa fosse a Maribel. Mas só porque as coisas aconteceram de outro jeito com ela, não significa que você nunca vai conhecer um amor de cinema.

Inconscientemente, Elliot passou a língua sobre os lábios, o sabor e a sensação da boca de Leila ainda presentes na dele.

— Vai acontecer com você — ela disse e virou para olhar o sol nascer. — Você é um cara legal e está disposto a lutar por quem ama. Um dia alguém vai ver isso. E a garota vai te amar por isso. Um dia, Elliot, você *vai* conquistar a garota. — Leila olhou para o chão e voltou a se balançar até as correntes rangerem. — Só não foi hoje.

Elliot ficou totalmente sem saber o que dizer. Ele se juntou a Leila na contemplação do nascer do sol e lentamente começou a se balançar. Aves cantavam as boas-vindas ao novo dia. Um cardeal empoleirado em uma árvore próxima olhava na direção deles, assobiando uma canção em código Morse, uma nota longa seguida de três curtas. De repente ele alçou voo, um rastro vermelho desaparecendo em meio às árvores.

— Essa não vai ser a última vez que você vai se apaixonar — Leila continuou —, e provavelmente também não vai ser a última vez que acaba com o coração partido. Você não pode sair andando no meio do trânsito cada vez que isso acontecer.

Surpreso, ele olhou para Leila.

— Eu só estava um pouco... — começou, mas ela o encarou de um jeito que o impediu de improvisar uma desculpa.

— Você é um cara especial demais para fazer uma besteira como a que quase fez essa noite.

— Tudo bem — Elliot assentiu e olhou para os próprios pés.

— Quero que você me prometa que isso não vai acontecer nunca mais.

— Eu prometo — ele se apressou em dizer. Apertando os olhos contra o sol, ele estendeu a mão para ela, o mindinho esticado.

Leila olhou para a mão dele, um pouco confusa.

— Nunca fez uma promessa de dedinho? — ele perguntou.

Ela balançou a cabeça.

— Estica o mindinho assim. — Quando Leila obedeceu, ele enroscou o dedo no dela. Cada vez que fazia uma promessa de dedinho com Maribel, pensava no gesto como estar um quinto de mãos dadas. — Promessas de dedinho são ainda mais sérias do que as comuns. Então estou prometendo de dedinho que isso nunca mais vai acontecer.

Com os olhos estreitos por causa das mãos iluminadas pelo sol cada vez mais forte, Leila falou:

— Ótimo. Eu sei que a gente acabou de se conhecer, mas, se eu descobrir que quebrou essa promessa, venho atrás de você.

— Eu acredito. — Eles sacudiram o braço duas vezes como se trocassem um aperto de mão, depois Elliot soltou o dedo de Leila. — De onde você saiu para não conhecer uma promessa de dedinho?

Leila deu de ombros e balançou as pernas para frente para impulsionar o balanço.

— Wisconsin — disse.

Elliot se inclinou sobre a corrente, a observando. O vento agitou seu vestido e seus cabelos, um sorriso esticou seus lábios. Ciente da própria exaustão, Elliot se deu conta de como a noite podia ter acabado de maneira diferente se o carro de Leila não tivesse aparecido na sua frente.

Depois de alguns minutos, Leila parou de balançar.

— Acho que é hora de deixar você ir para a cama, certo? Você teve uma noite longa.

— Aff. Ainda tenho que enfrentar a minha mãe. — Elliot levantou do balanço. — Mas é melhor resolver isso agora, enquanto ainda posso contar com um pouco de piedade por causa da mão.

Leila sorriu para ele.

— Ela vai superar.

— Em três ou quatro anos, talvez. — Elliot ofereceu a mão boa para ajudá-la a levantar do balanço e os dois começaram a andar em direção à casa dele. — Obrigado por ter me ajudado. Ou tentado, pelo menos.

— Foi um prazer. Não se sinta mal por muito tempo. Você fez o melhor que podia.

— Obrigado.

Ela sorriu de novo. Era um sorriso tão cheio de afeto que Elliot sentiu inveja dos amigos dela, quem quer que eles fossem.

— Não precisa agradecer. Só não esquece da promessa de dedinho.

— Não vou esquecer. — Bocejando, ele levantou os braços para se espreguiçar e sentiu as costas estalarem. Eles tinham chegado e estavam atrás da árvore do jardim, para o caso de a mãe estar espiando. — Você vai pegar a estrada agora?

Leila cruzou os braços, então escondeu a boca com a mão para bocejar.

— Sim. A aurora boreal me chama.

Elliot assentiu, como se entendesse por que ela estava indo, como se entendesse tudo sobre ela.

— Tudo bem se a gente se abraçar? Parece que menos que isso não é suficiente para me despedir.

Leila riu e deu um passo em sua direção, envolvendo-o com os braços sem nenhuma inibição. Ela era uma grande abraçadora, firme e afetuosa. No fim, ela o afagou mais uma vez, o que lhe pareceu um último gesto de incentivo de sua parte. "Você vai ficar bem", o abraço dela parecia dizer.

Quando se afastaram, Leila sorriu para ele outra vez, então ergueu a mão e acenou.

— Tchau, Elliot.

— Tchau — ele respondeu.

Leila virou para voltar para o carro, então ele atravessou o jardim a caminho da porta da frente. Elliot forçou um suspiro, esperando que isso de alguma forma o ajudasse a se preparar para enfrentar a mãe.

Foi quando ele viu o bilhete preso à porta. Uma folha de caderno dobrada ao meio. Seu nome escrito na frente, a caligrafia imediatamente familiar. Elliot tirou o bilhete da porta e o leu.

Vou estar na loja de discos até as nove. Por favor, apareça. Preciso te ver de novo. Com amor, Maribel

O coração de Elliot começou a bater, um sorriso já se formando em seus lábios antes mesmo de ele ler a última linha no fim da folha.

Eu devia ter te beijado.

Elliot virou e viu Leila no carro, se preparando para partir. Ele correu até lá, o bilhete apertado na mão. Sem dizer nada, passou o papel pela janela aberta.

Leila leu a mensagem e a devolveu para ele, sorrindo tanto quanto Elliot.

— Parece que seu filme ainda não acabou.

Ele releu a nota, deslizando o dedo pela dobra, pela tinta deixada pela caneta de Maribel. Depois guardou o papel no bolso e olhou para Leila.

— Você pode me dar uma carona?

Bree,

Em alguns dias entro no carro e o tanque está cheio, não sou esperada em lugar nenhum e há milhares de quilômetros de estrada para percorrer. O mundo é minha ostra, como dizem por aí. (Por que dizem isso? Como ostras = possibilidades?) Mas fico ali paralisada, sem saber para onde ir. E às vezes, quando estou dirigindo, tenho vontade de pegar o próximo acesso e ver onde vou parar, mas por algum motivo a inércia não permite. Passei direto por Dakota do Sul e Montana desse jeito. Isso já aconteceu com você? Ou isso tem menos a ver com viajar e mais a ver comigo? Como você e a Alexis estão? Estou sempre esperando trombar com vocês na estrada, mas talvez o universo ainda não esteja pronto para lidar com nós duas juntas de novo.

Curta a terça. Leila

Bree Marling
128 Seven Hills Drive
Reno, NV 89511

SONIA

1

O BARULHO NO RESTAURANTE SE tornara um rugido sombrio. Garfos tilintando nos pratos, risadas ecoando nas paredes de tijolos. De pouco em pouco, um ajudante carregando um recipiente de plástico cheio de pratos sujos abria a porta da cozinha e deixava escapar uma cacofonia de conchas raspando panelas, o chiado de alguma fritura.

Sonia fechou os olhos como Sam lhe ensinara e ouviu uma ou outra palavra que se sobrepunha ao ruído. Às vezes, os dois faziam uma lista das palavras que ouviam e as juntavam em frases sem sentido. Sonia nunca contou a Sam que costumava guardar essas frases em segredo. Ela as transformava em verso em um poema ou em diálogo em um conto.

Nos meses seguintes à morte de Sam, no entanto, Sonia só conseguia ouvir o nome dele no burburinho.

Por que esperava que as coisas fossem diferentes no jantar de ensaio do casamento da irmã de Sam, ela não sabia. Sonia abriu os olhos e viu Martha e Liz acenando para ela do outro lado do restaurante. Ela forçou um sorriso e se aproximou, as cumprimentando com abraços, como se não se vissem havia muito tempo.

— Meu Deus — disse Liz, estendendo a taça de vinho para um garçom que passava completar. — Você fica linda nesse vestido.

— Absolutamente linda — Martha concordou, fazendo Sonia corar.

— Se Sam estivesse aqui, ele não conseguiria manter as mãos longe de você — comentou Liz, dando uma cotovelada de leve em Sonia. Martha lançou um olhar duro para ela, mas Liz só deu de ombros e disse que era verdade.

Sonia olhou para o vestido florido como se ele a envergonhasse, alisando a saia com os dedos.

— Ele teria adorado aquelas coisinhas de frango tailandês.

— Eu sei! — gritou Liz. — Quando fizemos a degustação, havia muitas opções de canapés deliciosos, mas não consegui tirar esses da lista. Sam teria me matado se soubesse que recusei alguma coisa tailandesa.

O rugido abafado do barulho no restaurante tinha voltado, e as três olharam para o salão, os olhos seguindo a trajetória de um garçom por entre as mesas, enchendo as taças de vinho.

Sonia bebeu um pouco de seu refrigerante, tentando não olhar na direção do padrinho do noivo.

— Obrigada de novo por me convidar para ser dama de honra — disse. — É muito importante para mim.

Liz revirou os olhos.

— Para de agradecer. Teria sido muito estranho você não ser minha dama de honra.

— Eu sei, mas ainda assim...

— Mas nada. Você é praticamente minha irmã. — Ela bebeu um gole de vinho e acenou para alguém. — O dever me chama. — Ela sorriu e abriu caminho até um grupo de amigos em uma mesa de canto.

— Dá para acreditar que ela vai casar? — Martha perguntou. — Estou me sentindo velha.

— Quando a gente se viu pela primeira vez, ela estava descendo a escada de pijama, carregando aquele pato de pelúcia. Parecia ter doze anos. Achei que o Sam tinha mentido para mim sobre ter uma irmã mais velha que estava na faculdade.

— O Roger disse que de vez em quando ela ainda dorme com o pato.

Sonia riu.

— Acho que não tem nenhuma regra que diz que você deve se desfazer dos seus bichinhos de pelúcia depois do casamento.

— É — Martha concordou, os olhos ainda fixos em Liz. — Ainda a vejo com aquela idade. Doze anos, quero dizer. Carregando cadernos cheios de nomes de garotos, se contorcendo quando eu a abraçava em público. Ainda a vejo com dois anos, espalhando comida no cabelo. Ainda vejo os dois em todas as idades que tiveram. — Ela ficou em silêncio, então balançou a cabeça e olhou para Sonia. — Olha só, estou ficando nostálgica.

— Tudo bem — disse Sonia. Os barulhos que vinham da cozinha agora pareciam tênis de basquete guinchando na quadra. Sonia lembrou como Sam costumava passar a mão na sola do tênis obsessivamente para limpá-la. Suas palmas estavam sempre pretas no fim das partidas, e Sonia se preocupava com germes.

— Estou muito feliz por você ter vindo. Não teria sido a mesma coisa sem você. — Martha deixou escapar um suspiro, depois tocou o ombro nu de Sonia. — Este é um fim de semana de comemoração. Você devia beber um pouco de vinho.

— Vou beber — Sonia respondeu, embora não tivesse a menor intenção de se consolar com álcool. Se havia uma comemoração a celebrar, teria que contar só com Jeremiah. Assim que esse pensamento passou por sua cabeça, Sonia sentiu uma onda de culpa a invadir e decidiu que uma taça de vinho podia ser uma boa ideia. — Vou buscar uma taça agora mesmo.

— Ótimo — Martha respondeu, a mão apertando de leve o ombro de Sonia. — E não se esqueça de comer a sobremesa também, é a sua preferida. Torta de limão.

Sonia sorriu, depois virou para procurar um garçom com uma bandeja de taças de vinho. Assim que deu as costas para Martha, sentiu seus olhos se encherem de lágrimas. Ela pegou um guardanapo de uma mesa próxima e passou de leve no canto dos olhos, para evitar que a maquiagem borrasse.

Mais tarde naquela noite, Sonia saiu do quarto de hotel e, vestindo uma camiseta de dormir e shorts, seguiu pelo corredor na ponta dos pés para ir bater à porta de Jeremiah. Enquanto andava, sentia nas veias o efeito do álcool dos drinques que ingerira no bar do hotel com o pessoal do casamento. Jeremiah abriu a porta com a camisa desabotoada, as sombras enfatizando os músculos abdominais que não haviam desaparecido completamente durante o ano de bebedeira e preguiça desde que fora para a faculdade.

— Ei — ele falou.

Ela hesitou por um instante, sem saber ao certo por que estava ali. Seria mais seguro, mais inteligente, voltar para o seu quarto e escrever como fazia todas as noites antes de dormir. Então Jeremiah sorriu daquele jeito dele e estendeu a mão e ela lembrou como a presença dele era reconfortante.

Jeremiah a puxou para um beijo, fechando a porta atrás dela.

— Passei o dia todo esperando por isso — disse ele, os lábios roçando os dela e os pés se movendo, recuando até caírem na cama. Sonia podia sentir o gosto do vinho na própria boca, o de cerveja na dele. Ela tirou a camiseta e se inclinou novamente para beijá-lo.

— Eu também — disse, sentindo as mãos dele deslizando por seus cabelos.

Sonia sentiu as batidas do coração dele, sentiu as próprias batidas em resposta. Tentava não imaginar uma doença escondida lá dentro, alguma coisa prestes a explodir silenciosamente em seu cérebro. Desde a morte de Sam, ela havia começado a ver doença em todos que a cercavam. Sempre que recostava a cabeça no peito de Jeremiah, tinha de se controlar para não contar os batimentos, ouvir as falhas que poderiam levá-lo também.

— Ninguém no planeta beija melhor do que você — Jeremiah sussurrou.

— Tem certeza?

— Sim — ele respondeu, se afastando dos lábios dela para começar a lhe plantar aqueles beijos rápidos que gostava de depositar no canto de sua boca e nas bochechas, como se não pudesse deixar de beijar um único centímetro da sua pele. — Fiz uma grande pesquisa. Milhares e milhares de mulheres.

Ela se afastou, segurando a cabeça dele no lugar para que ele não pudesse segui-la para mais beijos.

Que conversa de travesseiro mais horrorosa. Por favor, não comece a falar de estatística.

Ele escapou das mãos dela e olhou para onde sua cabeça estivera descansando sobre a cama um segundo antes.

— Tecnicamente, isso não é conversa de travesseiro. Estamos a pelo menos dois desvios padrão do travesseiro mais próximo.

— Não sei muito sobre estatística, mas tenho certeza de que essa afirmação não fez sentido nenhum.

— Você não faz sentido nenhum — ele devolveu, puxando-a para mais um longo beijo.

Na primeira vez em que se beijaram, Sonia ficou chocada. Foi um beijo incrível, difícil de interromper, daqueles que persistem nos lábios por tanto tempo que ela passou o restante da noite se sentindo culpada por pensar se Sam beijava tão bem, ou se ela não notara a diferença até Jeremiah aparecer.

Como costumava fazer, Jeremiah interrompeu o beijo de repente e mudou de posição, puxando-a para baixo dele. Ele simplesmente olhou para ela, as mãos alisando seus cabelos de um jeito que despertava nela a vontade de fechar os olhos e sorrir por horas.

— O que você tá fazendo? — Sonia o puxou mais para perto.

— Só olhando — Jeremiah sorriu. Ele sustentou o olhar dela por um segundo e então a beijou no pescoço. Sonia notara que ele não era capaz de sustentar contato visual por muito tempo e, por alguma razão, adorava aquele pequeno sinal de timidez. — Você é muito linda.

Sonia sorriu, o puxando para um abraço, enroscando as pernas nas dele.

— Sua conversa de travesseiro melhorou muito nos últimos trinta segundos.

— De novo, não é conversa de travesseiro — ele disse, estudando o rosto dela como se nunca tivesse visto nada parecido.

O quarto estava quieto, exceto pelo ruído do ar-condicionado e pelo estalido suave e ocasional dos beijos de Jeremiah. Sonia viu de relance a tela da tevê muda mostrando destaques do esporte e se sentiu grata por não ser temporada de basquete. Do lado de fora, a julgar pelo som das gargalhadas, duas pessoas passaram bêbadas pelo corredor, provavelmente outros convidados do casamento. Jeremiah desceu a mão dos cabelos até a omoplata de Sonia, deslizando um dedo para cima e para baixo algumas vezes antes de se inclinar para refazer o caminho com beijos.

Era só nesses momentos que a ausência de Sam não doía. Quando o momento terminasse e ela voltasse sozinha para o quarto, Sonia sabia que a culpa a impediria de dormir. Mas por ora aquela dor constante com a qual convivia fazia quase um ano era quase esquecida.

— Quero dançar com você amanhã — disse Jeremiah. — No casamento.

Sonia suspirou.

— Com a família do Sam lá? Ah, acho que não.

— Por favor. Ando procurando na internet tutoriais em vídeo sobre como dançar salsa, e estou quase conseguindo dançar no ritmo.

— Impressionante. Mas vai ter que exibir suas habilidades com outra pessoa.

— Não quero dançar com outra pessoa.

— É muito doce da sua parte — Sonia respondeu tocando o rosto dele. — Mas não vai rolar.

— Por que não?

— Porque eles vão perceber — ela disse simplesmente, esperando que isso acabasse com a conversa.

Jeremiah suspirou, puxando um fio do edredom perto da cabeça de Sonia e enrolando-o entre os dedos. Ele a encarou, os lindos olhos verdes com uma ponta de tristeza.

— E daí?

Sonia se inclinou para beijar a região onde o pescoço e a mandíbula dele se uniam. De vez em quando, quando estavam namorando, ele se detinha e apontava para aquele ponto, dizendo:

— Aqui.

Foi a expressão em seu rosto depois de um desses beijos que fez Sonia se dar conta de que o amava, embora ainda tivesse de dizer isso a ele.

— Não vamos falar sobre isso — ela falou.

Jeremiah se afastou.

— Acho que a gente devia falar.

Sonia gemeu e rolou para o lado. A dor sombria voltou ao estômago, aquela área escondida de suas entranhas que ganhou vida assim que Sam faleceu. Sonia se dirigiu à escrivaninha em um canto do quarto. Puxou a cadeira com um movimento brusco e teve de segurar o paletó do smoking que Jeremiah pendurara ali.

— Você não quer ficar comigo? — Jeremiah perguntou, sentando e evitando encará-la.

— Você sabe que não é isso — Sonia respondeu, dobrando o paletó sobre o colo e alisando o tecido.

— O que é, então? — Sonia não disse nada. — Sei que você tem passado por muita coisa, So. Sei que uma parte sua ainda ama o Sam e provavelmente vai amá-lo para sempre. Eu entendo totalmente, e nunca pediria para você tentar esquecê-lo. — Ele esfregou um braço no outro, estalou os dedos e olhou para o teto. Quando falou novamente, sua voz estava tremendo, e a expressão de sofrimento no rosto dele fez Sonia querer beijar o pescoço dele e, ao mesmo tempo, berrar com ele por ter criado essa situação. — Eu sou louco por você, louco demais para manter tudo isso em segredo.

Sonia cruzou os braços, se sentindo exposta de repente. Ela o encarou. O olhar dele encontrou o dela e Jeremiah não desviou os olhos, e ela podia sentir as lágrimas se formando.

— Eu simplesmente não posso dançar com você — disse.

— Pode sim. Ia ser só uma dança.

Sonia sentiu um arrepio e desdobrou o paletó que estava sobre as pernas para vesti-lo, embora isso não fosse acalmar o arrepio em sua pele.

Jeremiah ainda a encarava, e agora ela podia ver um brilho novo em seus olhos.

— Você já superou? O suficiente para ficar comigo?

Ela tentou sufocar o soluço em sua garganta, mas ele explodiu alto e claro no silêncio do quarto de hotel.

Finalmente rompendo o contato visual, Jeremiah abaixou a cabeça.

— Preciso de um tempo sozinho — disse.

Assim que saiu do quarto, Sonia se sentiu sufocar. Ela se apressou pelo corredor para apanhar a bolsa no quarto, depois desceu a escada desesperada por ar fresco. Só quando já estava fora do prédio se deu conta de que ainda vestia o paletó de Jeremiah.

Tudo na cidade de Hope, em British Columbia, gritava excentri cidade. Os postes da iluminação pública imitavam antigas lâmpadas a gás. As ruas eram ladeadas por prédios de três andares, lojas familiares, vasos de flores e tantos bancos que a cidade inteira poderia se sentar ao mesmo tempo e sem aviso prévio. As belas ruas eram perfeitas para os passeios de mãos dadas que ela e Sam costumavam dar sempre que a família dele a convidava para se hospedar no chalé que mantinham ali. Ela tentara muitas vezes capturar o encanto da cidade em seus textos, mas nunca conseguira.

Sonia seguiu até uma loja de conveniência, esperando que ainda estivesse aberta para poder comprar algo que pudesse acalmá-la. Na metade do caminho, explodiu em lágrimas outra vez e teve que parar para se apoiar em um carro, os soluços rasgando seu peito e brotando na forma de tremores que eram como pequenas convulsões.

Você está bem?

Sonia levantou a cabeça. Uma garota mais ou menos da sua idade estava parada diante dela com um copo de café em uma das mãos e a chave de um carro na outra. Sonia se afastou do veículo e assentiu, mas não conseguiu conter os soluços. A garota ofereceu um guardanapo, Sonia o aceitou e limpou o nariz.

— Desculpa — falou.

— O que aconteceu?

— É complicado — Sonia respondeu, se perguntando se ela e Jeremiah ainda estariam juntos. Pensar nisso a fez chorar ainda mais. Ela tentou se acalmar respirando fundo algumas vezes, se concentrando nos detalhes: uma rachadura na calçada, a mosca na janela da loja de conveniência.

— Tem alguma coisa que eu possa fazer? — a garota perguntou. — Quer um café?

Sonia balançou a cabeça.

— Obrigada. — Amassando o guardanapo usado, ela soltou: — Na verdade, será que você pode me dar uma carona? Para qualquer lugar. Só preciso me afastar daqui.

A garota de cabelo preto assentiu, a testa franzida em sinal de preocupação.

— Claro. Entra aí.

2

SONIA OLHOU PARA SEU REFLEXO no espelho do banheiro. Suas bochechas estavam inchadas de chorar, o cabelo embaraçado, os olhos vermelhos. O paletó de Jeremiah pendia largo sobre seu corpo, os braços perdidos nas mangas. Ela abotoara os três botões, mas nem assim conseguia esconder que usava apenas sutiã sob o smoking.

Sonia enrolou as mangas e jogou um pouco de água fria no rosto, depois pegou o gloss labial na bolsa e o aplicou sem nenhum entusiasmo. O telefone vibrou novamente, tremendo sobre a bancada suja do banheiro na estrada. O nome de Jeremiah aparecia na tela. Ela não conseguia se imaginar atendendo à ligação sem desabar em soluços outra vez. Mesmo que ele estivesse telefonando para chamá-la de volta ao seu quarto, ela sabia que ainda não seria capaz de responder se tinha ou não superado Sam.

Sonia silenciou o celular e o enfiou no bolso do paletó. Depois jogou mais água no rosto e saiu do banheiro. A garota, cujo nome, Leila, Sonia descobrira trinta minutos depois de terem começado a jornada, estava sentada ao volante com os pés para fora do carro, olhando a paisagem de montanhas cobertas de árvores iluminada apenas pela lua cheia.

— Desculpa ter feito você dirigir até aqui. Não precisa mesmo me levar de volta — ela falou, embora já tivessem atravessado a fronteira de volta para os Estados Unidos e estivessem mais ou menos na metade do caminho para Tacoma. Sonia desabou no assento do passageiro e Leila deu partida, voltando à rodovia.

Leila deu de ombros.

— Não tem problema. Você está se sentindo melhor?

— Não muito. — O telefone tocou novamente e ela apertou o botão lateral para interromper a vibração.

— O que você estava fazendo no Canadá? — perguntou Leila, olhando o espelho lateral quando um caminhão passou por elas.

— Fui a um casamento de família — Sonia simplificou. — E você?

— Estava só de passagem, eu acho.

Menos de um minuto depois, a vibração recomeçou.

— Desculpa — disse Sonia. — Vou atender. Ele não vai desistir.

Ela atendeu à ligação, mas a princípio não disse nada.

— Sonia?

— Oi — ela falou, a voz voltando a tremer. O jeito como ele disse o nome dela soou estranho, a dor transbordando da voz dele.

— Meu paletó. Preciso dele.

Sonia hesitou, olhando para Leila, que estava concentrada em dirigir.

— Eu saí da cidade. — Ela não conseguia ouvir nada do outro lado, só estática, ou o vento do ar-condicionado no quarto de hotel. Jeremiah ficou em silêncio por tanto tempo que ela deu uma olhada na tela do aparelho para se certificar de que a ligação não tinha caído.

— As alianças estão no bolso, Sonia.

Outro caminhão passou por elas, um veículo enorme cercado de luzes vermelhas como aquelas que iluminam o topo dos edifícios para orientar os aviões. A passagem do caminhão fez tudo tremer, até o ar.

— O quê? — Assim que ela disse isso, no entanto, sentiu o peso no paletó e se deu conta de um volume pressionando seu peito.

— Esteja onde estiver, vai ter que voltar.

Ela apalpou o bolso interno, sentindo a caixa. Depois levou a mão ao cabelo e sentiu o emaranhado. Ela não podia acreditar que tinha saído do hotel vestindo o paletó, que não sentira o peso das alianças em trecho nenhum do caminho. Sabia que tinha de voltar, mas não sabia se seria capaz de encarar aquela expressão desolada no rosto de Jeremiah outra vez.

— Está tudo bem com a gente? — ela perguntou quase chorando.

— Podemos conversar sobre isso mais tarde. Você precisa trazer as alianças de volta. — Jeremiah nunca tinha sido tão seco com ela.

Sonia assentiu e olhou para Leila, que ouvia a conversa com um ar preocupado.

— Tudo bem — ela respondeu, então desligou, incapaz de suportar o tom desprovido de doçura.

— Quer conversar? — Leila perguntou depois de alguns momentos.

Sonia cruzou os braços e apenas balançou a cabeça. Não culpava Leila por perguntar, mas falar sobre o assunto não ajudaria. Falar era justamente o que tinha estragado tudo. Não conseguia nem pedir para Leila voltar.

— Ei, escuta, todo mundo já passou por isso — Leila insistiu. — Se tem uma coisa que eu sei é que guardar os problemas para si só serve para torná-los ainda mais difíceis de lidar.

— É mesmo? Você sai por aí contando seus problemas para todo mundo? — perguntou Sonia, e imediatamente se arrependeu do tom que usou.

Leila abaixou a cabeça.

— Não, não o suficiente. É por isso que eu sei.

— Desculpa, não foi essa a intenção. Você só tem sido legal comigo, eu não devia estourar com você. — Sonia olhou para a escuridão da rodovia. Percorrera essa estrada muitas vezes nas viagens ao chalé da família de Sam, mas não conseguiu reconhecer o posto no qual pararam, nem sabia dizer a que distância estava de casa.

— Tudo bem. Você está chateada — disse Leila. — Sabe aquela sensação horrível que surge no estômago sempre que você pensa no que te faz chorar?

Imediatamente, Sonia pensou no trajeto de carro até o hospital depois do colapso de Sam. Pensou no primeiro beijo que deu em Jeremiah. Em como não conseguia escrever nada havia meses, nas páginas vazias do caderno, como se não tivesse absolutamente nada na cabeça. Pensou em Martha, que ainda falava com ela sobre Sam como se esperasse vê-lo sair do quarto a qualquer momento. Sim, conhecia bem esse sentimento. Era dominada por ele havia um ano, e a única pessoa que podia amenizá-lo agora o tornava ainda pior.

— Sim — ela conseguiu responder.

— Bom, nesse exato momento ele parece pior porque os mesmos pensamentos estão se repetindo, ecoando aí dentro. Você é como uma chaleira implorando para o vapor sair. Precisa deixar alguém tirá-la do fogão e despejar seu conteúdo em uma xícara.

— Está dizendo que quer me transformar em chá?

— A metáfora é meio confusa, talvez — Leila reconheceu. — Mas acho que você entende o que estou dizendo. Eu só quero ajudar.

Sonia olhou para um carro que passava por elas, tentou espiar as pessoas dentro dele, mas só conseguiu enxergar um lampejo de metal.

— Por quê? Por que você está sendo tão legal com uma completa desconhecida?

— Não sei. Acho que gosto de chá.

Para sua própria surpresa, Sonia abriu um sorriso. Ela olhou para Leila, esquecendo Sam e Jeremiah por um segundo e se perguntando quem exatamente seria essa garota.

Leila se ajeitou, trazendo a perna esquerda para o banco e a do brando sobre si.

Sonia tirou o celular do bolso, olhando as horas e calculando quanto tempo tinha até o casamento. A tela acesa exibia uma foto dela e de Sam, os dois sentados sobre a estátua de um troll em Seattle. Sonia já tinha se perguntado se isso incomodava Jeremiah, se devia mudar sua imagem de fundo. Mesmo isso era uma traição a qual não se sentia pronta para cometer.

No geral, ela lidava melhor com as emoções usando papel e caneta, mas aparentemente tinha perdido a habilidade. Talvez Leila fosse confiável, o jeito como falava sobre tristeza, como se lhe fosse uma emoção familiar. Ou talvez houvesse um limite sobre quanto tempo alguém podia sufocar alguma coisa antes de ela transbordar involuntariamente.

— Há mais ou menos sete meses, o cara que eu namorava havia dois anos, Sam, caiu no meio de um jogo de basquete. Ele foi levado para o hospital, mas morreu duas horas depois. Um problema cardíaco. Alguma coisa no miocárdio? Não sei. Nunca consigo lembrar o nome exato. Sei que a maioria dos adolescentes acredita que o primeiro amor é o único amor da vida, mas nós éramos especiais. — Ela parou para enxugar os olhos e, notando que o celular ainda estava aceso exibindo a foto com Sam, o guardou no bolso ciente de que não suportaria falar sobre ele e olhar para ele ao mesmo tempo. — Quando ele morreu, senti que tinha acabado para mim. Que ninguém jamais se aproximaria do que tínhamos. Eu não *queria* que ninguém se aproximasse disso. Minha alma gêmea tinha partido e eu passaria o resto da vida sem ele.

Uma lágrima escorreu rapidamente pela bochecha de Sonia, como se estivesse sendo sugada por um ralo. Ela balançou a cabeça e limpou o rastro deixado ali.

— Meu Deus, e isso é só o começo. Tem certeza de que quer ouvir tudo?

— O chá não está pronto. Continue despejando água.

— A metáfora não está funcionando — Sonia deu uma risadinha.

— Tanto faz! Você não terminou de contar sua história.

Sonia esfregou os olhos, depois passou a mão pela cabeça, organizando os pensamentos.

— A família dele sempre foi incrível comigo — continuou. — E isso não mudou depois que ele morreu. Pelo contrário, são ainda melhores. Telefonavam para saber como eu estava, me levavam para jantar, me convidavam para ir ao cinema. Caramba, eles me tratam melhor que a minha própria família. Nunca tive essa sensação de pertencer a algum lugar até conhecer o Sam. Então continuei frequentando a casa deles, ia a jantares de família, churrascos, tudo isso. E foi lá que eu conheci o Jeremiah. O irmão dele vai casar com a irmã do Sam amanhã — ela contou, pegando o celular do bolso e sacudindo o aparelho para mostrar que tinha sido ele quem telefonara. Ela respirou devagar, se sentindo como se andasse sobre uma corda bamba e passos rápidos pudessem derrubá-la em outra sessão de choro. — No início nem me dei conta de que era uma paixão. Um dia ele me ofereceu uma carona e, antes que eu entendesse alguma coisa, a gente estava se beijando. Depois disso passei dias enjoada. Quer dizer, o último buquê de flores que eu tinha posto no túmulo do Sam não tinha nem murchado e eu já estava me jogando nos braços de outra pessoa.

Leila abriu a boca para dizer alguma coisa, mas mudou de ideia e esperou Sonia continuar. Elas passaram sobre uma ponte, uma plaquinha marrom as fez saber que passavam sobre o rio Stillaguamish.

— Estamos juntos em segredo há dois meses e, apesar de ele me fazer muito feliz, quando não estamos juntos me sinto ainda mais infeliz que de costume. Não consigo me livrar da sensação de estar traindo o Sam, como se ficar com Jeremiah significasse que eu nunca o amei e que ele morreu enganado, acreditando ter encontrado sua alma gêmea. E agora o Jeremiah quer tornar público nosso envolvimento ou terminar... nem sei bem qual dos dois. Mas não posso deixar a família do Sam saber que estou com outra pessoa. Eu mesma mal consigo pensar nisso, então como vou contar a eles? E se eles não quiserem mais saber de mim depois que descobrirem? Não posso correr o risco de perdê-los.

O carro devia estar andando bem devagar, porque de vez em quando um automóvel passava por elas e os faróis inundavam o interior do veículo de Leila. Ela continuava em silêncio, esperando pacientemente que Sonia contasse sua história, como se esperasse de fato drenar toda a tristeza dela simplesmente ouvindo.

Sonia bateu o joelho na sacolinha plástica pendurada no câmbio. Havia uma garrafa de água no porta-copos, e Leila a ofereceu ao ver que Sonia olhava para ela.

— Quando encontrei você — Sonia continuou —, Jeremiah e eu tínhamos acabado de brigar e eu precisava sair de lá. Mas eu sou uma idiota e saí usando o paletó dele, com as alianças do casamento em um dos bolsos. — Ela olhou para Leila, cujo rosto sereno agora demonstrava preocupação: uma ruga na testa, os lábios curvados para baixo. — Você acha que podemos voltar? Preciso mesmo levar as alianças. O casamento vai estar arruinado se eu não fizer isso.

Leila imediatamente ligou a seta e saiu para o acostamento, o carro tremendo conforme passavam por cima das saliências que alertavam os motoristas que se aproximavam demais da saída.

— Por que não disse isso antes? — ela perguntou, virando o carro para fazer o retorno.

— Você nem pensou duas vezes — Sonia constatou, surpresa.

— Acho que a última coisa de que você precisa agora é sentir que não tem ninguém do seu lado. Se alguns litros de gasolina e tempo podem me ajudar a fazer alguém sentir que não está só, fico mais do que feliz em poder colaborar. — E voltou à estrada de mão dupla, agora deserta, dando início à viagem de volta. — E então, o sentimento horroroso passou? — perguntou, sorrindo.

— Não muito. — Sonia bebeu um gole de água e sentiu uma imensa gratidão. — Mas melhorou. Obrigada.

— Foi um prazer — Leila sorriu.

Por um segundo foi como se o sentimento horrível tivesse desaparecido, ou se tornado menos horrível, pelo menos. Mas alguma coisa incomodava Sonia, um medo vago de ter esquecido alguma coisa. Ela apalpou o bolso interno do paletó e verificou que a caixinha com as alianças ainda estava lá. Só para ter certeza, pegou a caixinha e viu as duas alianças encaixadas, em pé como dois soldados em alerta. O telefone estava preso na cintura do shorts.

Para ter certeza de que ainda estava com a carteira e o passaporte, ela se abaixou para pegar a bolsa no chão. Assim que os dedos tocaram o tapete, ela começou a mover a mão de um lado para o outro em busca do contato com o couro. Inclinando um pouco mais o corpo, deslizou a mão até onde o braço conseguia alcançar.

— O que foi?

— Merda — Sonia disse, visualizando claramente a bolsa sobre uma bancada suja de banheiro. — Acho que deixei a bolsa no banheiro quando a gente parou. — Ela soltou o cinto de segurança e se abaixou para olhar, o ombro pressionado contra a falsa camurça do revestimento do banco. Mas já sabia que a bolsa não estava ali.

— Tudo bem — Leila falou calmamente. — A gente para quando passar por lá.

Levaram só alguns minutos para chegar ao posto. Não havia outros carros no estacionamento, o que Sonia interpretou como um bom sinal de que a bolsa podia continuar no mesmo lugar. Ela saiu rápido do carro e correu para o banheiro.

Ainda assim a bancada estava completamente vazia, coberta apenas por pequenas poças de água e manchas do sabonete que pingava do recipiente suspenso e secava sobre a pedra. Sonia correu da porta até a bancada, como se estivesse longe demais para ver a bolsa. Mas ela não estava lá, e com ela tudo o que estava dentro tinha desaparecido: o brilho labial, uma foto dela com Sam, a carteira com um cartão de crédito para emergências, um pouco de dinheiro canadense e sua carteira de motorista do estado de Washington, a chave do quarto de hotel, o caderno com as últimas anotações, poucas palavras riscadas quase que imediatamente após serem escritas e seu passaporte americano, cuja tinta do último carimbo de entrada ainda nem secara direito.

O peso das alianças parecia de alguma forma aumentar em seu bolso, como se de algum jeito elas percebessem que agora estavam a uma distância impossível de onde deveriam estar.

3

SONIA E LEILA ESTAVAM SENTADAS no McDonald's vinte e quatro horas de um shopping center livre de impostos perto da fronteira. Sonia batia a cabeça de leve contra a janela, olhando para a rodovia e implorando que uma solução lhe ocorresse de súbito. Leila estava com o queixo apoiado sobre a mão, o cotovelo sobre a mesa, um saco de batatas fritas entre as duas. Os funcionários do McDonald's conversavam casualmente para passar o tempo, esperando o próximo viajante noturno. De vez em quando, olhavam intrigados para Sonia, que vestia paletó de smoking, shorts e sutiã meio exposto.

— Eu levo as alianças de volta — Leila sugeriu depois de um tempo, já se levantando da cadeira. — Ainda tenho meu passaporte.

— Você não precisa fazer isso. Vamos pensar em outra solução.

— Não tem por que pensar em outra se já temos uma solução. Você fica sentada aqui e eu ligo quando estiver voltando — Leila falou, passando o celular para Sonia registrar seu número nele.

— Você é um poço sem fundo de bondade, Leila. Obrigada.

— Volto logo — ela sorriu, saindo apressada da lanchonete com as alianças na mão.

Embora Sonia preferisse não criar mais motivos para se sentir culpada, ela mentiu para Jeremiah, enviando uma mensagem de texto dizendo estar a caminho.

Ele respondeu em seguida, a falta de letra maiúscula lhe parecendo uma característica singular dele:

tudo bem

Leila escreveu algumas respostas, então apagou todas e travou o telefone, destravando imediatamente a tela para apenas apagá-la em seguida.

Depois ela enterrou o rosto nas mãos, pressionando as palmas contra os olhos até ver pequenas explosões de luz na escuridão. Ela bagunçou o cabelo, depois deu uma olhada no próprio reflexo no celular. A bagunça castanha sobre a cabeça quase nem parecia cabelo, e ela deslizou os dedos pelos nós. Quando terminou, pegou o telefone de novo.

"Não sei de mais nada, mas amo você", ela digitou, olhando para as palavras por quase um minuto inteiro antes de apagá-las.

Quando começava a calcular quanto tempo Leila levaria para ir e voltar, duas horas pelo menos, a porta do McDonald's se abriu com um rangido e Leila entrou desanimada.

— O que aconteceu? — Por um breve instante, Sonia imaginou que tudo se resolvera de algum jeito mágico e as alianças haviam se teletransportado para as mãos de Jeremiah.

— A polícia da fronteira não me deixou passar — Leila respondeu, mordendo o lábio, as sobrancelhas unidas expressando uma tristeza quase caricata. — Acharam suspeito eu tentar voltar logo depois de sair.

No Canadá? Desde quando os canadenses criam problemas para quem quer entrar no país?

Leila olhou para o chão, dando de ombros.

Não sei, mas revistaram meu carro, mexeram em todas as minhas coisas. Talvez tenham pensado que estou traficando drogas ou alguma coisa assim, sei lá. O cara disse que eu tinha sorte por não me prenderem, mas que os agentes da alfândega podem impedir qualquer um de entrar no país.

Sonia desmoronou no banco de plástico. Imaginou Jeremiah tendo que contar a Liz e Roger que não estava com as alianças, a verdade vindo à tona, mesmo que Jeremiah tentasse ocultar os detalhes. Ela se perguntou quem ficaria mais devastado nesse cenário: Liz, pelo casamento arruinado; Martha, pela traição de Sonia; Jeremiah, pela indecisão de Sonia; Sonia, por ter criado toda essa confusão na vida de todo mundo.

— Não se preocupe. Vamos pensar em alguma coisa — Leila disse, apesar da falta de convicção. Depois olhou em volta. — Talvez alguém que esteja indo para lá passe por aqui e não se importe de levar as alianças?

— Eu não confiaria em ninguém — Sonia respondeu, de repente se dando conta de como tinha sido fácil confiar em Leila, acreditar que ela levaria as alianças até o Canadá e voltaria para buscá-la. Seria pela bondade de Leila, ou porque o desabafo a aliviara do peso de tanto sofrimento? Talvez fosse simplesmente porque Leila parecia se importar.

— E se a gente esperar até a mudança de turno na fronteira? Talvez eu encontre alguém mais simpático que não me crie problemas.

Sonia pensou na sugestão, parecendo cética quanto a isso.

— Se marcaram seu passaporte, o que provavelmente fizeram, ninguém vai deixar você entrar. — Ela pegou a caixinha com as alianças e a girou sobre a mesa, tentando resistir ao impulso de arremessá-la do outro lado do McDonald's. Do lado de fora, no shopping center, letreiros amarelos anunciavam descontos especiais em chocolates e bebida.

Leila pegou o celular na bolsa, como se de repente lembrasse que tinha um telefone.

— Sabe — ela disse, deslizando um dedo pela tela do aparelho —, estou dando uma olhada no mapa e... Bom, eu sempre soube que o Canadá é grande e que a fronteira é comprida. Mas é muito comprida. — Ela passou o celular para Sonia. — Você acha que eles têm agentes suficientes para patrulhar toda essa extensão o tempo todo? Cada pedacinho da fronteira? Não tem cerca, nada disso, certo?

O mapa mostrava alguns pontos de entrada importantes ao lon go das rodovias. Pequenos balões surgiam sugerindo paradas de comércio livre de impostos, como aquela onde estavam agora. Entre as entradas ao longo das rodovias havia quilômetros e quilômetros de vegetação. A única coisa que havia entre os postos de controle era uma linha imaginária que alguém havia muito tempo decidira que separaria os dois países.

— Estou maluca? — Leila perguntou. — Ou a gente pode simplesmente passar para o lado de lá? Quer dizer, se as pessoas cruzam a fronteira com o México, que é muito mais protegida, não deve ser tão difícil entrar no Canadá por aqui.

Sonia estudou o mapa com um pouco mais de atenção.

— Se a gente conseguir, vai ser uma história memorável.

— Não vejo por que não conseguiríamos — Leila opinou, a empolgação em sua voz.

— E o carro?

— Vamos deixar estacionado em algum lugar perto da rodovia. Um estacionamento de motel, por exemplo, para não levantar suspeitas. Seguimos a pé pela floresta em direção ao norte. Tenho uma bússola no celular e ela avisa há quanto tempo você está andando, caso o GPS perca o sinal. Depois saímos da floresta e pegamos carona para Hope na estrada. Deve ter muitos caminhões, não vai ser difícil. Tenho uma amiga que passou meses viajando de carona pelo país, e ela disse que pegar carona é surpreendentemente fácil se você estiver na estrada certa.

— Nós estamos na estrada certa?

— Não tenho nem ideia. Mas vale a pena tentar, não vale?

Sonia olhou de novo para o mapa no celular de Leila.

— Fico pensando se não é possível ver os guardas da fronteira se usarmos muito zoom. — Ela devolveu o aparelho a Leila. — Como voltaríamos ao seu carro?

— Do mesmo jeito. Não é grande coisa.

— Não é grande coisa — Sonia repetiu, tentando conectar as palavras ao ato de cruzar clandestinamente uma fronteira internacional.

Pensou nas frases começadas e rabiscadas em seu caderno. O bloqueio de escritor poderia ser curado por uma noite como esta? — Tudo bem — disse, pegando uma batata que partiu ao meio, olhando para o interior macio que transbordava como se tivesse espremido um inseto. — Vamos nessa.

De acordo com o aplicativo no celular de Leila, elas tinham percorrido oitocentos metros floresta adentro. Sonia mal conseguia enxergar o que havia diante dela, por isso ela e Leila andavam com cuidado, gratas pela lua cheia que brilhava nos espaços entre as árvores e pela luz do celular de Leila, que as salvava da completa escuridão.

Sonia estava nervosa, mas eufórica, com o coração mais leve do que estivera nas últimas horas.

— Estamos entrando a pé no Canadá — ela disse, sem saber se era preciso cochichar. A cada passo, ela esperava ver alguém pular da escuridão. Cada estalido na floresta lembrava a estática de rádios transmissores; cada galho que lhe tocava o braço dava a impressão de alguém com as algemas prontas. — E se a gente encontrar uma equipe da SWAT?

— Acho que não tem nenhuma equipe da SWAT. Talvez a Polícia Montada ou alguma coisa assim.

— Pior ainda! — disse Sonia, esticando o braço para pôr uma mão no ombro de Leila, temendo perdê-la na escuridão. — Tenho pavor de cavalos.

— De cavalos? Por quê?

— Geralmente não gosto de coisas que podem arrancar minha cabeça com um coice.

— O que foi isso? — Leila parou de repente, o que fez Sonia se chocar contra ela.

— O quê?

— Você não ouviu?

Sonia ficou completamente quieta, esperando ouvir sirenes ou o barulho de um helicóptero se aproximando. Tudo o que havia era um leve farfalhar quando o vento soprava por entre as copas das árvores. Ela podia ouvir a própria respiração, grilos distantes, e nada mais.

— Não ouviu um relincho? — Leila perguntou.

— Não tem graça. — Sonia deu um tapinha no braço de Leila e as duas voltaram a andar, tentando não demonstrar o medo que sentira de terem sido descobertas. O coração de Sonia estava acelerado, e, embora estivesse apavorada, ela mal podia esperar para atravessar a fronteira, contar a Jeremiah sobre essa pequena aventura. Se ele ainda quisesse falar com ela.

— Tudo bem, acho que nos afastamos o suficiente — disse Leila. — Podemos seguir para o norte agora. Deve faltar cerca de um quilômetro e meio até a fronteira; vamos andar três por segurança, depois voltamos à estrada. — Seu rosto era iluminado pelo brilho da tela, e Sonia novamente viu um lampejo de melancolia em sua expressão. — A estrada segue em linha reta por um trecho depois da fronteira, não deve ser difícil encontrar.

— Vamos nessa. — Sonia fez um gesto para Leila liderar o caminho. O celular vibrou no bolso do paletó enquanto elas seguiam pela floresta. Fechando a mão em volta da tela para conter a luminosidade, Sonia tirou o aparelho do bolso.

cadê você?

Sonia travou a tela do aparelho, sem saber como responder naquele momento.

— É aquele cara de novo?

— É — Sonia respondeu. — Só contato de rotina.

Alguma coisa rangeu sob o pé dela quando ela passou por um galho. Os ruídos que faziam andando pareciam os únicos em um raio de quilômetros, e pensar nisso era reconfortante e profundamente aterrorizante ao mesmo tempo.

— Você... — Sonia começou, se sentindo tola por perguntar. — Você tem namorado?

Leila continuou seguindo para o norte por entre as árvores. Seus passos eram curtos, cuidadosos, os braços iam estendidos diante do corpo no escuro.

— Não — ela respondeu depois de um momento. — Tinha um cara. Achei que pudesse rolar alguma coisa. Mas agora não acredito muito nisso.

— Por que não?

— Ai! — Leila gritou. — Cuidado com os arbustos. São cheios de espinhos.

Leila os afastou com a manga para Sonia poder passar.

— Tivemos uma briga feia.

— Você ainda fala com ele?

— Mandei cartões-postais, mas não tenho nenhuma notícia dele há algum tempo. Desde a última vez que a gente se viu, na verdade.

— Há quanto tempo foi isso?

— Quando comecei a viagem. Quase dois meses. — Elas deram mais alguns passos cautelosos, tentando não tropeçar nos arbustos nem pisar em sujeira de urso.

De repente Leila parou de novo. Ela estendeu a mão, sinalizando para Sonia ficar quieta. Sonia olhou em volta, tentando determinar o que tinha feito Leila parar, mas tudo o que via era a rica escuridão da floresta.

— Leila, se disser que tem alguma coisa relinchando de novo, juro...

— Tudo bem, mocinhas — disse uma voz alta e profunda que as fez pular de susto. — Já se divertiram. Agora é hora de voltar.

Sonia não conseguiu ver nada de imediato. Na verdade, até Leila pegar o celular e virar a luz da tela na direção do agente, Sonia nem tinha se dado conta de quem estava falando de fato ou de onde a voz vinha. O oficial usava boné de beisebol e estava encostado em uma árvore. Parecia ser bem grande, e, quando ele acendeu a lanterna, Sonia percebeu que estava presa ao colete à prova de balas com outros equipamentos. Ele direcionou a luz para o rosto das duas e, por um instante, desapareceu atrás da intensa claridade enquanto as pupilas de Sonia se ajustavam à mudança. Sonia esperou pelos oficiais que a algemariam, o estômago formando um nó. A qualquer minuto alguém começaria a gritar seus direitos.

— Você são americanas?

— Sim — responderam as duas.

O oficial mal se afastara do tronco, continuando na mesma postura relaxada, quase como se estivesse no intervalo para o café.

— Muito bem. Obrigado pela intenção de visitar o Canadá. Espero que voltem para casa em segurança. No futuro, por favor, tentem entrar no país por um posto de controle, onde os serviços de fronteira poderão documentar sua visita de forma apropriada.

Leila virou para olhar para Sonia por sobre o ombro. Ela parecia tão confusa quanto Sonia.

— Senhor, pedimos desculpas, a gente só...

Ele se afastou da árvore, e Sonia se assustou ao ver que o homem sorria.

— Acho que a minha esposa já se cansou de me ouvir falar "Você não vai acreditar no que me disseram hoje". — E pôs as mãos na cintura. — Vocês acharam mesmo que iam simplesmente atravessar a fronteira andando?

Nenhuma das duas ofereceu uma resposta.

— Infelizmente, vocês decidiram passar bem no meu banheiro — ele continuou, apontando para a árvore e rindo.

— Então vai deixar a gente ir embora? — Sonia grunhiu.

— Vocês alguma vez já preencheram formulários tarde da noite? É horrível. Seja qual for a razão de vocês para tentar atravessar a fronteira, não quero saber. Vocês parecem ser boas garotas. — Ele fez uma pausa como se lembrasse alguma coisa. Apontou a lanterna para a roupa de Sonia e ergueu uma sobrancelha. — Talvez meio estranhas, mas tudo bem. Voltem para casa e para seus pais.

Ele não precisaria dizer isso a Sonia duas vezes. Ela agarrou o braço de Leila, deu meia-volta e começou a andar depressa, grata por não estarem algemadas.

— Não sei se estou aliviada por não termos sido presas, ou furiosa por não termos conseguido atravessar — Leila comentou.

— Vamos escolher o alívio — Sonia decidiu, embora não tivesse tanta certeza disso, agora que voltava a sentir o estojo das alianças no bolso interno do paletó de Jeremiah. No começo, elas dispararam pela floresta, usando a luz dos celulares como lanterna. Mas, aos poucos, os passos foram se tornando mais lentos, talvez porque se davam conta de que logo chegariam ao carro no estacionamento do motel com o mesmo problema ainda sem solução. A cada passo que dava, Sonia sentia as alianças mais pesadas no bolso.

Ela sabia que só havia uma coisa que podia fazer, mas pensar nisso era tão repulsivo que ela imaginava todo tipo de possibilidades malucas — quanto tempo levaria para conseguir um passaporte falso? ou seria muito difícil pular de paraquedas perto da fronteira e, acidentalmente, cair no Canadá? — antes de admitir a única alternativa. Teria que voltar para casa e pedir ajuda à família.

4

QUANDO ELAS PARARAM NA CASA de Sonia, em Tacoma, o sol brilhava por entre nuvens cinzentas. O monte Rainier se erguia imponente sobre a cidade, o pico ainda branco de neve, como uma enorme sentinela guardando o lugar. Sonia sentiu pânico ao se dar conta de que o casamento aconteceria em apenas algumas horas.

Os carros dos pais estavam na garagem. Não eram lavados havia semanas, poeira em forma de pingos de chuva cobrindo as janelas. Ainda que estivessem em casa, era provável que tivessem de ir trabalhar, e "Irás trabalhar" era o primeiro mandamento na casa de Sonia. Ela não tinha muita esperança de que pudessem ajudá-la, mesmo que quisessem. Era em momentos como esse que ela sonhava em ter pais como os de Sam, que largavam tudo pelo bem dos filhos.

Como a chave de casa também estava na bolsa, Sonia tocou a campainha. Vozes alteradas vinham lá de dentro, e ela pôde ouvir os passos pesados do pai, resmungando consigo mesmo. Ele abriu a porta com uma expressão furiosa, como se já tivesse começado uma discussão mental com quem se atrevia a tocar a campainha de sua casa tão cedo. Ele vestia seu uniforme de carregador de bagagem e segurava uma xícara de café. Quando viu que era Sonia, disse:

— Ah. Oi. Está tudo bem? — E se virou para voltar para dentro, deixando a porta aberta.

— Sim. Vocês vão trabalhar? — Sonia perguntou, levando Leila para dentro da casa.

— É claro — respondeu o pai a caminho da sala de estar.

Sonia suspirou. Nesse caso, Mitch era sua única chance.

Todas as cortinas da casa estavam fechadas, o que não a surpreendia. A luminosidade dentro de casa era quase sempre pálida, como a própria Tacoma. Os pais estavam sentados na sala de estar, bebendo café e comendo burritos de ovos aquecidos no micro-ondas. Seu pai desabou na poltrona e voltou a se dedicar às palavras cruzadas. A mãe estava no sofá e assistia a seu programa matinal favorito.

A mãe de Sonia mordeu mais um pedaço do burrito e mastigou fazendo aquele ruído abafado que tanto irritava a filha. A casa toda cheirava a feijão e queijo cheddar falso. Depois da mordida, ela finalmente notou Sonia e Leila ao lado do sofá.

— Bom dia. Achei que você tinha algum lugar para ir hoje. Vai trabalhar?

— Tirei o fim de semana de folga — ela respondeu, se perguntando se a mãe ao menos se lembrava do casamento.

— Então vou precisar que troque o óleo do meu carro, já que me pediu carona na quarta passada.

Sonia ignorou o comentário. Olhou para Leila, constrangida porque os pais nem ao menos notaram a presença dela ali.

— O Mitch está em casa?

A mãe bufou.

— Onde mais ele estaria?

Sonia fez um gesto para Leila segui-la. Elas atravessaram a sala em direção à escada, provocando um protesto abafado quando passaram na frente da televisão. Uma fina camada de poeira cobria o corrimão, e Sonia sentiu que corou de vergonha. Ela nunca falou muito sobre a família com ninguém, nem mesmo com Sam ou Jeremiah, preferindo lidar com o assunto quando escrevia. Não entendia os pais, como eles tinham entrado num círculo vicioso de trabalho e irritabilidade que parecia definir a vida de ambos. Ou por que decidiram ter filhos, considerando que nunca demonstraram afeto por Sonia ou pelo irmão dela. Quando escrevia, ela podia ao menos fingir certa familiaridade com a história de vida dos pais, com as motivações que tinham para viver como se a vida fosse uma maldição herdada.

Esquivando-se do cesto de roupa suja no topo da escada, Sonia e Leila seguiram pelo corredor. O telefone de Sonia vibrou de novo.

estou começando a ficar meio preocupado. onde você está?

Ela guardou o aparelho e bateu à porta de Mitch.

— Não entro neste quarto há um bom tempo, mas, se nada mudou, prepare-se para um odor nada agradável — preveniu. Depois bateu novamente e empurrou a porta.

O cheiro era praticamente tangível. A tradicional bomba de odores de um adolescente misturada a outras coisas: bebida infiltrada na fibra do tapete, restos de lanche apodrecendo sobre a mesa do computador, o equivalente a semanas de hálito matinal marinando no ar estagnado.

Sonia imediatamente começou a respirar pela boca, enquanto, atrás dela, Leila sentia ânsia de vômito. Mitch roncava de leve, um pé pendurado para fora da cama. À luz cinzenta que entrava pelas persianas, Sonia avistou um fio branco pendurado na barba em seu pescoço.

— Mitch — ela cochichou. Nada. — Mitch — repetiu um pouco mais alto. Ele gemeu e puxou o travesseiro, jogando na direção dela e errando. — Mitch, preciso de um favor.

Ele virou para o outro lado.

— Sai daqui.

Sonia deu um passo adiante, desviando de algo no chão que ela não conseguiu identificar.

— Você sabe que eu não estaria aqui se não fosse uma emergência. Preciso da sua ajuda, de verdade.

Ele gemeu e se encolheu no canto oposto da cama, colando o rosto à parede.

— Dormir — disse, resmungando mais algumas palavras que Sonia não conseguiu decifrar.

Leila puxou a camiseta sobre o nariz.

— Mitch — chamou em um quase grito. — Sua irmã precisa de ajuda. Acorda.

Intrigado com a voz desconhecida, Mitch virou e abriu os olhos. E os estreitou como se a luz fosse insuportável.

— Quem é você?

— Leila. Agora escuta sua irmã.

Mitch coçou a barba, o fio branco preso ali caiu sobre o travesseiro e, provavelmente, grudaria outra vez nos pelos faciais mais tarde.

— Tudo bem, estou ouvindo.

Dava para ouvir ele se coçando sob o lençol.

Sonia lutou contra o impulso de dizer como ele era nojento.

— Preciso de um favor. Vai soar meio estranho, mas você sabe que eu não pediria se não estivesse desesperada.

— Fala logo.

— Preciso que você vá de carro até o Canadá.

— Sai fora daqui — ele respondeu, virando outra vez para a parede.

— Mitch, estou falando sério. É uma longa história, mas estou com as alianças de casamento da Liz, e a cerimônia é hoje. Não tenho como chegar lá.

Mitch gemeu de novo.

— Enche o tanque, me dá cinquenta paus e pode usar meu carro.

— Você não entendeu. Não posso entrar no Canadá. Perdi meu passaporte. Preciso que você vá até lá levar as alianças. Eu pago a gasolina.

— Quer que eu dirija até o Canadá?

— São só três horas. Mais três para voltar.

Mitch riu.

— Você andou roubando meu estoque? Não vou dirigir seis horas pra você. De jeito nenhum.

Sonia sentiu as lágrimas se formando.

— Por favor, Mitch. Só posso pedir pra você. Se não for, o casamento vai ser um fracasso.

— Ah, bom, isso não é problema meu, é?

— Vou bater nele — Leila falou, ainda com o rosto coberto pela camiseta.

No entanto, ela não fez menção de se aproximar da cama, e Sonia estava perturbada demais para pensar em qualquer outra atitude a tomar. Estava acostumada com a apatia da família, mas no fundo acreditava que, se realmente precisasse deles, todos deixariam o egoísmo de lado. Não era nada agradável descobrir que estava errada.

Sem saber o que fazer, Sonia ficou parada onde estava. Queria que Leila batesse em Mitch de verdade.

— Vai falar com o Stoner Timmy — Mitch resmungou.

— Quem?

— Stoner Timmy. Ele fica no Tim Hortons em Bellingham. Tem negócios no Canadá. Ele não é o cara que mais segue a lei, por isso eu não ficaria surpreso se esse tal negócio tiver a ver com contrabando ou alguma coisa assim. Talvez ele saiba como levar você para o outro lado.

Tudo bem, não era o maior favor, mas Sonia queria abraçar Mitch por pelo menos tentar ser um pouco útil. Mas o cheiro a fez hesitar, e então ele gritou para ela e Leila saírem do quarto.

Sonia sabia que não tinha muita coisa, mas estava disposta a aceitar a menor centelha de esperança. Qualquer possibilidade, por mais improvável que fosse, era uma chance de não estragar o casamento. Elas passaram no quarto de Sonia para que ela pudesse vestir roupas normais, depois desceram correndo a escada e atravessaram a sala de estar, arrancando algumas reclamações dos pais por tamanha comoção matinal. No carro de Leila, elas seguiram para Bellingham para encontrar Stoner Timmy.

5

ASSIM QUE ENTRARAM NO TIM Hortons, Sonia e Leila avistaram Stoner Timmy.

— Deve ser aquele ali, não? — comentou Leila, apontando para um cara de quase trinta anos sentado atrás de uma mesa perto da janela. O cabelo loiro-escuro parecia quase sedoso de frente, mas era cheio de dreadlocks na parte de trás. Ele usava shorts xadrez, sandálias de couro rachado, meias de losangos e, apesar do calor, um moletom tie-dye com capuz. Cerca de meia dúzia de copos de papelão cobriam a mesa, e ele usava um deles como cinzeiro. Como ele tinha permissão para fumar em uma cafeteria pequena como aquela não estava claro, mas, aparentemente, ninguém se incomodava. Ele estava escrevendo intensamente em um caderno e de vez em quando ria sozinho.

— Meu Deus — Sonia suspirou e entrou na fila de duas pessoas diante do balcão. — Tenho a sensação de que vou precisar de um café só para enfrentar essa conversa.

— Boa ideia — Leila respondeu. — Quanto tempo temos?

Sonia acendeu a tela do celular.

— A cerimônia começa às três, temos mais ou menos seis horas para deixar o cara contrabandear a gente para o Canadá. Nada muito complicado. — Sonia olhou para o cardápio familiar. Não havia Tim Hortons ao sul até Tacoma, mas a família de Sam era canadense e insistia em parar em um café da rede sempre que viajava de carro. Ela decidiu pedir a bebida favorita de Sam e um donut, depois olhou para Leila, que ainda estudava o cardápio.

— Acho que não me contou — Sonia falou depois de Leila fazer o pedido. — Por que você está fazendo essa viagem? Por que quer ver a aurora boreal?

— Sempre fui meio obcecada por astronomia. Acho que é isso que vou estudar quando for para a faculdade. — Leila pegou o troco, e elas saíram da fila, parando perto do balcão para esperar as bebidas. Inconscientemente, as duas olharam para Stoner Timmy, que fumava mais um cigarro e agora rabiscava em um dos copos de café. — Mas, mais do que isso, acho que era meu destino conhecer Stoner Timmy. Esquece a aurora. É isso.

Sonia riu, mas sua curiosidade havia sido aguçada. Então o pedido foi entregue e ela, com mais fome do que tinha se dado conta, mordeu imediatamente seu donut, mudando de assunto.

O donut coberto de xarope de bordo tinha gosto de Sam. Ou melhor, não de Sam, mas dos dois anos que ela havia passado com ele. Ela mordeu mais um pedaço. A escolha do donut tinha sido um erro e um conforto ao mesmo tempo.

— Vamos? — perguntou Leila, apontando para a mesa defumada.

Depois de levar a mão ao bolso do paletó dobrado sobre seu braço para se certificar de que a caixinha com as alianças ainda estava lá, Sonia assentiu e seguiu na frente. Stoner Timmy — ao menos era quem ela presumia que fosse — removia a tampa de todos os copos sobre a mesa para inspecionar o conteúdo. Quando se aproximou o suficiente, Sonia notou que todos os copos estavam meio cheios, e o líquido dentro deles era de cor variada demais para ser só café.

— Stoner Timmy?

Ele ergueu os olhos do experimento com os copos. Então os estreitou de um jeito que parecia teatral e deu uma tragada no cigarro. Ele olhou para Sonia, para Leila, de novo para Sonia. A barba não estava feita, mas os pelos faciais nem podiam ser chamados de barba. Ele fixou o olhar em Sonia.

— Gostei das sobrancelhas, cara. Muito vanguardistas.

— Hum — Sonia reagiu, sem saber como interpretar o comentário. — Obrigada. Oi. Você é o Stoner Timmy?

— Costumo responder a esse nome, claro. Se tenho direito a ele, isso é com os deuses. Ou com a natureza. Ou, sei lá, com o gabinete de seguridade social. O cara — ele acrescentou, estendendo as vogais e torcendo os dedos diante do rosto como se manipulasse uma marionete.

— Meu Deus – Leila riu atrás de Sonia. — Isso vai ser interessante.

Stoner Timmy deu mais uma tragada no cigarro pela metade. Depois, sem aviso prévio, jogou a bituca acesa em um dos copos e acendeu outro imediatamente.

— Desejam minha assistência? — perguntou, apontando para as duas cadeiras diante dele.

Sonia sentou desconfiada, duvidando de que aquele cara pudesse ajudá-la a resolver até o menor dos problemas, muito menos levá-la clandestinamente para o Canadá. Leila, em contrapartida, sentou depressa, se recompondo rapidamente, apesar de os olhos ainda transbordarem agitação.

— Sim — Sonia começou, tentando encontrar uma forma de explicar. — Ouvimos dizer que você consegue levar as pessoas para o outro lado da fronteira.

Stoner Timmy olhou pela janela e assentiu solenemente. Sonia suspeitava de que era só encenação.

— Conheço um caminho para o Grande Norte Branco, é verdade. — E coçou o queixo como se uma longa barba branca pendesse dele, não os raros tufos de pelos que lhe brotavam no rosto.

— Então você *pode* levar a gente? — Sonia hesitou. — Como?

— Ei, ei, ei — Stoner Timmy ergueu as mãos. — Para que tantas perguntas?

Leila riu. Ele não pareceu notar.

— É muito importante que eu atravesse, e quero ter certeza de que não estou aqui perdendo tempo. Se pode levar a gente, diga o que temos que fazer.

— Acalme-se, Aquela com Sobrancelhas Interessantes. Faço várias viagens por dia. Ganho a vida com isso — disse ele, fazendo um gesto para mostrar a mesa, como se os copos de café traduzissem grande riqueza. — Mas, antes que eu explique como, tenho algumas perguntas a fazer.

— Mal podemos esperar para responder — disse Leila, puxando a cadeira mais para perto.

Timmy bateu a cinza do cigarro.

— Que bom. — Ele olhou para Leila com os olhos meio fechados, ou para manter o ar teatral, ou porque a fumaça o impedia de abri-los. — Gosto da sua coragem. Não tem muita gente com coragem hoje em dia.

Sonia deu mais uma mordida no donut favorito de Sam. Stoner Timmy olhava para o espaço entre as duas garotas.

— Stoner Timmy, as perguntas.

— Certo — ele falou, saindo do transe. Tanto quanto possível, pelo menos. — Primeira pergunta. Quem mandou vocês aqui?

— Meu irmão, Mitch.

— E ele trabalha para qual agência do governo?

— O quê? Ele não trabalha para nenhuma agência do governo. Ele nem trabalha. Fica em casa chapado o dia todo. Quando se sente mais produtivo, ele toma banho.

— Nada convencional — Stoner Timmy sorriu em aprovação. — O que querem com os vizinhos do norte?

— Por que precisa saber? — Leila interferiu, claramente se divertindo com a imitação que fazia do tom dramaticamente desconfiado de Timmy. — Não parece pertinente.

— O sucesso nos meus negócios depende das consequências dos meus atos no Canadá. Se levar pessoas inofensivas e for discreto, meus negócios prosperam. Se, por outro lado, levar pessoas indesejáveis, chamo atenção e os negócios sofrem prejuízo.

Sonia ergueu as sobrancelhas, impressionada com a repentina eloquência de Stoner Timmy.

— E, merda — ele acrescentou, como se pensasse melhor, imediatamente diminuindo o que dissera antes. — Se forem lá pra matar alguém ou fazer uma bruxaria pra acabar com todas as florestas, ou qualquer coisa assim, as pessoas vão botar os olhos em mim. Entenderam?

Sonia olhou em volta para ver se alguém ouvia o que o lunático estava falando. Mas ninguém parecia notá-los.

— Vamos a um casamento — ela disse, tirando a embalagem da joalheria do bolso do paletó de Jeremiah. — Está marcado para daqui a algumas horas, e as alianças estão comigo.

Stoner Timmy pôs o cigarro no canto da boca e pegou a caixa, estudando-a com a admiração de alguém que resolveu um cubo mágico. O celular de Sonia vibrou no bolso, e ela o silenciou sem tirá-lo dali, o pânico a invadindo ao pensar no tempo passando.

— Por favor, Tim, você pode ajudar a gente?

Depois de alguns momentos em silêncio, Stoner Timmy abriu casualmente o estojo, olhou rapidamente para as alianças e o deixou em cima da mesa.

— Então a viagem envolve amor e joias — disse, ignorando o pedido de Sonia.

— Sim, exatamente isso — Leila confirmou. — Dá até para dizer que, sem amor e joias, não haveria viagem nenhuma.

— Como tantas outras. — Stoner Timmy pegou um dos copos, olhou dentro dele para se certificar de que não tinha sido usado como cinzeiro e bebeu um pouco do líquido. Um fio escorreu por seu queixo; era vermelho, como o carro de Leila. Ele limpou a pele com a manga do moletom, e a mancha desapareceu em meio aos rodamoinhos de cor. — Você parece pura de coração e digna de entrar no norte, Sobrancelhas Interessantes. — E assentiu para Sonia, depois para Leila, antes de acrescentar: — Você também, Cheia de Coragem. Só mais uma coisa antes de eu apontar o caminho para o Canadá. Só preciso saber... — Ele parou. Sonia se debruçou sobre a mesa quase com a mesma curiosidade de Leila, que agora nem escondia mais o sorriso e se divertia como se a conversa fosse a coisa mais engraçada que já havia lhe acontecido. — A) Alguma de vocês está com uma escuta?, B) Alguma de vocês é um Senhor do Tempo?

Leila olhou com entusiasmo para Sonia, os olhos arregalados, mordendo o lábio para não rir alto.

— Se somos Senhores do Tempo? — Sonia repetiu, incrédula. Que diabos era um Senhor do Tempo e por que Stoner Timmy suspeitava de que uma das adolescentes diante dele fosse uma dessas coisas? Mas lhe pedir uma explicação desencadearia mais uma incompreensível enxurrada de bobagens. — Não, não sou um Senhor do Tempo. E não estou usando uma escuta — ela disse.

Leila ergueu a mão.

— Juro que não sou, nunca fui nem nunca serei um Senhor do Tempo.

Stoner Timmy tirou o cigarro da boca e soprou a fumaça lentamente, os olhos cravados em Leila.

— Tem certeza? Não está perdida no tempo?

— Não que eu saiba — Leila declarou. Ela tentava conter um sorriso, mas alguns instantes passaram enquanto Stoner Timmy a estudava atentamente, e o brilho nos olhos dela desapareceu devagar. De repente era como se entre eles houvesse um tipo de comunicação que Sonia não entendia.

— Você definitivamente está perdida em alguma coisa — afirmou Stoner Timmy, e deu mais uma longa e lenta tragada no cigarro. — O Canadá pode ser o destino dela, mas não é o seu — ele continuou, ainda olhando nos olhos de Leila.

Então se inclinou para as duas, espalhando em torno delas um cheiro surpreendentemente agradável, filtro solar com aroma de coco e roupa limpa. Stoner olhou por cima do ombro de um jeito conspirador e acenou para que as duas se aproximassem.

— A resposta para o seu problema está nos donuts. Creme bávaro, se possível.

Sonia esperou para ouvir mais, mas Stoner Timmy se recostou na cadeira, aparentemente muito satisfeito consigo mesmo.

— Espera, o quê? Isso não pode ser toda a informação que tem para nós.

Soprando fumaça pelo canto da boca (e diretamente para a mesa vizinha, cujos ocupantes nem reagiram), Stoner Timmy franziu a testa e coçou uma região vermelha no queixo, talvez uma urticária ou o resultado do excesso de coceira.

— Já falei demais. — Ele olhou ao redor, como se procurasse um espião. Depois olhou para o último pedaço do donut de Sonia. — Vai comer isso?

Já tentando pensar em outra solução, Sonia balançou a cabeça e empurrou o donut por cima da mesa.

— Lembrem-se — ele disse, tirando-o do guardanapo —, a resposta está nos donuts.

Timmy fez uma pausa, como se estivesse permitindo a compreensão de algum significado adicional. Mas Sonia nem imaginava como os donuts poderiam levá-la ao Canadá. Ela virou para ler a resposta em Leila, mas a garota parecia igualmente perplexa.

Quando terminou de comer, Stoner Timmy acenou para um garoto que havia acabado de entrar no Tim Hortons. O menino se aproximou, e Stoner Timmy pediu licença para cuidar de um "assunto de negócios".

Elas saíram do lugar, estreitando os olhos para o sol claro da manhã na cinzenta Washington e para a conversa que tinham acabado de ter lá dentro.

— Bom, foi interessante — disse Leila. Ela sorria de leve, mas parecia entender que o conselho bizarro de Stoner Timmy basicamente as levava de volta ao ponto de partida. — A resposta está nos donuts? Como alguém entra em um país com donuts?

A pergunta pairou no ar, uma dúvida pequena comparada a todas que Sonia não formulara. Como Liz poderia perdoá-la por arruinar o casamento? Como Martha se sentiria com relação à sua fuga no meio da noite? Qual seria o tamanho da decepção de Jeremiah?

Bem quando Sonia começou a sentir as frustrações se transformando em lágrimas, Leila deu um tapa em seu braço e apontou para um caminhão de entregas da Tim Hortons parado no estacionamento com o motor ligado. O motorista descarregava produtos que seriam levados para dentro. O gerente da loja estava perto do caminhão, conferindo tudo com uma prancheta.

— É o último — disse o motorista, e as palavras atravessaram o estacionamento como se fossem uma dica. O gerente assentiu, e os dois passaram por Sonia.

— Olha a placa do caminhão — Leila comentou. British Columbia. — Deve ter sido essa a informação do Stoner Timmy. A resposta está nos donuts!

Sonia deu uma olhada para o café, onde o motorista e o gerente continuavam cuidando da mercadoria. Àquela altura, estava disposta a tentar qualquer coisa. Elas atravessaram o estacionamento a passos rápidos e deram uma olhada na carroceria do caminhão. Havia caixas de papelão por todos os lados, formando pilhas altas o bastante para poderem se esconder atrás, pelo menos até a próxima entrega no próximo Tim Hortons, que, Sonia sabia pelas viagens feitas anteriormente, ficava do outro lado da fronteira.

Sem querer perder tempo, Sonia entrou no caminhão. Depois ajudou Leila a subir com toda a discrição de que era capaz, e que aliás não foi muita. Sonia bateu o joelho no para-choque e Leila quase chutou o carro ao lado. Esperando que ninguém houvesse notado a movimentação desajeitada, elas se esconderam atrás de uma pilha de caixas no fundo. Ficaram juntas, as duas prendendo o fôlego e tentando resistir à tentação de espiar para saber o que estava acontecendo lá fora. Quando o motorista voltou, fechou a porta sem se incomodar em verificar se havia algo errado, trancando-as na escuridão antes de engatar a primeira e voltar à estrada.

6

O CHEIRO DE DONUTS ERA forte, doce a ponto de ser quase enjoativo. As pilhas de caixas eram altas, parecendo uma fortaleza, e balançavam a cada movimento do caminhão.

— Sonia — Leila cochichou, usando o celular para iluminar a área e encontrar um lugar para sentar.

— Oi.

— Verdade ou desafio.

— Você está falando sério?

— Tenho cara de quem faz piada sobre verdade ou desafio?

— Tudo bem, desafio.

— Desafio você a comer uma dúzia de donuts antes de atravessar a fronteira.

— Deixa de ser tonta. Vou acabar com diabetes.

— Tudo bem, um donut. Creme bávaro, se possível — disse Leila, sufocando uma risadinha.

Sonia gemeu baixinho e olhou para as caixas mais próximas.

— Não dá pra saber o sabor — disse, procurando uma caixa que conseguisse abrir sem derrubar nada. Depois pegou o primeiro donut em que tocou e mordeu. — Eca, coco.

— Você não gosta de coco?

— Você gosta?

— Nossa amizade acaba aqui — anunciou Leila.

Apesar de todas as circunstâncias estranhas envolvidas na viagem de caminhão, Sonia sentia como se ela e Leila fossem duas garotas em uma festa do pijama, acordadas até tarde e tentando não rir alto demais e acabar acordando os adultos.

— É estranho achar isso meio divertido? — Leila cochichou.

Sonia balançou a cabeça.

— Eu estava pensando exatamente nisso. — Ela pegou o celular, a tela iluminando o interior do caminhão com uma luz pálida, apenas o suficiente para enxergar o rosto da outra. — Talvez a gente chegue a tempo. — E estendeu as pernas para frente. — Sua vez. Verdade ou desafio?

— Verdade — Leila respondeu depressa.

— Fala mais sobre aquele cara.

— Na verdade — Leila começou —, acho que esqueci tudo sobre ele. O Stoner Timmy é o novo garoto dos meus sonhos.

Sonia bufou, tentando sufocar uma gargalhada.

— Tenho que admitir, não pensei que ele fosse capaz de fazer alguma coisa útil por mim.

— Mulher de pouca fé. Nunca subestime a utilidade de um desconhecido. Mesmo que ele esteja no limite da loucura.

— Só no limite?

— Eu não disse de que lado do limite da loucura ele está — Leila sorriu.

Elas ficaram sentadas em silêncio por mais um tempo, sentindo o caminhão fazer barulho pela rodovia, os pneus enormes girando sob elas. Sonia começou a relaxar. Ela apoiou a cabeça nas caixas. Imaginou o caminhão seguindo a mesma rota todos os dias, que, mesmo que os agentes americanos na fronteira o revistassem todas as manhãs, a viagem de volta provavelmente era um pouco mais tranquila. Suas pálpebras estavam começando a fechar quando o telefone tocou outra vez.

— Oi — ela cochichou. — Não posso falar agora.

— Escuta, estou ficando maluco aqui. Onde você passou a noite?

Sonia não sabia como resumir sua noite em uma conversa compreensível pelo telefone.

— Estou a caminho. Devo chegar aí em uma hora, talvez um pouco mais.

Esquecendo por um instante toda a história da raiva de Jeremiah, Sonia sentiu latejar a antecipação de vê-lo outra vez, de beijá-lo.

— Você disse isso ontem à noite e ainda não chegou — ele respondeu.

— Eu prometo, estou a caminho.

Aquela pausa de novo, o silêncio no qual podia perfeitamente imaginar Jeremiah e o que ele estava fazendo. Seminu, imaginava, de cueca e meias (talvez até uma só), pronto para entrar no banho. Mesmo que estivesse errada, era prazeroso pensar que o conhecia bem o bastante para adivinhar suas atitudes.

— Está tudo bem? — ele perguntou, por fim.

— Não se preocupe comigo, Jer — Sonia falou. Na penumbra, viu Leila virar a cabeça em direção à boleia do caminhão. Sonia fechou a mão em torno do aparelho. — Estamos parando?

— Com certeza — Leila confirmou. — Acha que já estamos na fronteira?

— Pode ser. — Ela se despediu de Jeremiah, se sentindo otimista pela primeira vez em horas.

Alguns segundos depois, a transmissão chiou quando o motorista empurrou o câmbio para o ponto neutro. Sonia levou um dedo aos lábios, em um pedido de silêncio. Através das paredes metálicas, ela podia ouvir o ruído dos carros passando na rodovia, embora fosse difícil determinar de que lado vinham os sons. Ela pensou ter ouvido uma porta bater, mas podia ter sido qualquer coisa.

Então veio o ruído imediatamente familiar de chaves balançando. Sonia sentiu o sangue gelar. *De novo não*, pensou. *Se pegarem a gente de novo, acabou. Vou para a cadeia, estrago o casamento e ninguém mais vai querer saber de mim.*

A luz do dia entrou pela porta aberta de repente e Sonia ficou de pé em um pulo, embora não houvesse para onde ir. Ela se espremeu no espaço entre as pilhas de caixas como se esperasse sumir camuflada ao ambiente. Quem abriu a porta também fazia ruídos aflitos de esforço físico. Por uma brecha entre as caixas, Sonia avistou o motorista subindo na carroceria.

— Saiam ou vou chamar a polícia.

Sonia olhou para Leila, que continuava sentada, os joelhos junto ao peito.

— O que vamos fazer? — Sonia balbuciou.

Leila deu de ombros, ou porque não entendeu a pergunta, ou porque não havia mais nada a fazer.

— Estou pegando o celular — o motorista avisou.

— Tudo bem, tudo bem — Sonia respondeu, saindo com a mão erguida de trás das caixas, em uma rendição instintiva. Ela se perguntou o que fizera para o universo se voltar contra ela desse jeito. É claro que, assim que isso lhe ocorreu, se lembrou de Sam e sentiu que estava recebendo o que merecia.

— O que vocês estão fazendo aqui? — perguntou o motorista, uma das mãos na cintura, a outra com o dedo em riste para elas, em uma caricatura de adulto reprovador. — Roubando?

— Não estamos roubando — Sonia rebateu. — Só precisamos atravessar a fronteira.

— E acharam que isso ia dar certo?

Sonia deu de ombros, os olhos fixos na estrada atrás do motorista. Leila abriu a boca para dizer alguma coisa, mas o motorista a interrompeu.

— Não tenho tempo para isso. Saiam do meu caminhão.

Ele deu um passo para o lado e esperou as duas saírem, depois, sem pressa, saiu também, se encolhendo quando o pé encontrou o pavimento, sentindo as dores que provavelmente eram consequência de uma vida inteira subindo e descendo de carrocerias.

— Talvez vocês tivessem conseguido se não falassem tanto. — Ele apontou para o celular na mão de Sonia. Sem olhar de novo para as duas, o motorista fechou a porta, entrou na cabine e partiu, deixando as garotas envoltas em uma nuvem de fumaça.

Sonia e Leila levaram meia hora para voltar ao Tim Hortons. Sonia não conseguia parar de checar as horas no celular. Leila oferecia palavras de incentivo enquanto caminhavam pelo acostamento, mas Sonia não achava mais que havia uma chance de entregar as alianças a tempo. Que tipo de último recurso desesperado poderia haver, além de Stoner Timmy?

O sol parecia avançar pelo céu a uma velocidade muito maior que o normal, passando por entre nuvens cinzentas que provavelmente trariam um temporal à tarde. Carros passavam em alta velocidade, como se debochassem de Sonia.

De volta a Bellingham, Sonia entrou no Tim Hortons e parou diante da mesa de Stoner Timmy.

— A resposta não estava nos donuts.

Ele continuava sentado à mesma mesa, fumando outro cigarro, desenhando no dorso da mão com uma caneta, embora houvesse um caderno em seu colo. Ele olhou para Sonia como se ela nunca tivesse saído dali.

— Que pena, cara.

Quando abriu a boca para responder, Sonia sentiu a mão de Leila em seu ombro.

— Precisamos de outro jeito para atravessar — Leila disse calmamente. — O caminhão de entregas não deu certo.

Stoner Timmy franziu o cenho e espetou a caneta no ninho de dreadlocks na parte de trás da cabeça.

— Sua jornada não precisava de um caminhão de entregas.

Se Leila não tivesse continuado lhe oferecendo um afago consolador no ombro, Sonia teria explodido. Em vez disso, ela sentou novamente na cadeira de plástico e deixou Leila comandar a conversa.

— Evidentemente, nossa jornada precisava de um caminhão de entregas — Leila protestou. — Caso contrário, não teríamos entrado nele. Não poderíamos ter contrariado nosso destino, não é?

Stoner Timmy deu uma longa tragada no cigarro

— Continue.

— E se nosso destino era fracassar primeiro, para depois encontrar você novamente e deixá-lo mostrar o caminho? Se não era exatamente isso que tinha que acontecer, por que está acontecendo agora? — Ela pareceu séria dessa vez.

Batendo a cinza do cigarro em um dos copos, Stoner Timmy sorriu.

— Cheia de Coragem, tem certeza de que não é um Senhor do Tempo?

Sem nenhuma hesitação, Leila respondeu:

— Talvez um dia eu seja.

Stoner Timmy bateu a mão aberta sobre a mesa, fazendo os copos pularem e atraindo os olhares de outros clientes do restaurante pela primeira vez.

— Muito bem! Eu mesmo vou levar vocês. Isso vai exigir uma dúzia de donuts de creme bávaro e um carro!

— Muito bem! — Leila exclamou, batendo na mesa como ele fizera e se levantando em seguida para ir comprar os donuts. Quando voltou com a caixa, os três saíram juntos do Tim Hortons. Stoner Timmy deixou todos os copos de café sobre a mesa, e Sonia teve a nítida impressão de que, quando ele voltasse, os copos ainda estariam lá.

— Eu dirijo? — Leila perguntou quando se aproximaram do carro dela.

— Não — Stoner Timmy respondeu, tirando as chaves da mão dela com um floreio desnecessário. — Na verdade, preciso que as duas entrem no porta-malas.

— Você está de brincadeira. — Sonia tentou calcular o espaço do porta-malas.

— Tenho cara de quem brinca?

— Melhor não responder — Sonia resmungou mais para si mesma.

Stoner Timmy abriu o porta-malas e as convidou a entrar com um gesto entusiasmado demais para o gosto de Sonia. Mas, àquela altura, estava disposta a abrir mão do comportamento racional, se isso servisse para levá-la para onde precisava ir.

Felizmente, Leila não havia desistido por completo, e fez Stoner Timmy prometer que a travessia da fronteira seria segura.

— Você precisa saber — ela acrescentou, um pé dentro do porta-malas. — Tentei atravessar ontem à noite, e eles podem ter marcado este carro como suspeito.

Stoner Timmy pôs a mão no porta-malas aberto.

— Cheia de Coragem, a resposta está nos donuts.

Com isso, as duas entraram, se encolheram bem próximas uma da outra, os pés de uma junto da cabeça da outra, os joelhos dobrados para evitar chutes dolorosos.

— Leila! — Sonia chamou na escuridão sinistra. — Você disse que viveu muitas aventuras nessa sua viagem. Alguma coisa parecida com isto?

Leila riu, uma risada doce que, estranhamente, fez Sonia desejar que fossem amigas, não só conhecidas unidas por circunstâncias bizarras.

— Em todas as minhas viagens, essa é a primeira vez que pego carona em um porta-malas. Já vi e fiz muita coisa. Amassos quentes em uma ilha, cadeia, vômito... mas nunca tinha sido contrabandeada em uma fronteira internacional por um homem que se considera um cruzamento de O Cara com o Gandalf. Portanto, obrigada por isso.

— Não tem de quê.

Sonia fechou os olhos e ficou quieta, evitando delatar sua presença outra vez.

Desde a morte de Sam, ela não conseguia lidar com a total escuridão. Era como se o ar adquirisse textura, como a terra acumulada dentro de um caixão. Precisava do brilho pálido de uma tela, ou do som de uma música para preencher o ar que a envolvia. Mesmo com Jeremiah dormindo a seu lado, deixava o computador exibindo programas de TV à noite toda, uma espécie de canção de ninar para impedi-la de pensar em onde estava Sam, no nada que ele experimentava.

Ela podia gritar um pedido de desculpas para ele, como lamentava ter encontrado alguém para amar, alguém que não era ele. Podia gritar as palavras por um megafone, escrevê-las em um livro para o resto do mundo ler, e nem assim Sam as ouviria.

Sonia limpou as lágrimas que lhe escorriam pelo nariz. O carro reduziu a velocidade, e logo soaram vozes abafadas. Sonia prendeu a respiração e Leila a imitou. O momento parecia eterno, como naquela fração de segundo em que um balanço atinge seu ponto mais alto antes de descer de volta. Em seguida, passos soaram, e, antes que acontecesse, Sonia pôde ver a sequência de eventos, outro obstáculo desanimador em seu esforço para não arruinar o casamento de Liz.

A fechadura do porta-malas estalou e, cercados por uma enxurrada de luz, Stoner Timmy e um agente da alfândega canadense olharam para dentro do compartimento, os dois com a expressão inalterada, neutra. Ninguém disse nada e, por um segundo, Sonia quase riu ao imaginar o ponto de vista do agente: duas garotas encolhidas em um porta-malas, tentando passar despercebidas pela fronteira, um maluco dirigindo com uma dúzia de donuts. Mas o agente fechou o porta-malas e os sons se repetiram na sequência contrária: o estalo da fechadura, passos, vozes abafadas, a partida do motor.

Dez minutos mais tarde, o carro parou de novo e o porta-malas foi aberto. O rosto de Stoner Timmy era o único do lado de fora. Ele estendeu a mão para ajudá-las a sair de lá.

— Bem-vindas ao Canadá, senhoritas.

Estavam parados em um posto de gasolina onde os preços eram relacionados por litro, não por galão. Ao lado, havia outro Tim Hortons, uma loja quase idêntica àquela em Bellingham.

— Caramba! Como é que isso deu certo?

Stoner Timmy mostrou as mãos vazias.

— Como eu disse, a resposta estava nos donuts. Não se surpreendam com a eficiência de um suborno. Especialmente quando o Tim Hortons está envolvido.

— Foi só isso? Você subornou o cara com donuts?

— Confesso que a minha presença ajudou. Meus negócios contam com alguns acionistas. O agente McGee pode ou não ser um deles.

Enquanto prendia o cabelo embaraçado em um rabo de cavalo, Leila olhou para Timmy com curiosidade.

— Se o suborno foi a única coisa, não podíamos ter atravessado dentro do carro?

Stoner Timmy sorriu, tirando o maço de cigarros do bolso frontal do moletom.

— Verdade seja dita, Cheia de Coragem, a parte do porta-malas *podia* ter sido evitada. Só achei que seria divertido.

Leila riu e deu um soco brincalhão no ombro de Timmy. Sonia tirou o celular quase sem bateria do bolso.

— Puta merda. Leila, se sairmos agora, conseguimos chegar um pouco antes do início da cerimônia. — E olhou para Timmy. — Precisa de carona para algum lugar?

Timmy acendeu o cigarro, a fumaça o cercando quase como se fosse parte dele. Ele virou o rosto para o Tim Hortons ao lado do posto de gasolina, numa postura que parecia querer mostrar ao mundo que ele tinha pensamentos profundos.

— Não. Eu vou ficar bem aqui mesmo.

— Tem certeza? — Sonia insistiu. Leila já havia dado um abraço rápido em Timmy e estava se apressando até o assento do motorista do carro.

— Vá — ele respondeu, mantendo a pose. — Você tem uma jornada a cumprir.

7

QUANDO LEILA ENTROU NO ESTACIONAMENTO do hotel, Sonia deu uma olhada em sua aparência no espelho retrovisor. Dava para ver todos os sinais da estranha noite. Os olhos inchados de tanto chorar, as roupas amarrotadas da viagem no porta-malas e algumas folhinhas verdes grudadas no cabelo, lembranças da tentativa frustrada na floresta. Ao longo do trajeto, o alívio por chegar a tempo de salvar o casamento deu lugar a uma crescente ansiedade por causa de Jeremiah.

Sonia deixou o espelho de lado e olhou para o hotel. Parecia vagamente um castelo, com alguns chalés na beira do lago espalhados pelo terreno para combinar com a floresta ao redor. Era um lindo hotel em uma linda cidade, e, quando Liz anunciou que a festa do casamento seria naquele lugar, Sonia não conseguiu pensar em nada mais apropriado. O lago era de um azul metálico comovente sempre que o via, as ruas eram tão calmas que mais pareciam extensões do lago.

— Será que deu tempo?

— Acho que sim. — Sonia abriu a porta. — Tenho que procurar o Jeremiah. — Ela hesitou. Tinha a impressão de que era o momento da despedida, mas ainda não queria dizer adeus. Sobretudo porque não queria que isso acontecesse enquanto se apressava até a entrada.

— Sim, faça isso. Posso esperar no seu quarto — Leila sugeriu.

Sonia sorriu e deu a ela o número do quarto e o nome no qual ele estava registrado para que ela pudesse pegar a chave na recepção. Depois saiu do carro levando o paletó do smoking, que pegou no banco de trás. Ela atravessou correndo o saguão, mantendo a cabeça baixa para ninguém vê-la e perguntar onde havia estado. Quando parou na frente do elevador, apertou o botão mais vezes do que era necessário. Um *ding* precedeu a abertura das portas douradas. Martha estava ali dentro. Ela usava um vestido turquesa e um xale da mesma cor sobre os ombros, o cabelo e a maquiagem elegantemente prontos.

Sonia se preparou.

— Aí está você! Eu a procurei por todos os lugares! — Martha falou ao deixar o elevador, estendendo um braço para evitar que as portas se fechassem. — Vá se arrumar! Você sabe que Liz vai falar na sua orelha para sempre se chegar atrasada. Acredite em mim, não vai ser bom dar esse poder a ela.

— Hum — Sonia respondeu.

Martha riu.

— Você também teve dificuldade para dormir na noite passada? Eu fiquei muito agitada, passei boa parte da noite me revirando na cama. No fim, desisti e fui ler um livro na banheira. — Ela tocou o ombro de Sonia e a guiou para dentro do elevador. — Vá se aprontar! A gente dá um jeito na maquiagem no carro. Eu espero aqui. Corre! — Martha recolheu o braço e acenou, desaparecendo do outro lado da porta fechada.

Diante de um reflexo distorcido de si mesma no metal dourado da porta, Sonia se recostou na parede do elevador e soprou o ar dos pulmões. Pelo menos Jeremiah não tinha contado nada a ninguém. Ao notar que o elevador não se mexia, ela pressionou o botão do terceiro andar, sentindo a tensão que formava uma bola em seu estômago diminuir um pouco só para aumentar outra vez quando o elevador parou e ela se dirigiu à porta do quarto de Jeremiah.

Ele atendeu às batidas tímidas já trajando o smoking (menos o paletó), a gravata-borboleta ainda sem o laço envolvendo o colarinho como uma coisa sem vida. Pareceu surpreso ao vê-la, e aliviado. Mas não necessariamente contente.

Sonia mordeu o lábio, esperando que ele dissesse alguma coisa. Queria ver aquele sorriso torto, sinal de que se preparava para fazer uma piada. Era como se ela não o beijasse havia muito tempo, como se todo o esforço para voltar não tivesse como objetivo entregar uma caixinha de joalheria e um paletó de smoking, mas estar nos braços dele e beijá-lo.

— Você conseguiu — ele disse secamente, ainda a mesma voz que ela escutara ao telefone na noite passada.

— Sim. — Sonia lhe entregou o paletó e as alianças, o estômago reagindo com um pulo quando os dedos se tocaram. Ela continuou parada na porta, amaldiçoando silenciosamente os dedos por sempre fazerem a mesma coisa, como se algo não pudesse ser entregue sem o toque incidental.

Jeremiah guardou as alianças no bolso e vestiu o paletó, voltando ao interior do quarto para se sentar na beirada da cama. Ainda estava desarrumada, os lençóis revirados, um travesseiro no chão. Ele a encarou, os olhos sempre provocando algum tipo de reação em Sonia, sobretudo quando desviaram, tímidos.

Era claro que ele não seria o primeiro a falar. Não ia propor a reconciliação, mas pelo menos não insistia em brigar.

— Acho que preciso me arrumar — Sonia falou, os olhos fixos no rosto dele, implorando para ver a expressão doce habitual.

— Sim — ele disse, apoiando os cotovelos nos joelhos e analisando o carpete. — Está em cima da hora.

— Eu sei.

Sonia não sabia se o silêncio dele era uma espécie de ultimato — conte a eles, ou acabamos por aqui —, ou se Jeremiah estava apenas magoado. Não sabia o que significava a própria incapacidade de tocar no assunto, se a relutância em desistir de Sam era uma disposição para desistir de Jeremiah.

— Acho que a gente se vê na cerimônia.

— Sim — ele respondeu e olhou para ela por um segundo. Os lábios se distenderam no que poderia se passar pelo sorriso de um estranho, mas, em alguém que ela amava, só demonstrava como um sorriso era improvável.

Sonia suspirou, sentindo que estava à beira das lágrimas outra vez.

— Tudo bem — disse e saiu atordoada.

Ela bateu à porta do próprio quarto esperando que Leila tivesse conseguido pegar a chave.

— Você o encontrou? — Leila perguntou ao abrir a porta. — Como foi?

Sonia entrou e deu de ombros.

— Não sei. Ele não contou a ninguém. Então é isso.

— Vocês conversaram?

— Não muito. Eu tinha que vir me arrumar.

Ela vasculhou o interior da mala, tirando dali o estojo com os produtos de higiene. Sonia se sentiu exausta, como se de repente até o menor movimento fosse demais. Ela deixou a porta do banheiro encostada enquanto esperava a água esquentar, um hábito adquirido com os banhos na casa da família de Sam, onde todos tomavam banhos tão quentes que embaçavam os espelhos.

Sonia checou a temperatura da água e entrou no banho, passando um minuto inteiro sob o jato quente, olhando para uma bolinha preta na cortina do box e tentando encontrar força para se mexer. Ela tirou a floresta que lhe cobria a pele, se livrou do cheiro de donuts e das horas de choro.

Ela enxaguou o cabelo sem entusiasmo, cumprindo a rotina do banho como se fosse uma manhã de segunda-feira qualquer e não quisesse estar acordada. Depois fechou o chuveiro e pegou duas toalhas, envolvendo uma delas no cabelo e a outra no corpo. O ar fora do banho era frio, e Sonia sentou sobre a tampa do vaso sanitário, mordendo distraidamente a ponta da toalha em seu cabelo. Por alguma razão, era nesse momento que as ideias para as histórias sempre apareciam. Ou costumavam aparecer pelo menos, abrindo linhas que cobriam mundos inteiros, um único personagem surgindo em sua mente e implorando para ganhar vida.

— Leila? — Sonia chamou.

— Oi.

Sonia puxou um fio da toalha com os dentes, sem perceber o que estava fazendo.

— Nada. Só queria saber se estava acordada.

Ela tentou se livrar do vazio em seu peito e ligou o secador para começar a cuidar do cabelo. Imaginando-se no casamento, de pé ao lado da noiva, enquanto Jeremiah permanecia fora de alcance ao lado do noivo, ela soube que passaria a cerimônia toda olhando para ele, tentando não ser pega em flagrante por Martha. A culpa a invadiu de um jeito tão forte que era como uma cãibra, forçando-a a abandonar o secador e sair do banheiro.

Leila estava diante da janela, olhando para o estacionamento ou talvez para o bosque além dele. Sonia se ajoelhou sobre a mala, tentando tirar tudo da cabeça.

— Tá tudo bem? — Leila perguntou atrás dela.

Sonia se levantou.

— Sim — ela sorriu, voltando ao banheiro para começar a se vestir. O banho havia lhe devolvido sua aparência normal, a ondulação natural dos cabelos e removido o inchaço dos olhos. Ainda parecia cansada, mas uma maquiagem leve e a hipótese de Martha sobre ela não ter dormido por causa da agitação dariam conta disso.

Houve uma batida à porta do banheiro quando ela estava terminando de vestir a roupa íntima. Sonia abriu a porta e sorriu para Leila, casualmente apoiada na parede do lado oposto.

— Você parece um pouco... — ela fez um gesto vago com as mãos antes de deixá-las cair. — Não sei. Desligada.

Sonia abriu o armário e tirou o vestido de dama de honra do plástico no qual ele tinha sido entregue no dia anterior. Estendeu o vestido pêssego sobre a cama e deu de ombros de maneira exagerada, como uma criança que está chorando costuma fazer quando alguém pergunta o que aconteceu.

— É lindo — disse Leila, fazendo uma bola com o plástico e jogando-o no cesto de lixo no canto. Depois sentou perto do pé da cama, tomando cuidado para não amassar o vestido. — Em que você está pensando? Precisa fazer mais chá?

Sonia deu de ombros novamente, comprimindo os lábios. Sam costumava dizer que essa era sua "cara triste", e ele jurava que a expressão só aparecia no segundo em que ela se dava conta de por que estava aborrecida com alguma coisa. Sonia pegou desanimadamente o vestido e abriu o zíper devagar, como se o ato exigisse um esforço descomunal.

— Vai parecer muito idiota — disse em voz baixa.

— Sonia, passei a noite ajudando uma desconhecida a entrar ilegalmente no Canadá. Deixei um cara chamado Stoner Timmy me enfiar no porta-malas do meu próprio carro e dei as chaves na mão dele. Nessa viagem, já fui multada três vezes por excesso de velocidade, quatro por estacionar em lugar proibido e duas por dirigir na contramão, tudo porque eu estava chorando. Passei dias, é sério, dias, pensando em um garoto de quem não tenho notícias há dois meses. Duvido que você esteja pensando em alguma coisa idiota, mas, mesmo que esteja, a idiotice é parte natural da condição humana. Especialmente no que se refere a emoções.

Sonia queria sentar, mas sabia que Martha estava esperando. Olhou para o relógio no criado-mudo, daqueles com painel verde luminoso que os hotéis gostam de ter em estoque.

— Tudo bem — disse Leila. — Acho que sei em que você está pensando. — E levou uma mecha do cabelo preto para trás da orelha, lambeu o lábio e respirou fundo. — Sei que você pensa que o Sam foi o amor da sua vida — começou, levantando as pernas para sentar sobre elas. Leila olhava para Sonia, que estava segurando o vestido contra o peito. — O amor é raro, com certeza. Mas não necessariamente acontece só uma vez na vida. Não importa com quantas pessoas você vai ficar até o fim da vida, quantas vai amar, nada vai mudar o fato de que você amou o Sam. Mas vou dizer uma coisa. Não vão ser tantas assim. — Leila fez uma pausa. — Você tem sorte de já ter se apaixonado duas vezes. O momento dessa segunda paixão pode ser um pouco confuso, mas não pense que isso diminui a importância de um desses relacionamentos. — Leila se levantou, pegou os lenços de papel em cima do criado-mudo e os ofereceu a Sonia. — Se perder a família do Sam é o preço que você vai ter que pagar para ficar com o Jeremiah, eu digo, pague com prazer.

Sonia caminhou até a janela e olhou para fora, tentando avistar Martha lá embaixo. Não havia ninguém no estacionamento, só os carros brilhando ao sol como uma caixa de lápis de cor cheia de repetições. Pensou em não ter mais que mentir para a família de Sam, em poder beijar Jeremiah sempre que quisesse, em ficar de mãos dadas com ele. Uma onda de excitação percorreu suas costas e a fez sorrir.

— E se eles me odiarem por isso? — Sonia pensou em como seria não ser mais convidada para ir à casa deles, voltar à vida em família que tinha antes de Sam e a família dele aparecerem. Depois viu o próprio reflexo na janela e se lembrou de Stoner Timmy fazendo pose, tentando olhar para longe como se isso tivesse algum significado. Sorrindo, pensou em como era clichê ficar parada diante de uma janela e fazer uma declaração dramática.

— Então é assim que as coisas vão ser.

Sonia apoiou a testa na vidraça e um nó de preocupação voltou a contrair seu estômago, embora a excitação persistisse. Em seguida ela se afastou da janela, pegou o vestido novamente e o colocou.

— Me ajuda com o zíper?

Leila ficou de pé para ajudar e acompanhou Sonia ao banheiro, onde ela prendeu o cabelo num coque.

— Merda, vou deixar a Martha esperando — ela comentou quando terminou de arrumar o cabelo. Carregando o estojo de maquiagem que pegou de cima da bancada do banheiro, Sonia enfiou os pés nos sapatos de salto que havia escolhido com Liz. Depois pegou a bolsinha cor de pêssego que combinava com o vestido e enfiou nela o celular e a chave do quarto que Leila pegara na recepção, além de alguns lenços de papel que tirou da caixa no banheiro.

Sonia se dirigiu para o elevador. Antes de apertar o botão, no entanto, encarou Leila, tentando decidir o que dizer.

— Acho que ninguém mais vai fazer o que você fez por mim. — E balançou a cabeça, olhando para o chão, se dando conta, talvez pela primeira vez, de quanto Leila tinha feito por ela. — Tenho a sensação de que te devo muito mais do que essa despedida apressada.

— Não seja boba. Você não me deve nada. Nossa aventura me apresentou ao homem dos meus sonhos. Assim que sair daqui, vou voltar ao Tim Hortons.

Sonia riu e, relutante, chamou o elevador.

— Falando sério, você tem meu telefone. Se um dia precisar de alguma coisa, fale comigo.

O elevador anunciou sua chegada com um *ding*. Quando as duas entraram, Leila puxou a garota para um abraço inesperado.

— Obrigada — falou Sonia, retribuindo o gesto. — Não sei de onde você saiu, mas fico feliz por ter aparecido. Sem você eu estaria perdida.

— Eu também — Leila respondeu.

Elas se separaram, e Sonia se surpreendeu ao ver uma lágrima correndo pelo rosto de Leila. Em seguida, a porta do elevador se abriu, e Sonia avistou Martha sentada no sofá de couro do saguão, a bolsa no colo. Ela olhava diretamente para o elevador, e, quando fizeram contato visual, Martha acenou e começou a se levantar.

— Tchau — disse Sonia, e a palavra parecia pequena ao deixar sua boca. Então ela sorriu para Leila e correu, os saltos batendo barulhentos no piso de mármore.

8

O TRAJETO DO HOTEL À igreja era lindo. Tudo era verde, e o céu ficou limpo de repente. O caminho contornava o lago, e, embora fosse início de agosto, tudo parecia desabrochar. Flores roxas, brancas e cor-de-rosa salpicavam a paisagem. Flores amarelas brilhantes cresciam na lateral do asfalto, se debruçando sobre a rua como se pedissem para levá-las.

O pai de Sam, Bill, dirigia em silêncio, atento à estrada. Ele odiava velocidade e normalmente pedia para Martha dirigir quando viajavam. Mas Martha estava no banco de trás ajudando Sonia com a maquiagem. Sonia podia ver pelo retrovisor o suor se formando na raiz dos cabelos de Bill.

— O outro olho — disse Martha, virando a cabeça de Sonia com delicadeza para aplicar o delineador. — O que você fez a manhã toda? Não desceu para tomar café com todo mundo?

— Não — Sonia respondeu. — Só meio que fiquei na cama tentando dormir mais. — Ela olhava pela janela, apreciando a viagem de carro, ensaiando mentalmente tudo o que queria dizer. — A Liz escolheu uma boa data — comentou, admirando a beleza do dia.

— É engraçado, eu podia jurar que o dia começou nublado — Martha respondeu, virando a cabeça para olhar para cima, para além das copas das árvores pelas quais passavam. — Mesmo que houvesse nuvens, a Liz encontraria um jeito de se livrar delas. Aquela garota sabe como ir atrás do que quer.

— Nada parecida com a mãe — comentou Bill, olhando pelo retrovisor para ver se Sonia ria da piada. Ela sorriu para ele e desviou o olhar, incomodada com a semelhança entre os olhos dele e os de Sam.

Quando chegaram à igreja, os pajens ainda não estavam conduzindo as pessoas para o interior. Convidados se aglomeravam perto da entrada, procurando sombra, posando para fotos, uns com os braços ao redor dos outros. O burburinho coletivo era o único som audível, e Sonia sabia exatamente o que ouviria se fechasse os olhos e prestasse atenção nas palavras. E, por acreditar que devia isso a ele, foi o que ela fez. Fechou os olhos e sentiu a brisa na pele enquanto ouvia atentamente o coro de vozes, até conseguir ouvir alguém pronunciar o nome de Sam.

Ao abrir os olhos, Sonia mirou a igreja, ampla e feita de pedra, com um teto alto abobadado e janelas de vitrais. Ela avistou Jeremiah parado ao lado de Roger na entrada da igreja. Ele estava tentando não olhar para ela. Sonia esperou até ele ceder e acenou, convidando-o a se aproximar, depois olhou em volta, procurando o vestido branco de Liz em algum lugar do gramado. Por um instante, teve receio de que Liz estivesse escondida em algum lugar, longe dos olhos curiosos, talvez agourentos, do noivo antes da cerimônia. Então lembrou que Liz havia declarado odiar essa tradição em particular.

— Não sou nenhum prêmio esperando para ser revelado atrás da cortina — dissera. — Isso é desumanizador. Não, vou me juntar aos meus amigos e parentes antes do casamento também. E, se o Roger ficar apavorado só por me ver quinze minutos antes de subir ao altar com ele, vamos começar bem mal.

Roger estava se aproximando com Jeremiah, caminhando na direção de Sonia, provavelmente para cumprimentar Martha e Bill. Quando todos se reuniram, Sonia pediu a Roger para procurar Liz e trazê-la para junto do grupo, tentando falar naturalmente, tentando não pensar que isso estragaria o casamento, justamente o que passara a noite toda tentando evitar.

Enquanto isso, Jeremiah cumprimentou os pais de Sam, apertando a mão de Bill e beijando o rosto de Martha. Ele cumpria a tarefa com facilidade, como se não fosse um calouro na faculdade, mas alguém mais velho, alguém que sabia exatamente seu lugar no mundo. Essa era uma das coisas que ela amava nele: a capacidade de se expressar tão bem, quando ela sabia que no fundo ele era tímido e desajeitado.

Liz chegou radiante, sem demonstrar qualquer preocupação com o casamento enquanto cumprimentava os pais com alegria. Depois de abraçar todo mundo, ela segurou a mão de Roger e entrelaçou os dedos aos dele de maneira natural, automática. Sonia resistiu ao impulso de fazer o mesmo com Jeremiah.

— Martha, Bill, Liz, tem uma coisa que preciso contar a vocês. — Todos olharam para Sonia, e ela quase perdeu a coragem. Olhou para Jeremiah, e ele sorriu, assentindo discretamente. — Sei que não é o melhor momento, mas não quero esconder mais nada. Vocês sempre me trataram muito bem, como parte da família. — E se deteve, sentindo a voz tremer. — Jeremiah e eu estamos juntos.

Sonia tentou ler a expressão no rosto de cada um, mas, depois de registrar a surpresa de todos, preferiu abaixar a cabeça, encarar a grama e os seis pares de sapatos reunidos em semicírculo, todas as pontas voltadas para ela. Sentiu alguma coisa no rosto, e só depois de tocar ali se deu conta de que estava chorando.

— Peço desculpas por não ter contado antes. Só não queria dar a impressão de que estou esquecendo Sam. Não estou. Eu juro que não.

Sonia abriu a bolsa e pegou um lenço, que usou para limpar o nariz. Uma mulher de vestido verde chamou Liz e começou a se aproximar do grupo. Liz acenou e levantou um dedo, pedindo um minuto de privacidade.

Sonia continuou:

— É muito cedo, eu sei. — E segurou o lenço sobre o nariz enquanto fungava. Não era uma coisa delicada, era uma fungada de respeito, uma tentativa de manter a coriza dentro do nariz enquanto terminava de se desculpar com aquela família maravilhosa. — É muito cedo, mas aconteceu. — E olhou para Jeremiah, cuja expressão não revelava muita coisa. — Estou apaixonada por você — ela falou. — Eu sempre vou amar o Sam, mas agora estou apaixonada por você, e peço desculpas por não ter tido coragem de admitir isso antes. — E olhou de novo para a família de Sam. — Também peço desculpas por não ter contado a vocês antes e por estar contando agora. Mas eu precisava contar. E, Liz, vou entender se não me quiser mais na cerimônia ou... — Ela olhou para Martha e Bill. — Se preferirem que eu vá embora. Só faço parte da família por causa do Sam, e só lamento não ter sido capaz de amá-lo ainda mais enquanto ele estava aqui.

Ela podia dizer que as pessoas estavam começando a olhar em sua direção. Sonia olhou para a grama, para os sapatos inexpressivos no chão. Sentiu uma mão em seu ombro e presumiu que fosse de Jeremiah, e talvez ela se sentisse estranha por segurá-la se não precisasse tanto disso. Mas, quando tocou aquela mão, Sonia sentiu anéis e não reconheceu o toque.

— Querida, olhe para mim. — Martha estava sorrindo para ela. — É normal seguir em frente. — Por sobre o ombro de Martha, Sonia viu Liz secar o canto do olho com a mão que ainda segurava a de Roger. Ela também estava sorrindo. — Sim, você se juntou a esta família por causa do Sam. Mas vai ser sempre parte dela. E, como qualquer membro da família, quero que você seja feliz.

Ao redor deles, os convidados começaram a se dirigir para a entrada da igreja. Quando Sonia sentiu o sabor salgado das lágrimas, ela se deu conta de que estava sorrindo. Os soluços tinham sido controlados, mas as lágrimas ainda escorriam.

— É um momento estranho para todos nós, mas fico feliz que tenha nos contado — Martha continuou. — Eu posso desejar manter o Sam vivo por seu intermédio, mas, se algum dia eu tentar fazer isso, por favor, me impeça. Você não é só a namorada do Sam para nós. Ou a ex, ou alguma coisa dele. Você é a Sonia. A nossa Sonia.

— E — Liz interferiu —, se acha que vai escapar de ser a minha dama de honra por causa disso, você está mortalmente enganada. Sem nenhuma intenção de fazer uma piadinha de extremo mau gosto. —

Ela enxugou as lágrimas e abraçou Sonia, puxando o braço de Roger para o gesto, já que se recusava a soltar a mão dele. — E você — ela olhou para Jeremiah e pôs o dedo em riste diante do nariz dele —, faça a Sonia sofrer e eu corto o seu...

— Liz! — Martha e Bill gritaram juntos, tão oportunamente que Sonia conseguiu imaginar Liz repetindo a ameaça várias vezes antes, o suficiente para os pais saberem o exato momento de interrompê-la.

— Estou falando sério: se ela chorar por sua causa, faço você chorar também — Liz insistiu, ainda com o dedo apontado para o rosto de Jeremiah.

— S-sim — Jeremiah gaguejou rapidamente. — Combinado. Se eu fizer a Sonia sofrer, vou *querer* que você me faça sofrer também.

— Ótimo. — Liz abaixou o dedo e olhou para os convidados entrando na igreja. — Agora, se importam se a gente der continuidade ao meu casamento? Por favor?

— Não seja mimada — respondeu Martha. — Estamos vivendo um momento importante aqui.

— É o meu casamento. Posso ser mimada, se quiser. — Liz mostrou a língua.

Uma brisa nada perfeita, quente demais e cheia de pólen, soprou em torno deles. Por algum motivo, isso fez Sonia pensar em Leila. Quando sentiu o ar passando por ela, esfriando as lágrimas em seu rosto, tocando sua pele, teve uma imagem clara de Leila em seu carro vermelho, com o interior vermelho, os cabelos ao vento por causa da janela aberta.

— Vamos — Martha chamou, ajeitando o xale. — Vamos entrar antes que a minha filha ameace cortar uma parte do corpo de mais alguém.

A pista de dança estava começando a encher. Satisfeita com o jantar de quatro pratos, meio embriagada de vinho e alívio, Sonia agarrou a mão de Jeremiah e o puxou da cadeira.

— Pronta para se surpreender com o meu talento de dançarino? — ele sorriu, mas ainda parecia um pouco nervoso.

— Espero ficar chocada.

— Se por acaso isso não acontecer, tenho um plano para distrair sua atenção fazendo você rir e/ou dando uns amassos com você.

— Gostei do plano.

Ela se sentiu um pouco envergonhada ao conduzi-lo pela mão em um salão cheio de gente. O lugar mais público em que tinham estado de mãos dadas antes tinha sido a loja de conveniência na rua onde ele morava. Na pista de dança, ela ficou de frente para Jeremiah e, sem soltar a mão dele, apoiou a outra sobre seu ombro. A mão dele tocou suas costas um pouco acima da cintura, e eles começaram a dançar uma valsa, movendo-se um pouco fora do ritmo da música. Jeremiah não sabia o que estava fazendo, mas não deixou que isso o impedisse de continuar. Sonia se aproximou, esperando sentir os dedos afagando seu quadril.

— Desculpa por ter desaparecido ontem à noite — ela olhou para ele. Teria amado ver os olhos dele encontrando os seus, mas eles estavam fixos nos pés de Jeremiah.

— Posso saber o que aconteceu agora?

Sonia pensou um pouco, depois apoiou a cabeça em seu peito, sentindo o queixo másculo se encaixar perfeitamente em um dos lados do coque.

— Ainda não sei nem se *eu* mesma acredito na história. Acho que dá para esperar até amanhã.

— Tudo bem.

Ela o abraçou com mais força e sentiu que Jeremiah perdia o passo. Liz e Roger, que dançavam com muito mais habilidade, haviam tropeçado neles de propósito.

— Parem de ser fofos! — Liz gritou no meio da música. — Essa tarefa é nossa.

Sonia riu e, se sentindo esquisita e grata por isso, beijou Jeremiah na pista de dança, na frente de todo mundo. Era o tipo de beijo que podia impulsionar um casal a começar um relacionamento, e não era o primeiro que trocavam do tipo. Ele manteve os olhos fechados por um tempo quase cômico depois do fim do beijo, como se precisasse se recuperar dele. Sonia apoiou a cabeça novamente em seu peito, no paletó que vestira na noite passada.

Um pensamento lhe ocorreu, o passaporte dentro da bolsa roubada, e, por pura alegria e cansaço, resmungou contra o peito de Jeremiah:

— Não faço a menor ideia de como vou voltar para casa.

Tesouro nº 17

Tem uma cidade nas montanhas de Yukon que é completamente comandada por crianças. Quando estacionei para procurar uma loja de conveniência, todos por ali tinham menos de dezoito anos e estavam andando de skate. Fiquei ali por uns vinte minutos, dominada por uma sensação surreal de ter entrado em um mundo estranho sem perceber. Eu não me sentia assim desde a curva do rio, quando tive que ficar tocando seu braço para ter certeza de que era real. Não anotei o nome da cidade, porque agora ninguém jamais vai conseguir me convencer de que adultos também vivem ali. Devo chegar a Fairbanks amanhã.

Embora parte de mim esteja convencida de que você nem recebe os postais, ainda vou me permitir sonhar durante a viagem, pensar que você está me escrevendo de volta durante todo esse tempo, mandando as respostas para o camping e talvez esteja lá esperando por mim.

Só por garantia: Camping Fairlights 10245 S Airport Way / Fairbanks, AK 99709

Leila

Hudson
27 Polar Shrimp Road
Vicksburg, MS 39180

LEILA

1

LEILA PEGOU UM GRAVETO QUE estava próximo e o jogou na fogueira. A umidade escondida na casca provocou estalos e fumaça. Estava anoitecendo. Desde sua chegada no dia anterior ao camping na periferia de Fairbanks, no Alasca, havia mais crepúsculo do que ela jamais vira, como se o mundo girasse na velocidade necessária para manter o sol levemente abaixo da linha do horizonte o tempo todo. Em cerca de uma hora finalmente escureceria. Algum tempo depois disso, na calada da noite, a aurora boreal riscaria o céu. Assim ela esperava.

Leila afastou o rosto da coluna de fumaça, que fazia os olhos arderem, cobrindo o nariz e a boca com a manga do suéter. O cheiro da fogueira ficaria em seu cabelo e nas roupas pelo resto da noite, ela sabia, e ainda não estava certa se apreciava isso ou não.

— Oi — uma voz fraca chamou.

Leila ergueu a cabeça e viu uma loira minúscula se aproximando da fogueira, acenando. No sorriso da pré-adolescente faltavam três dentes. Os pais vinham atrás dela, a mulher de saia longa florida e tranças nos cabelos, o homem usando calça de linho, braceletes de cânhamo e uma barba que alcançava o peito.

— Quer jantar com a gente? — a menina perguntou, sem esperar pela resposta para sentar ao lado de Leila.

— A Dee percebeu que você armou sua barraca sozinha — comentou a mulher, se apresentando como Harriet e o marido como Brendan. — Ela nos fez prometer que não deixaríamos você comer sozinha.

— Vegetais no espeto — Brendan anunciou, começando a ajeitar tomates-cereja em um graveto que limpou quase que perfeitamente.

Leila tossiu por causa da fumaça, depois sorriu para a companhia repentina.

— Eu adoraria jantar com vocês — ela disse a Dee. — Obrigada.

— Gosta de chá? — a mulher perguntou, pousando uma chaleira perto da fogueira e sentando no chão com as pernas cruzadas.

— Adoro.

Brendan se abaixou, enterrando os espetos alguns centímetros longe da fogueira para não tostar os vegetais.

— Vai acampar aqui por quanto tempo?

— Fiz reserva para uma semana. Mas estou aqui para ver a aurora boreal, então vou ficar mais se precisar.

— Primeira vez? — Brendan bateu as mãos para limpá-las.

— Sim. — Leila olhou para Dee. — Você conhece a verdade por trás da aurora boreal?

A pequena Dee balançou a cabeça para dizer que não, e os cachos loiros balançaram como molas.

Leila sabia que o pai lhe contara a história e lembrava como ele a recitava em voz alta, as pausas e os gestos que fazia. Mas era uma lembrança isolada. Não tinha outras memórias para acompanhar a história: quantos anos ela tinha quando a ouviu pela primeira vez, com que frequência era repetida, como se sentia quando a escutava.

— Ao longo do tempo, as pessoas têm pensado em diferentes hipóteses. Algumas acreditavam que as luzes eram grandes fogueiras no céu, ou aves congeladas no ar. Hoje a maioria crê que são apenas a luz do sol fazendo coisas engraçadas que não faz em nenhum outro lugar. Mas todas essas hipóteses estão erradas.

Dee já se inclinava para frente, concentrada. Leila queria lembrar se reagira do mesmo jeito na primeira vez em que ouvira a história. Devia ter a idade de Dee ou menos, para ela ter permanecido em sua memória quando nada mais tinha ficado.

— A verdadeira história sobre a aurora boreal é a seguinte. — Leila esfregou as mãos perto do fogo. — Há milhares e milhares de anos, ela não existia. Isso foi há muito tempo, quando as pessoas do mundo todo tinham vidas bem parecidas. Elas caçavam para comer, formavam famílias e tribos. Elas acordavam com o sol e iam dormir quando ele se punha. Então apareceu uma menina que percebeu que o mundo estava ficando maior, mais complicado. Barcos eram construídos e podiam percorrer rios para outros lugares. As pessoas começaram a pintar, escrever, fazer música. Essa menina viu que sua vida poderia seguir alguns caminhos diferentes e teve receio de estar no caminho errado. E se ela quisesse se tornar uma aventureira? E se seu destino fosse ser pintora, mas ninguém nunca houvesse lhe dado um pincel? Ela passava o dia todo pensando nas outras vidas que podia ter.

Leila fez uma pausa dramática, como fazia quando recontava a história para si mesma, deixando a mente demorar um pouco mais na última frase. O crepúsculo persistia, o céu tingido de roxo com tons alaranjados, algumas estrelas deixando o esconderijo. Leila sabia que era cedo demais, mas estudou o céu mesmo assim, esperando surpreender as luzes tentando ouvir sua história. Dee parecia fascinada, interessada demais para notar que a mãe deslizava os dedos por seus cachos loiros.

— Todas as possibilidades começaram a preencher a menina, se espalhando dentro dela. Seus pés ficaram tão pesados que ela mal conseguia andar. Ela não conseguia erguer os braços para se alimentar. As possibilidades comprimiam seus pulmões, dificultando a respiração. Preocupados, os pais chamaram o médico da tribo. Mas ele não conseguiu descobrir qual era o problema. Todos iam vê-la, mas ninguém conseguia imaginar o que a tornava tão pesada. E, quanto mais gente ia visitá-la, pior ela ficava. O problema era que ela via a mesma coisa nos outros. Todas as vidas que as pessoas não viviam. O professor com coração de guerreiro. O agricultor com imaginação de escritor. O tempo passava. A cada visita que chegava, a menina piorava. Queria contar a eles o que estava acontecendo, mas sua língua estava pesada demais para falar. Então um dia finalmente aquilo se tornou demais. Havia muitas vidas para a menina conseguir guardar todas dentro de si por mais tempo.

— O que aconteceu? — perguntou Dee, se inclinando para frente no colo da mãe.

— Houve um flash — Leila respondeu, abrindo a mão como sabia que o pai fizera ao lhe contar a história. — O raio mais brilhante que a Terra jamais vira, e ele levou a menina e todas as vidas dentro dela para o céu. A aurora boreal é isso. Todas as vidas que não estamos vivendo. Não só as da menina, mas de todo mundo. De acordo com a lenda, seu verdadeiro caminho é revelado na primeira vez em que você vê as luzes.

Dee riu e bateu palmas, e seus pais também aplaudiram. Brendan assentiu e sorriu em aprovação. Alguma coisa no fogo crepitou, e Leila olhou para as chamas como se esperasse ver algo emergindo delas. Era a primeira vez que contava a história em voz alta. Estava extasiada por tê-la dividido com alguém, mas apavorada com a possibilidade de, com isso, tirá-la da memória, como as confissões tiram do pecador o peso de seus pecados.

Ainda se deixando pentear, Dee, com aquele jeito próprio das crianças de tirar perguntas do nada, questionou Leila:

— Onde está sua família?

Leila hesitou, pegando um graveto no chão perto de seus pés e cutucando a casca. Ela olhou para Dee e viu tamanha inocência que não conseguiu nem sentir o impulso habitual de se esquivar da pergunta.

— Na verdade, Dee, eu não tenho mais família. Há mais ou menos um ano, sofri um acidente de carro bem sério — contou, abanando a mão na frente do rosto para espantar a fumaça. Ela pôde ver a expressão dos pais da menina se suavizando, as sobrancelhas erguidas de pena. Harriet parou de pentear o cabelo da filha.

— Eles morreram? — Dee perguntou sem rodeios.

— Sim. Tenho uma tia e um tio que cuidaram de mim depois do acidente, mas meus pais e minha irmã morreram.

— Que triste. — Dee também apanhou um galho e o espetou na terra, evitando contato visual.

Leila pensou ter visto um raio de cor no céu e olhou para cima, mas não havia nada.

— De certo modo, sim. Mas a verdade é que não consigo nem me lembrar deles. — Inconscientemente, ela tocou a cicatriz que se estendia do alto da nuca até o topo da orelha. Ainda sentia arrepios quando tocava ali, apesar de agora o cabelo ter crescido em cima dela. Cada vez que sentia o tecido cicatrizado, imaginava o caco de vidro que haviam retirado dali. Imaginava litros e litros de sangue, embora não conseguisse se lembrar de nem uma gota. — Não consegui reconhecê-los nas fotos ou lembrar dos dias em que as fotografias foram tiradas. Tudo desapareceu — concluiu, tentando soar indiferente, para não traumatizar a menina.

— Amnésia? — Harriet arriscou, segurando Dee contra o peito. — Isso acontece mesmo, hein? — E girou um anel prateado no dedo, ajustando-o de uma forma mais confortável.

— Os médicos disseram que não podiam determinar quanto disso é decorrente do trauma físico e quanto é provocado por estresse pós-traumático. Só o tempo vai dizer quanto da minha memória vai voltar. A única coisa que lembro do período anterior ao acidente é essa história sobre a aurora boreal.

— Você não lembra de nada? — perguntou Dee, espantada, tentando imaginar uma coisa dessas.

— Nada. — Leila deu de ombros.

— E as suas festas de aniversário? Eu sempre me lembro das festas de aniversário. No ano passado meu bolo teve recheio de morango, e a mamãe e o papai me deixaram desenhar com a cobertura no bolo, então pude pôr quanto eu quis, e foi muito. Depois fomos nadar, e eu ganhei três livros. — Os olhos dela brilharam com a lembrança. — E esse nem foi o melhor. O de sete anos foi muito legal. Você não lembra do seu aniversário de sete anos?

— Não lembro de nenhum, mas aposto que o de sete também foi legal pra mim.

— O que mais você não consegue lembrar?

— Querida — Brendan interrompeu, pousando a mão sobre a cabeça de Dee —, talvez a Leila não queira falar sobre isso.

— Não, tudo bem. É bom poder tirar isso do peito. — Ela pensou em Sonia, Elliot e Bree, em como os induzira a falar de seus problemas, e não conseguiu conter um sorriso. Antes de sair, passaria na sede do camping para ver se tinha correspondência. Talvez a carta que esperava de Hudson já estivesse ali esperando por ela. — Desde o acidente, eu não tenho ideia de quem realmente sou. Havia pedaços e fragmentos: meu diário, a lista de contatos no celular, fotos. Amigos apareciam em prantos no hospital, me abraçavam, mas eu não fazia a menor ideia de quem eram. Voltei ao colégio por alguns meses, mas era tudo muito estranho. Como se eu tivesse sido inserida na vida de alguém. Eu não conseguia me reconhecer no espelho. Era bizarro, mas os estranhos sabiam mais sobre mim do que eu mesma. E, ainda assim, nada voltava. Só a história sobre as luzes. Não me lembro de nenhuma festa de aniversário — Leila repetiu, tentando fazer parecer só mais um item da lista. — Não lembro quando aprendi a andar de bicicleta, nem se aprendi. Mas sei que aprendi a nadar, meu corpo ainda lembra disso. — Um arrepio agradável percorreu seu corpo quando ela pensou no rio em Mississippi. Podia sentir os pelos dos braços eriçados.

— Não consigo nem ao menos imaginar como é isso — Harriet disse baixinho, os cabelos de Dee ainda entrelaçados nos dedos. — Como você conseguiu voltar para sua vida cotidiana depois de uma coisa dessas?

— Não sei — Leila respondeu. — Eu não voltei. Saí da minha casa em Austin e fui para Louisiana, onde moram meus tios. Mas isso não ajudou. Só fez tudo parecer ainda mais estranho. Quando o seguro pagou a indenização, decidi que nada mais me prendia ali. Só tinha uma coisa que eu queria fazer, uma coisa que talvez pudesse ajudar a trazer de volta as minhas lembranças. — Ela olhou para o céu novamente, pensando por um instante em Hudson, e não na aurora boreal, em como o céu estava cravejado de estrelas naquela noite.

Todos ficaram quietos, até Dee, e os únicos ruídos vinham do fogo crepitando e de um riacho próximo. Estava escurecendo, o céu se tingia de um roxo mais intenso, mais estrelas se revelavam. Não havia nuvens encobrindo o céu. Leila sentiu uma descarga de adrenalina.

— Espero que as coisas mudem hoje — ela disse. — Deve haver uma razão para minha única lembrança ser a história das luzes. Por isso estou nesta viagem. — Ela olhou para Brendan e Harriet. Eles a encararam, e havia compaixão na expressão de ambos. Depois os dois olharam para Dee ao mesmo tempo. — Espero que ver a aurora boreal desperte minha memória, que a experiência traga de volta alguns detalhes da minha vida, talvez tudo. Vou ficar acordada enquanto o céu permanecer escuro e esperar para ver as luzes.

Dee, que se entretinha jogando na fogueira coisas que encontrava à sua volta, galhos, folhas e pedrinhas, levantou e se aproximou de Leila, sentada sobre um tronco caído. Sem hesitar, a menina a abraçou com força.

— Espero que você lembre das suas festas de aniversário. Especialmente a de sete anos.

Leila estava ouvindo a música no modo repetir havia quase uma hora. Era aquele único verso que a tocava, palavras tão importantes que mal conseguia acreditar cada vez que ouvia a cantora repeti-las. "Chasing the only meaningful memory you thought you had left",* dizia a voz nasalada, porém bonita, da cantora do Neutral Milk Hotel nos fones de ouvido. Ela conhecera a canção na viagem para o Alasca e, apesar

* "Perseguir a única lembrança importante que você pensava que sobrou." (N. da T.)

de não ver mais nenhum significado pessoal no restante da letra, pensara exatamente no momento que vivia agora, deitada em um cobertor sobre a grama, olhando para o céu à espera da aurora boreal. Seria muito mais gratificante se as luzes aparecessem de verdade. Mas estava ali havia horas, e nada. Logo o céu começaria a clarear, e Leila se sentia impotente. Queria enterrar os dedos na noite, agarrá-la e suplicar para que ficasse um pouco mais.

A adrenalina estava se esvaindo, o sono era cada vez mais intenso. Não conseguia decidir o que era mais decepcionante, isso ou a caixa de correspondência completamente vazia na sede. De alguma maneira, era como viver várias versões da mesma coisa: as luzes se recusando a aparecer, a ausência de uma resposta de Hudson. Era evidente que Hudson não queria nada com ela.

Tudo parecia tão anticlimático. Naquele exato momento, a viagem toda parecia ter sido inútil. Quando saiu da casa dos tios na cidadezinha nos arredores de New Orleans, ela se sentia ninguém. Menos que isso, se possível. Um nada, um espaço negativo. E agora era o quê? Um nada que tinha viajado milhares de quilômetros e tinha um punhado de noites legais misturadas a muitas noites solitárias. Os amigos que fizera, se é que podia chamá-los de amigos, não sabiam nada sobre ela, porque não havia nada para saber, nada para contar a eles Até a história que contara a Hudson sobre as formigas em sua cidade: não era uma lembrança, era só uma página que tinha lido em seu diário e repetido, fingindo ou esperando que, ao dizer as palavras em voz alta, as sentisse como sendo dela.

Seu coração pulou uma batida quando uma estrela cadente cruzou o céu, o rastro brilhante permanecendo na escuridão como um fantasma. Ela ficou exatamente onde estava, com a cabeça apoiada no pequeno e desconfortável travesseiro que havia comprado em uma loja de produtos para acampamento em Fairbanks. Ela cantou "Oh Comely" mais uma vez acompanhando a música nos fones, tomando cuidado para não deixar de cantar cada verso, mesmo que só entendesse realmente um deles. Queria que a letra ficasse gravada na memória, que a melodia se aninhasse nas curvas de seu cérebro.

Quando o céu começou a dar sinais do nascer do sol, Leila tentou lutar contra a decepção pela ausência das luzes se lembrando de cada nascer do sol que compartilhara com os novos amigos feitos ao longo da viagem. Tentava dizer a si mesma que a jornada tinha valido a pena, mesmo que fosse apenas pelas experiências compartilhadas. Mas, na melhor das hipóteses, isso era um consolo, e não significava quase nada se ainda não tivesse nenhuma ideia de quem era.

Leila acabou ficando até o sol nascer por completo, até não ser mais uma bola alaranjada no horizonte, mas a brilhante luminosidade amarela de sempre. Depois pegou o cobertor e o travesseiro e seguiu para a barraca. Haveria outras noites, disse a si mesma. Cedo ou tarde, as luzes apareceriam.

Ainda do lado de fora, encontrou Dee vagando de pijama, o cabelo preso em um rabo de cavalo. Quando a menina viu Leila, seus olhos se iluminaram e ela correu para encontrá-la.

— Funcionou? Você lembrou?

Leila forçou um sorriso enquanto balançava a cabeça numa resposta negativa.

Dee fez uma carinha triste.

— Nem um dia?

— Não. Mas talvez porque nem cheguei a ver as luzes. Vou tentar de novo amanhã. — E se despediu com um triste aceno antes de entrar na barraca. Estava acordada havia mais de trinta horas, mas o sono não vinha. Leila tinha a sensação de estar deitada ali por horas, esperando, contabilizando as decepções do dia.

2

LEILA ESTAVA SENTADA COM OS pés no colo de Hudson, os dedos fortes dele ao redor de seus tornozelos. Ele tinha um jeito especial de tocar sua pele, como se extraísse energia dela. O ar era perfeito, agradável a ponto de mal poder ser sentido, como uma carícia matinal. Havia um copo de limonada com hortelã sobre a mesa, suando, as gotas escorrendo pelo vidro gelado e formando uma poça que fez Leila desejar uma piscina. Ela viu Hudson sorrir de olhos fechados, a cabeça inclinada para trás, iluminada pelo sol. Sentiu o desejo de correr os dedos pelos lábios dele.

— Feliz aniversário! — uma vozinha gritou, tirando Leila de seu sono. O rosto de Dee preenchia a fresta parcialmente aberta da entrada da barraca, e havia um chapéu de aniversário sobre a cabeça de cachos loiros. Ela soprava uma língua de sogra que se desenrolava como a língua de um réptil. — Feliz aniversário! — Dee repetiu, baixando o zíper da entrada da barraca para abri-la por completo.

O ar que entrou era frio e delicioso, como o do sonho, e Leila olhou em volta à procura de Hudson.

Vem — Dee chamou, arrancando-a do torpor sonolento e da barraca. — A gente tem uma surpresa pra você.

Leila dormira com as roupas que usava no dia anterior, jeans e suéter azul-celeste, ambos manchados de grama e cheirando a fumaça (gostava disso). Ela tirou o suéter e o atirou em um canto, depois passou a mão na cabeça, alisando os fios que se soltaram enquanto dormia. Podia ver a saia de Harriet e a calça de linho de Brendan atrás de Dee, e mais um par de pernas que não reconhecia.

— O que está acontecendo? — Leila perguntou.

— Vem ver! — Dee insistiu, acenando enquanto saía da barraca. Ela soprou a língua de sogra novamente, e um coro de cornetinhas respondeu do lado de fora.

Devia ser meio da tarde. Leila se espreguiçou e estalou as costas, depois engatinhou para fora da barraca.

— O que é isso? — perguntou, sorrindo para Dee e olhando confusa para a cena ali fora.

— É a sua festa de aniversário! — Dee apontou para o grupo de pessoas, como se Leila ainda não as tivesse visto ali. — Sei que não é seu aniversário de verdade, mas não é justo eu conseguir lembrar de quase todas as minhas festas e você não lembrar de nenhuma das suas. Mesmo tendo tido mais festas que eu. Agora pelo menos tem uma para lembrar.

Harriet e Brendan usavam chapéus iguais ao de Dee e estavam segurando um bolo, afastando os mosquitos que tentavam pousar na cobertura branca simples. Liza, a responsável pelo camping, também estava ali com uma cornetinha. Algumas pessoas que Leila nunca tinha visto também estavam, provavelmente outros campistas que Dee convocara com seu jeitinho adorável. Havia um casal de vinte e poucos anos, alguns homens que pareciam gostar de caçar e trocar dicas sobre não aparar a barba. Famílias estavam reunidas em torno das mesas de piquenique, as crianças exibindo expressões que iam da euforia por estar participando da festa de aniversário de uma desconhecida à perplexidade porque os pais supostamente amorosos as haviam arrastado para o meio da floresta, para longe da civilização.

Leila sentiu seu sorriso se ampliar para além de seu controle. O sonho com Hudson finalmente a deixara, sendo substituído por uma repentina agitação. Ela olhou para Brendan e Harriet e ergueu as sobrancelhas.

— A culpa é dela — Brendan falou, balançando a cabeça com espanto e orgulho.

Dee segurou a mão de Leila e a levou para perto do bolo.

— A mamãe disse que os bolos de aniversário quase sempre são de chocolate, por isso trouxemos um bolo de chocolate pra você. Quem sabe o gosto não faz você lembrar de outro bolo de chocolate no passado?

A cobertura era completamente branca, uma tela vazia. Harriet mostrou vários saquinhos plásticos contendo substâncias coloridas.

— A Dee gostou de desenhar no próprio bolo no ano passado e achou que você também ia gostar de decorar o seu.

— E não esquece de cheirar o bolo — disse a garotinha, ainda segurando a mão de Leila. — O papai diz que as pessoas lembram das coisas pelo cheiro.

— Foi o que me disseram — Brendan explicou timidamente. Ele sorriu e puxou a ponta da barba. — Espero que esteja bom. Foi o único que consegui encontrar em cima da hora.

Leila olhou em volta. A atenção de todos estava voltada para ela. Ainda não conseguia controlar o sorriso.

— Não sei o que dizer. Isso é maravilhoso.

— Temos uma pinhata — Liza anunciou, batendo palmas.

Você já teve uma pinhata? — Dee perguntou, esperançosa. Leila balançou a cabeça. — Vai ser divertido! — a menina decidiu. — Nunca estive na primeira festa de aniversário de alguém. Vamos bater na pinhata, e compramos balões de água também. Não tá muito frio, e a minha mãe disse que, se a gente se enxugar logo depois, ninguém vai ficar resfriado. Depois podemos brincar de esconde-esconde e de lata de sardinha, que é a mesma coisa só que ao contrário. Uma pessoa se esconde e todo mundo tem que procurar, e, quando alguém encontra a pessoa escondida, se esconde com ela, até sobrar só uma pessoa procurando. — Seus olhos brilhavam de entusiasmo.

Todos seguiram pelo caminho que levava para a floresta, para longe da sede do camping. As pessoas conversavam. Harriet discutia a gramática em torno das pinhatas.

— Você *tem* pinhatas? Você *usa* pinhatas? Brinca com elas? Bate nelas?

Leila pôde ouvir Brendan sussurrar a situação dela para alguém no grupo. Uma das crianças, um menino mais ou menos da idade de Dee, reclamou de estarem andando muito, e o pai, sem nenhum traço de impaciência, disse para a criança parar de reclamar e aproveitar o dia.

Logo todos estavam caminhando ao longo do riacho e chegavam à clareira onde Leila passara a noite olhando para o céu. Se desse mais alguns passos para fora da trilha, ela seria capaz de encontrar o local exato da foto exibida online. Aquela que estava no site com a legenda: "Um dos vários lugares incríveis para ver a aurora boreal!"

O grupo alcançou uma bifurcação do caminho que Leila ainda não tivera tempo de explorar, e Dee conduziu o grupo para a esquerda, chegando logo em seguida a um aglomerado de mesas de piquenique enfeitadas com toalhas de papel decorativas. Havia tigelas cheias de batatas chips, bandejas de palitos de vegetais com molhos variados, garrafas de refrigerante de dois litros. Pilhas de guardanapos de papel com as inscrições "Feliz aniversário!" e "A aniversariante!" embaixo de pedras que os impediam de voar. Duas ou três caixas de pizza sobre cada mesa, espalhando um cheiro que Leila sentiu ao se aproximar. Um grupo de três homens mais velhos havia ficado ali para impedir que animais estragassem a festa. Eram barbudos e bebiam tranquilamente suas garrafas de cerveja. Um deles acenou com a mão livre; os outros dois se levantaram do banco e sorriram.

— A festa é sua, então você decide como quer começar — disse Dee. — Podemos comer o bolo primeiro, ou a pizza, ou bater na pinhata, ou brincar. — Ela mostrou a área de piquenique e olhou ao redor algumas vezes, os cachos balançando mais que o esperado para a quantidade de movimento. — Mãe! Cadê o sorvete?

— No riacho — disse um dos homens que bebiam cerveja. — A água não vai deixar derreter.

— Ah — Dee respondeu. Ela soltou a mão de Leila e andou por ali inspecionando todos os detalhes. Depois, satisfeita, olhou novamente para Leila. — Então, o que quer fazer primeiro?

Leila se abaixou e deu um abraço de urso na menina, que soltou um gritinho de alegria.

— Obrigada — ela segurou Dee por um segundo, depois a soltou e repetiu o agradecimento para Brendan, Harriet e todos os outros ali reunidos.

Leila notou que a voz estava começando a ficar embargada, mal acreditando na bondade daquelas pessoas. O impulso carinhoso de Dee de organizar uma festa para ela, a disponibilidade dos pais para pôr a ideia em prática. Se alguma coisa podia tirar suas lembranças do esconderijo, por que não a bondade?

— Vamos começar com a pizza — ela decidiu, tocando os ombros de Dee e guiando as pessoas para a mesa de piquenique mais próxima.

A festa de aniversário era rica em tudo que Leila tinha amado na viagem. Ela imaginou se alguém sentia o mesmo entusiasmo que ela por conhecer gente nova, ou se era algo que só ela apreciava.

Os três barbudos bebedores de cerveja, por exemplo, eram Ron, Geoff e Karl, três primos em uma viagem de pesca. As idades eram aproximadas, um ano de diferença, e quase nem precisavam falar para saber exatamente o que o outro estava pensando. O jovem casal tinha acabado de ficar noivo depois de quatro anos de namoro a distância. Uma das crianças, um menino acanhado de doze anos, dizia ser poeta e ter um cachorro que uma vez tinha comido duzentas e cinquenta páginas de seu trabalho, o que o fez desistir de escrever por alguns anos.

Leila queria poder ouvir cada conversa que acontecia simultaneamente, mas, em vez disso, ela se contentou em ouvir um pouco de cada, e o resultado foi uma mistura de gente escavando a vida umas das outras.

Uma intimidade que, embora fugaz, se formava do nada, e Leila tentou não se limitar a ficar sentada observando o que acontecia, mas participar da cena. Havia feito a seguinte descoberta a respeito de si mesma: o desejo simultâneo de observar as pessoas de longe e se integrar à vida delas.

Depois da pizza, da conversa e do sorvete gelado no riacho, Leila decidiu que a atividade seguinte seria brincar de esconde-esconde. Ela se escondia em lugares horríveis para poder ter o prazer de procurar os outros. Adorava fingir que não via as crianças se escondendo, que não ouvia as risadinhas abafadas quando passava pelos arbustos atrás dos quais elas estavam abaixadas.

Quando os adultos se cansaram de brincar e voltaram para os coolers de cerveja, Leila decorou o bolo, depois anunciou que era hora de tentar acertar a pinhata. Dee aplaudiu e lhe passou o cabo de vassoura que servia de bastão.

— Não quero ser a primeira — Leila avisou. — Sou muito forte. Ninguém mais vai ter a chance de brincar.

Dee balançou a cabeça.

— Não, a aniversariante tem que ser a primeira.

— É sério. Posso explodir tudo na primeira tentativa. Sou forte de verdade.

Expondo o sorriso sem dentes, Dee cruzou os braços e se recusou a aceitar o cabo de vassoura de volta.

— Você tem que ser a primeira.

— Bom, se você insiste. Mas não vai poder me culpar por não sobrar doce, porque vou explodir tudo — ela respondeu, contendo um sorriso.

Leila se aproximou da pinhata, deixou Harriet vendá-la e, depois de ser girada algumas vezes, fingiu cair na primeira tentativa.

— Consegui? — ela gritou do chão, divertindo a plateia infantil com a encenação. Depois se levantou e passou o cabo de vassoura para Dee, e as outras crianças tiveram vinte segundos cada uma para tentar acertar a pinhata. O círculo em torno delas era amplo para evitar acidentes. Na vez do poeta de doze anos, a pinhata quebrou com um estalo que soou como uma rebatida num jogo de beisebol, e todo mundo correu para pegar os doces que caíram.

Depois da pinhata, o grupo começou a dar sinais de cansaço. Dee chamou Leila para cortar o bolo. Havia uma vela no meio dele, acesa e enterrada quase até a metade na cobertura verde que devia parecer a aurora boreal. Os campistas se reuniram em torno de Leila e cantaram "Parabéns a você", a voz de Dee mais alta que todas as outras. Quando terminaram, Dee falou:

— Agora você assopra a vela e faz um pedido, e, se pedir com vontade e não contar pra ninguém o que foi, o pedido vai se realizar. — Ela estava ajoelhada no banco ao lado de Leila, inclinada para trás como se tentasse resistir ao impulso de apagar a velinha. Suas bochechas estavam coradas do sol e de correr ao ar livre. E ela estava enrolada em uma toalha desde o fim da guerra de balões de água, tremendo de leve.

Leila fez uma pausa, pensando no que pedir. A chama da vela tremeluziu, dançou no ar frio. Seria engraçado se um pedido feito a uma vela comum trouxesse de volta suas lembranças. Ela imaginou, imediatamente depois de apagar a vela, o carteiro se aproximando, procurando Liza para entregar vários envelopes. Entre eles, uma carta de Hudson, ou um cartão-postal, qualquer coisa que rompesse o silêncio. Imaginou o próprio Hudson se aproximando. E se pedisse uma vida normal, uma vida que não girasse em torno apenas do que havia desaparecido?

Com os olhos de Dee estudando seu rosto e cheios de expectativa, Leila respirou fundo, lembrou que aquilo era só uma vela em um bolo, não um milagre, comprimiu os lábios e pediu apenas para ver a aurora boreal. A chama desapareceu em uma coluna de fumaça.

Dee se inclinou para Leila e cochichou:

— Deu certo? Você lembrou?

Leila sorriu.

— Obrigada, Dee. Vou me lembrar desta festa para sempre.

— Quem quer bolo? — perguntou Liza, assumindo a tarefa de cortar o bolo em pedaços razoáveis. Várias pessoas responderam sim e não, e algumas pediram um pedaço bem pequeno.

Dee abaixou a cabeça. Leila pôde ver que a menina tinha lágrimas nos olhos.

— Ei, o que foi?

Dee fungou e fechou a boca com força. Seu lábio inferior ainda tremia de frio.

— Devia ter dado certo — ela disse. — Você tinha que ter lembrado. — Ela pulou do banco e correu para longe da mesa, o rabo de cavalo balançando enquanto ela se afastava até desaparecer depois da curva.

Leila a chamou, mas Harriet já estava se levantando.

— Não se preocupe — ela disse. — A Dee vai ficar bem. Ela costuma reagir de um jeito meio exagerado quando as coisas não acontecem exatamente como ela quer. Aproveite a festa.

Leila tentou fazer isso, aceitando uma fatia de bolo e conversando com as outras pessoas. Se Dee ainda estivesse aborrecida quando voltasse, inventaria uma mentira inocente para deixá-la feliz. A todo instante, ela olhava para trás esperando ver Harriet voltar à festa. Depois de cerca de vinte minutos, quando Leila já começava a se preocupar com a possibilidade de Dee ter levado toda a história a sério demais, Harriet apareceu no caminho, nervosa e chorando.

— Não consigo encontrá-la em lugar nenhum! — ela gritou. — A Dee desapareceu!

3

LEILA ACOMPANHOU OS PAIS DE Dee na busca pela floresta, tentando ser uma presença tranquilizadora. Dessa vez se sentia grata pela aproximação lenta da noite.

Estavam vasculhando o acampamento havia duas horas, todos divididos em grupos de duas ou três pessoas para cobrir a maior área possível. A intervalos regulares de alguns segundos, uma voz chamava Dee em meio às árvores, espantando os pássaros que ainda estavam por ali. O som do bater de asas enchia Leila de medo. Mas ela não ousava perder a compostura na frente de Brendan e Harriet. Olhava inutilmente para a floresta ao redor do terreno, tentando ver algo entre as árvores além de escuridão e mais árvores.

Brendan mantinha um braço em torno dos ombros de Harriet, mas parecia tão aflito e devastado quanto ela. Quando diziam o nome da filha, a voz deles soava fraca, como se fosse reduzida a um fio. Um guarda florestal, Rick, os acompanhava apontando uma lanterna para os arbustos, olhando para os galhos altos demais para Dee poder tê-los alcançado. Um pouco acima do peso, com olhos entediados, Rick parecia mais um segurança de shopping do que alguém que trabalhava ao ar livre, muito menos um guarda florestal.

— Crianças dessa idade se cansam com facilidade — disse ele. — Às vezes os instintos são um pouco confusos, e elas ficam vagando e acabam se perdendo cada vez mais. Mas uma criança que já acampou antes, como vocês dizem, saberia que ficar parada é a melhor coisa a fazer. Se ela fugiu depois de uma briga, meu palpite é que será encontrada quando quiser ser encontrada.

— Não foi uma briga — Leila murmurou. Devia ter inventado alguma coisa, um detalhezinho bobo que teria deixado Dee feliz.

— De qualquer maneira, eu não me preocuparia — insistiu o guarda.

— Ah, bom, eu estou preocupada — disse Harriet.

Leila não se conformava com a ideia de não poderem fazer nada além de procurar. Sentia-se inútil gritando o nome de Dee, chegando a uma clareira e olhando para a planície com as mãos na cintura, sem saber o que mais podia fazer.

O ar estava esfriando. Não era nada congelante, nem perto disso, mas Leila pensou em como Dee era pequena, como se afastara enrolada em uma toalha úmida, e foi invadida pelo pânico. De repente o mundo era um lugar cheio de ameaças. Animais famintos, penhascos ocultos, plantas venenosas que podiam causar dano a um simples toque. Câncer, doenças cardíacas imprevistas, acidentes de carro.

Leila respirou fundo.

— Talvez ela já tenha voltado ao acampamento.

— Acho que não — o guarda respondeu, um pouco rápido demais. — Eles teriam me avisado pelo rádio. — E continuou olhando para as árvores, sem perceber os olhares de Leila e Brendan sobre ele.

— Vocês recebem algum tipo de treinamento com relação à sensibilidade, Rick?

— Não — ele respondeu. — Por quê?

Harriet deu um sorrisinho secreto para Leila, revirando os olhos. Não era um gesto de coração, mas era compreensível.

— Fico pensando se tanto charme é natural. — Leila se abaixou para pegar um galho, só para ter alguma coisa com o que ocupar as mãos. O galho estava coberto de formiguinhas pretas, e ela o jogou no chão. Depois fechou o zíper da jaqueta até em cima e escondeu o nariz atrás do tecido.

— Espero que ela não tenha ido muito longe — Rick continuou, sem se importar em nem ao menos exibir uma expressão preocupada, a voz monótona. — Mais dois quilômetros e estaremos bem perto do território dos ursos.

— Sério, Rick? É esse tipo de comentário que você pensa em fazer em um momento como este?

Ele ajeitou o cinto e continuou andando.

— Não entendi. Ursos e outros animais são motivo de grande preocupação para os campistas desta área.

Harriet se encolheu e cerrou os punhos. Brendan, contrariando sua atitude habitualmente tranquila, parecia cada vez mais perto de esmurrar o guarda.

— Rick, o que acha de seguirmos em frente e deixarmos os dois voltarem? Caso tenhamos deixado passar algum detalhe, ou Dee tenha voltado ao camping? — sugeriu Leila.

— Não é má ideia — disse ele. — Mas recebi instruções para ficar com o sr. e a sra. Maclin.

— E se eu ficar com eles, e você for embora?

— Não — Rick respondeu distraído. — E se encontrarem uma matilha de lobos sem minha arma de dardos para protegê-los? E daí? — E bateu na arma que levava no coldre como se afagasse um cachorro leal.

Leila balançou a cabeça sem acreditar. Olhou para Harriet e deu de ombros.

— Eu tentei.

— Eu sei — respondeu ela. — Volte. Acho que, quanto mais nos espalharmos, melhor.

— Tem certeza? — Leila não queria deixá-los sozinhos com o guarda sem noção, embora em parte estivesse feliz por poder se livrar dele.

— Sim. Só tome cuidado com animais violentos. E ligue se encontrar a Dee. — Ela pegou o celular para trocarem os números.

— O sinal de celular não é bom aqui.

— Mas que inferno, Rick — Leila explodiu.

— Vá. Salve-se. — Harriet ofereceu um sorriso, o que naquele momento em particular pareceu um gesto de coragem. Leila tinha certeza de que a última coisa que ela queria fazer era sorrir. Se pudesse escolher entre sorrir e, por exemplo, se encolher no chão da floresta e chorar até a filha aparecer, provavelmente ela escolheria a segunda opção. Mas assim mesmo Harriet estava sorrindo, seguindo em frente sem perder o controle.

Leila girou sobre os calcanhares e voltou pelo caminho que haviam percorrido. Era uma trilha de caminhada, longa, mas não especialmen te difícil, um caminho que, de acordo com a teoria do guarda Rick, seria a escolha mais provável para uma menina de nove anos.

Ela inspecionava os arredores enquanto andava, mas, depois de horas fazendo apenas isso, era difícil ter esperança. No entanto, de alguma forma ainda lhe era envolvente ver folhas dançando ao vento, árvores inteiras tremendo e sendo sacudidas como pessoas interagindo em uma sala. A beleza do lugar era quase tranquilizante, como se nenhum mal pudesse acontecer a Dee enquanto ela estivesse perdida por ali.

Um galho estalou em algum lugar próximo. Em seguida, ela pôde ouvir o ruído de passos muito leves. Leila ficou quieta, absolutamente imóvel, para ter certeza de que não estava imaginando coisas. Os ruídos se repetiram, pisadas leves sobre o solo.

— Dee? — Leila chamou.

Os passos imediatamente ganharam velocidade. Estavam próximos, nas árvores logo além da trilha. Se ainda fosse dia, ou pelo menos começo do crepúsculo, provavelmente poderia vê-la.

Dee, sou eu, a Leila! — ela gritou, se afastando da trilha para seguir o ruído dos tênis sobre as folhas, cada vez mais rápido. Antes que se desse conta, Leila estava correndo pela floresta, desviando de arbustos, saltando obstáculos, se protegendo dos galhos mais baixos, agulhas de pinheiros que feriam seu rosto enquanto acelerava. — Dee! Não corre!

Ela já estava quase sem fôlego. Em sua vida passada, gostava de correr. Sabia disso pelos tênis gastos no armário e pelo exemplar de *Do que eu falo quando eu falo de corrida*, de Murakami, em sua estante. Mas era a primeira vez que corria desde o jogo de Drunkball, desde a fuga dos policiais na ilha, quando Hudson havia segurado sua mão.

— Dee! Vai devagar!

Era difícil imaginar as pernas curtas de Dee se movendo naquela velocidade. Leila rezava para a menina não tropeçar em nada, não cair e se machucar. A imagem de sangue passou por sua cabeça, e ela correu até as pernas queimarem, perseguindo os passos que, de maneira improvável, se afastavam mais e mais. O som de água corrente era cada vez mais alto, quase suficiente para abafar o barulho dos passos. Leila implorava por uma daquelas clareiras perto do rio, por um vislumbre de Dee.

O suor lhe escorria dos cabelos para as costas e era frio quando impregnava o tecido da blusa. *Ela vai ficar doente*, pensava. *Vai se machucar, vai se perder, e tudo porque eu não consegui me lembrar de uma porcaria de festa de aniversário*. Lágrimas começaram a escorrer por seu rosto quando pensou no buraco que estourou dois pneus do carro de sua família, fazendo o pai perder o controle. Por causa daquele buraco, o carro se dobrou ao meio ao se chocar contra um poste de rua, tornando os cintos de segurança ineficientes diante da física. Um buraco estúpido no chão tirara tudo de Leila, e *ainda* tirava coisas dela.

— Dee! — Leila gritou, sem saber se a menina ainda podia ouvi-la.

De repente era noite. A escuridão se instalara sem aviso prévio. Era difícil dizer por quanto tempo ela havia corrido. Só um momento, parecia, mas os pulmões de Leila doíam, clamavam por ar, e as pernas não conseguiam mais levá-la adiante no mesmo ritmo. Ela exigiu ainda mais delas, implorou que a levassem um pouco mais longe. E elas obedeceram por um momento. Continuaram se movendo, o suficiente para ela avistar um espaço por entre as árvores, o riacho correndo sereno a distância.

Leila chegou à clareira respirando com dificuldade, o ar úmido e pegajoso envolvendo-lhe a testa e o pescoço. Ela resistiu ao impulso de se dobrar ao meio, para poder olhar para o outro lado da clareira, onde viu... um veado. Um pobre e assustado veado, correndo desesperado pela relva a caminho do abrigo de outro aglomerado de árvores.

Era só uma silhueta na escuridão, quase sem cor, exceto pelo risco branco nas costas. Mas era claramente um veado, e um ou dois segundos depois ele desapareceu novamente no bosque, deixando Leila sozinha para recuperar o fôlego.

Ela apoiou as mãos nos joelhos e se inclinou para frente, fechando os olhos para suportar a decepção, suor e lágrimas pingando do queixo para a grama. Uma dor de cabeça apareceu, um latejar que acompanhava a linha da cicatriz na nuca e o ritmo dos batimentos cardíacos.

Quando se recuperou um pouco, Leila caminhou até o riacho e jogou água no rosto, enxugando-o com a manga da camiseta. O rosto ardeu por causa do frio. Ela levou um tempo para se dar conta de que aquela clareira era a da foto do anúncio do camping. Devia ter corrido por um atalho na floresta, ou tinha corrido mais do que se dera conta.

As pernas estavam tremendo, fracas. A boca estava mais seca do que jamais sentira antes. Ela se ajoelhou na margem do riacho outra vez, unindo as mãos para beber um pouco da água quase congelada. Quando tentou ficar de pé, as pernas se recusaram a sustentá-la. Em vez disso, ela caiu na grama e estendeu as pernas para frente.

Foi quando viu uma silhueta cem metros abaixo, mais ou menos no mesmo lugar onde passara a noite anterior deitada. Uma pessoa pequenina, ereta, de rabo de cavalo.

Leila levantou apressada e, apesar das queixas das pernas exaustas, se apressou até o outro lado da clareira. Dee estava inteira, ilesa, sorrindo até. Leila a abraçou e não conseguiu conter as lágrimas de alegria. Uma enxurrada de pensamentos parentais inundou sua cabeça. *Fiquei tão preocupada, nunca mais faça isso comigo, onde você estava, estou tão feliz por ver que está bem!* Mas ela estava feliz demais para falar qualquer coisa, por isso só continuou abraçando a menina.

— Leila, olha — disse Dee.

Ela se afastou de leve e viu que a menina olhava para o céu, um braço apontando para cima.

A aurora boreal em todo o seu esplendor. Ondas de luz verde riscavam o céu, entremeadas por reflexos dourados e roxos. E se moviam como coisas vivas, como se estivessem respirando. Nenhum outro céu que Leila vira antes podia ser comparado à beleza do que estava vendo agora. Não era como um acidente da natureza, parecia mais um evento deliberadamente criado para o mundo. Agora entendia o porquê de tantos mitos em torno das luzes, por que os antigos pensavam que eram a prova de um deus benevolente querendo lembrá-los de seu amor. Eram majestosas, diferentes de tudo o que Leila vira antes. E tiravam seu fôlego, assim como fizera a corrida pela floresta.

Ela lembrou sua parte favorita da história, o trecho sobre o guerreiro. Esperou ouvir a voz do pai contando esse trecho, aguardou os detalhes em torno da experiência voltarem aos poucos. Mas aquela frase se repetia em sua cabeça na mesma voz nebulosa que recontava a história desde que ela acordara naquele hospital.

A aurora boreal era tão linda quanto esperava que fosse, e ela se recusava a piscar enquanto olhava para cima, para as luzes, vasculhando a mente vazia em busca de fragmentos do passado, de cinzas dele, de uma única partícula de poeira da vida anterior ao acidente. Mas nenhuma catarse se desencadeava dentro dela, nenhuma epifania borbulhava a caminho da superfície, nenhuma recordação se apresentava diante do espetáculo a que assistia.

Leila tentou fechar os olhos e contrair a mandíbula, como se as lembranças estivessem apenas escondidas em algum músculo adormecido. As únicas imagens que desfilavam por sua mente eram as das fotografias que lhe mostraram no hospital, as fotos da irmã no colégio e as do álbum de casamento dos pais. Lembrou do retrato dos quatro na praia, como tinha sido surreal olhar para si mesma sem saber quando ou onde a foto havia sido tirada. Ela fechou os olhos com tanta força que chegou a doer, e, quando os abriu novamente, pequenos pontos brancos surgiram.

A aurora boreal era linda de tirar o fôlego, e absolutamente insignificante. Podia estar olhando para um nascer ou um pôr do sol fantástico. Podia estar olhando para o céu estrelado do Mississippi deitada ao lado de Hudson. Francamente, era provável que essa última opção tivesse tido mais importância. A viagem toda tinha sido em vão. Uma agradável e ilusória distração da realidade que ela precisava encarar: ela tinha perdido sua vida anterior, talvez completamente.

Leila abaixou a cabeça e tocou as costas de Dee, feliz ao notar que a menina usava um moletom que parecia mais quente que o dela. Então enxugou o rosto e disse:

— Fico feliz por você estar bem.

Dee abriu um sorriso confuso antes de olhar para as luzes novamente.

— Também fico feliz por você estar bem. Não é lindo?

Exausta, Leila se deixou cair na grama fria.

— Com certeza é.

Dee se sentou ao lado dela e apoiou a cabeça em seu ombro. A aurora continuou sua exibição como se tivesse consciência da plateia e fizesse um espetáculo especial. Pequenas mudanças surpreendiam Leila, arrancando dela exclamações involuntárias de prazer que desapareciam tão rapidamente quanto surgiam, como se fossem levadas pelo vento.

Brendan e Harriet correram para as garotas sentadas à margem do riacho. O guarda Rick os seguia sem pressa, falando pelo rádio e assentindo como se soubesse desde o início que o desfecho da história seria esse. O casal estava chorando e cobria a filha de beijos e abraços.

— Que bom que a Leila te encontrou — disse Harriet com a menina nos braços. Sorrindo para Leila, ela moveu os lábios e murmurou um obrigada.

Outros campistas que haviam estado na festa de aniversário foram aparecendo, mantendo uma distância respeitosa para dar privacidade à reunião familiar. Leila assistia a tudo em silêncio, feliz porque a noite não havia acabado em tragédia, afinal.

Tentava manter afastada a decepção pela falta de lembranças. Teria tempo para essa dor mais tarde, quando estivesse sozinha.

Dee dava risadinhas, adorando a atenção dos pais.

— Eu não sabia que estava perdida. Eu estava triste e quis ficar sozinha um pouquinho.

Brendan apoiou a testa na da filha e sorriu, abraçando a esposa ao mesmo tempo.

— Na próxima vez em que você ficar triste, por favor, fique triste em um lugar menor e menos assustador. — Ele beijou as duas mulheres mais importantes de sua vida e fechou os olhos, sem dúvida grato por poder abraçá-las ao mesmo tempo.

Olhando aquela cena, Leila se deu conta de que uma reunião feliz e emocionada era o que esperara o tempo todo, apesar da realidade. *Nunca terei nada disso*, ela pensou. *Ninguém nunca vai me abraçar desse jeito, me fazer sentir que não pertenço a nenhum outro lugar. Nunca terei essa reunião, e chegou a hora de entender e aceitar.*

Ela pensou nos tios em Louisiana, a única família que ainda tinha. Eram jovens e não tinham filhos. Abriram sua casa e o coração para recebê-la, e até tinham desejado sorte nessa viagem maluca que ela decidira fazer. Ajudaram Leila a comprar o carro, a ajudaram a aprender a dirigir. Leila não se lembrava de nada com relação a eles antes do acidente, mas eram a única família que ainda tinha.

Tinha chegado a hora, ela percebeu. Hora de parar de correr atrás de tudo que tinha perdido. Decidira viajar porque precisava se afastar de uma vida desconhecida, e em algum lugar no caminho ela havia se perdido. Passara a acreditar que algumas luzes se exibindo gloriosas no céu podiam mudar alguma coisa dentro dela, alguma coisa que provavelmente não tinha mais conserto. Era hora de abrir mão do desejo maluco de lembrar. Hora de começar a viver a vida como ela surgisse. No presente, não no passado. Era hora de ir para casa.

4

LEILA DESPERTOU LENTAMENTE, SE PERMITINDO cochilar algumas vezes até ter certeza de que não sentia mais sono. Ela sentou e bebeu um pouco da água filtrada do riacho na garrafa térmica. Depois abriu o zíper da barraca, jogou a mochila fechada na grama e saiu para o sol do fim da manhã.

O ar estava quieto no acampamento. Havia ainda o cheiro do café da manhã preparado na fogueira, linguiça, bacon e café instantâneo. Por entre as árvores, ela via as cores variadas das outras barracas, mas nenhum movimento. Provavelmente todos tinham saído para seus passeios matinais, caminhadas, pescarias, observação de pássaros. Leila pegou o celular e enfiou os fones nos ouvidos. Antes de destravar a tela, tentou se livrar da expectativa de ver uma notificação ali, mas ainda ficou decepcionada quando não encontrou nenhuma novidade no telefone. Ela desabilitou o modo repetir e desistiu de "Oh Comely", do Neutral Milk Hotel, deslizando o dedo à procura de outra canção.

Com a música enchendo o mundo à sua volta, Leila começou a desmontar a barraca. Trabalhava devagar, sem pressa de partir. Por alguma razão, a música soava especialmente boa nesse momento. Cada nota soava mais clara, cada letra tinha um significado mais pungente e preciso. Não era nem uma canção nova; lembrava de ter ouvido essa música no carro com Bree.

Quando terminou de desmontar a barraca, ela pendurou a mochila no ombro e levou tudo para a sede do camping, deixando os objetos na porta antes de entrar para verificar a correspondência.

— Tem certeza que não quer ficar mais uns dias? — Liza perguntou quando Leila informou que estava de partida. Ela estava separando a correspondência recebida, os dedos com unhas bem feitas deslizando sem pressa pelos envelopes, separando propaganda e cartas sem importância do que tinha de distribuir entre os campistas. — Por que decidiu ir embora?

— Está na hora — Leila respondeu, tentando dar uma espiada nos envelopes por cima do ombro de Liza. Um fone de ouvido estava caído sobre seu peito, o outro continuava reproduzindo música de fundo só para ela. — Sabe onde estão a Dee e os pais dela? Queria me despedir deles.

— Foram até a cidade comprar suprimentos. — Liza colocou o último envelope em uma das pilhas. — Não devem demorar.

— Nada? — Leila apontou para a correspondência.

— Sinto muito.

— Tudo bem. — Leila pensou em deixar um endereço, caso chegasse alguma coisa depois de sua partida, mas talvez fosse hora de desistir de Hudson também. Se ele quisesse alguma coisa com ela, já teria mandado notícias. Leila teria que se contentar com a lembrança daquela noite. Ironicamente, talvez tivesse que aprender a esquecer.

Leila saiu da sede e levou suas coisas para o carro. Pôs tudo no porta-malas, depois abriu a porta e ligou o celular no carregador do automóvel. Com as janelas abertas e o celular conectado ao som do carro, ela sentou sobre o capô para esperar Dee e seus pais. Quando ouvia certas canções, Leila lembrava exatamente por onde estava dirigindo quando as ouvira pela primeira vez: uma interminável estrada reta entre milharais em algum lugar do Kentucky; presa no trânsito entre Indiana e Illinois; tomando café da manhã em um restaurante de hotel solitário, o fio dos fones de ouvido mergulhando na calda da panqueca enquanto via um time feminino de futebol juvenil entrar no restaurante e formar uma fila diante do bufê, as garotas falando sem parar.

Estreitando os olhos contra o sol, ela tentou imaginar como tinha sido o encontro de Elliot e Maribel. Poucos minutos depois, o Prius verde-oliva da família de Dee entrou no estacionamento e parou na vaga ao lado da dela. Harriet estava ao volante, o cabelo preso em um rabo de cavalo que evidenciava o longo e elegante pescoço. Assim que o carro parou, Dee soltou o cinto de segurança e saiu para falar com Leila.

Ela desceu do capô e foi imediatamente cercada pelos braços da menina. Apesar de não ser muito alta, os braços da criança quase não alcançavam sua cintura.

— Bom dia — disse Harriet, abrindo o porta-malas e tirando dali duas sacolas reutilizáveis cheias de vegetais. Ela entregou uma sacola a Brendan.

— Bom dia — Leila respondeu.

— A mamãe e o papai compraram aquarelas para mim — Dee contou, soltando Leila. — Vêm com um monte de pincéis, você pode pintar comigo, se quiser. Está ocupada?

— Acho que não posso — Leila respondeu, e se abaixou para olhar nos olhos da garotinha. — Tenho que voltar para casa. — Ela falava rápido para não prolongar a despedida, mas, ao ouvir as próprias palavras, teve a impressão de que soaram bruscas. Temia a reação de Dee.

— Ah. — A menina olhou para o chão. — Não é por minha causa, é? Porque eu me perdi sem me perder de verdade?

Não, claro que não. Já fiz o que vim fazer aqui. Vi as luzes.

— É verdade — Dee sorriu. Leila estudou os olhos dela, que não pareciam lacrimejar. — Não tem problema não conseguir lembrar. Sei que não é culpa sua, não é culpa de ninguém. Fiquei triste por isso, mas agora está tudo bem.

Leila riu e afagou os cachos loiros da menina.

— Ótimo. Pra mim também está tudo bem.

— Você não... — Dee fez uma pausa. — Não vai esquecer de mim, vai?

Leila sentiu o ar parar na garganta, as lágrimas ameaçando transbordar. Ela abraçou Dee mais uma vez.

— De jeito nenhum.

Sem os desvios espontâneos ou a curiosidade que definira sua viagem para o norte, Leila voltou a Louisiana em pouco mais de uma semana. Ao entrar na cidade, achou estranho estar em um lugar que parecia um pouco familiar.

Leila ainda precisava do GPS do celular para encontrar a casa dos tios, mas a área parecia conhecida. Era estranho ter lembranças ligadas aos locais que passavam pela janela, olhar para aquela sequência específica de lojas e redes de fast-food e se lembrar de tudo. Na verdade, as lembranças se limitavam à partida e a uma ou outra visita com a tia ao centro comercial ou ao cinema, mas ainda era mais do que estava habituada a ter.

As luzes estavam acesas na casa dos tios quando ela parou na entrada da garagem. Leila puxou o freio de mão, desligou o motor e ficou ali sentada por alguns segundos. Com uma batidinha no painel, elogiou o carro pelo esforço. Hudson devia ter feito maravilhas para manter um carro velho como aquele andando perfeitamente por mais de quinze mil quilômetros.

— Para de pensar nele — disse em voz alta. Sem pressa, abriu a porta e se dirigiu à casa.

Ela pôde ouvir ruídos vindos da cozinha, algo fritando na panela, uma faca descendo várias vezes sobre a tábua de corte.

— Oi, gente! — Leila chamou. Imediatamente, sua tia Cathy saiu da cozinha, limpando as mãos no pano pendurado no ombro.

— Leila! Meu Deus, que bom te ver de novo! Sentimos sua falta. — Elas se abraçaram rapidamente. — Vem, vamos para a cozinha. Tom e eu estamos preparando seu prato favorito.

Leila a seguiu.

— Meu prato favorito?

— Sim! Imaginamos que chegaria com fome. Como foi a viagem de volta?

— Tudo bem. Foi longa.

— Aposto que sim! Você dirigiu mais aos dezessete anos do que muita gente dirige a vida toda — a tia riu, então entrou na cozinha e se aproximou da tábua para continuar cortando legumes.

Tom, ocupado refogando cebola, aipo e pimentão em uma panela grande, deixou a colher de pau de lado para dar um rápido abraço em Leila.

— É bom ter você de volta.

— O que vocês estão fazendo? O cheiro está delicioso. — Ela examinou a cozinha, sem saber o que deduzir a partir de tantos ingredientes. Linguiça, uma panela de arroz, camarão, frango, uma lata de tomates, pimentão. Não conseguia identificar o aroma picante.

Tom e Cathy se entreolharam, e Leila reconheceu a mesma expressão que vira tantas vezes no rosto dos colegas de escola no Texas. Um olhar que significava "ela não lembra". Antes essa era uma expressão que a constrangia, como se tivesse culpa por não lembrar. Agora ela estava resignada, sabia que teria de se acostumar com isso, que veria essa mesma expressão muitas vezes, a menos que se afastasse de todo mundo.

— Jambalaya — Cathy respondeu. — Receita da sua mãe. Nossa mãe, sua avó, fazia a pior jambalaya do mundo, e sua mãe jurou que nunca daria aos filhos uma jambalaya ruim. — Ela pegou um punhado de quiabo picado, segurando os pedaços contra a parte plana da faca para ajudar a transferi-los para a panela de arroz. Sem dizer nada, Tom tocou a cintura da esposa e beijou sua bochecha, mantendo o rosto próximo ao dela por um instante antes de voltar a se concentrar nos vegetais que refogava.

Naquele exato momento, Leila decidiu que não se envolveria muito consigo mesma, que não deixaria o próprio sofrimento fazê-la esquecer da dor dos outros. Sua tia ainda chorava a morte da irmã, e Leila nem lembrava a última vez em que havia perguntado como ela se sentia.

— Posso ajudar com alguma coisa? — Leila quis saber.

— Você deve estar exausta. Por que não senta um pouco? Não sabíamos a que horas você ia chegar. Acho que ainda precisamos de uns trinta minutos para terminar tudo aqui.

— Prefiro ficar de pé. É bom esticar as pernas. Posso arrumar a mesa, se quiser. Agora sou experiente. Vi o mundo. Nessa viagem, conheci até um especialista em arrumação de mesas. Acho que aprendi uma ou duas coisinhas.

Cathy colocou a tábua e a faca dentro da pia, depois pôs uma frigideira sobre a chama do fogão e a untou com um fio de azeite. Foi só então que olhou para Leila, pôs as mãos na cintura e sorriu:

— Seria uma honra contar com o serviço de alguém que conheceu o trabalho de um expert em arrumação de mesas. Só espero que nossos utensílios não sejam simples demais para alguém de tão grande renome. Por gentileza, use a nossa melhor porcelana.

Leila, sempre disposta a entrar numa brincadeira, se preparou para responder no mesmo tom, mas alguma coisa a deteve. Aquele sorriso.

Meu Deus, não era nem uma imagem clara, mas ela se lembrava daquele sorriso.

Sua mãe sorria daquele jeito. Aquele ângulo exato, as covinhas profundas. Os dentes perfeitamente alinhados, ainda que não completamente brancos. E não era de uma foto ou de um vídeo. Era uma lembrança. Nebulosa e quase vazia, como uma palavra cujo significado conhecia, mas não conseguia definir. Mas era uma lembrança. A tia de Leila tinha o mesmo sorriso da mãe.

Quase que imediatamente depois da alegria dessa constatação — e foi uma impressão que durou uma fração de segundo; a tia olhando para ela e esperando a resposta que daria sequência à brincadeira —, Leila sentiu, talvez pela primeira vez, a dor de pensar que a família tinha mesmo ido embora. Sentira muita pena de si mesma desde o acidente, mas não tinha nada real para sentir saudade até aquele momento. E agora compreendia que qualquer coisa que conseguisse recuperar, qualquer fragmento de memória que rompesse a névoa em sua cabeça, lhe traria a dor da perda. Pelo resto da vida, qualquer pensamento sobre a família, mesmo que ficasse muito feliz por tê-lo, seria tocado pela dor.

— Se ouvir barulho de algo quebrando, é sinal de que sua louça está abaixo dos meus padrões — Leila respondeu por fim, pensando em sair da cozinha para ir arrumar a mesa, mas incapaz de se mexer até o sorriso sumir do rosto da tia.

5

LEILA DESVIOU OS OLHOS DO livro por um segundo, mantendo o dedo no lugar onde interrompeu a leitura para poder retomá-la sem dificuldade. A música nos fones de ouvido era ótima, e em circunstâncias normais ela não ousaria trocar. Mas a leitura também era envolvente, e a letra da música era tão boa que ouvi-la seria como tentar ler duas coisas ao mesmo tempo. Por isso ela pressionou o botão para mudar de faixa até encontrar algo instrumental, uma música de fundo melhor para sua leitura. Depois voltou ao livro.

Na ponta do sofá estava outro livro que ela terminara de ler naquele dia. Um copo de chá gelado deixava sua marca na madeira sem verniz de uma mesinha próxima. A janela atrás do sofá estava aberta para o gramado, e a brisa que entrava por ali jamais poderia ser imitada por um ventilador. Tia Cathy e Tom tinham ido passar o dia na cidade, e Leila estava feliz com as horas de leitura, música e sobras de jambalaya.

Desde sua volta, Leila descobrira o seguinte: dez e meia era a hora perfeita para acordar; determinava o perfeito equilíbrio entre dormir e não perder o dia. Jambalaya era a melhor comida do mundo, sobretudo na receita da tia (e da mãe). Uma cicatriz quase imperceptível no cotovelo era resultado de uma briga com a irmã quando eram pequenas. Por que elas tinham brigado Cathy não conseguia lembrar, mas a imagem do arranhão e de Olive se desculpando aos prantos depois de ver o sangue surgiu na cabeça de Leila instantes depois de ter visto a cicatriz no banho.

Em vez de tentar se lembrar de tudo, Leila se concentraria em descobertas. Se redescobria algo do passado ou completamente novo, ela percebeu, não tinha importância.

Foi o que fizera com a música do celular durante a viagem. Era o que faria com todo o resto. A começar pelos livros em seu quarto. Tia Cathy conseguira matricular Leila no colégio local a tempo de salvar seu último ano. As aulas começariam em duas semanas, e Leila planejava ler tantos livros quanto pudesse até lá, fazer descobertas.

Ela bebeu um gole de chá e virou a página, vendo a umidade do copo manchar o papel. Seguiu lendo, mergulhando cada vez mais a fundo no sofá e no livro, totalmente satisfeita. O mundo em torno dela era composto apenas de detalhes: o couro frio sob seu corpo, o ar lhe acariciando a nuca, o sabor do chá na boca. Todo o resto era esquecido, dominado pelo livro.

Leila não sabia há quanto tempo as batidas se repetiam quando finalmente as ouviu. Se não tivesse terminado um capítulo exatamente entre duas músicas, talvez tivesse começado o próximo sem ouvir nada. Usando um cartão-postal em branco do Alasca como marcador de página, Leila parou a música e tentou determinar de onde vinham as batidas, se ainda se repetiam.

Um instante ou dois se passaram em silêncio. Leila estava quase ligando a música outra vez quando ouviu o mesmo som, batidas na porta da frente. Ela pousou o livro sobre o sofá e foi abrir a porta, pronta para assinar o recibo de uma encomenda qualquer. Queria voltar para sua leitura. Sem prestar atenção em nada do que a cercava, Leila abriu a porta.

Só quando viu aquele rosto se deu conta de quantas vezes sonhara com ele aparecendo desse jeito, embora houvesse um pouco mais de barba em seu queixo do que lembrava, e bolsas sob os olhos, como se tivesse passado a noite toda dirigindo. A camiseta estava amassada, o jeans caía solto no quadril, como se ele tivesse emagrecido recentemente. Ele havia se bronzeado durante o verão, e a pele mais escura e os cabelos mais claros realçavam os olhos como se fossem faróis.

O nome dele dançava em seus lábios havia tanto tempo que praticamente saltou da boca por vontade própria.

— Hudson — ela disse.

— Você estava certa. — Ele mantinha as mãos unidas e estalava os dedos. Leila se pegou os estudando, esperando vê-los sujos de graxa, como se ele tivesse acabado de sair da oficina. — Levei muito tempo para me dar conta de que você estava certa. — Mordendo o lábio inferior, ele olhou para o chão, mas se forçou a encará-la novamente.

Leila estava chocada demais para dizer alguma coisa. Continuava olhando das mãos para o rosto dele.

— Aquela noite na curva do lago, eu sabia exatamente o que estava fazendo. Não era nada tão inconsciente, eu nem deixei de pensar nas consequências de perder a entrevista. Queria ficar em Vicksburg, queria ficar na oficina, queria que a minha vida continuasse como era. — Ele passou a mão pelos cabelos e segurou a nuca, apertando-a como se doesse. — Você tinha razão. Eu estava com medo da mudança, mesmo que fosse para melhor. E devia ter entendido isso quando você falou. Mas fui um idiota. Em vez de te ouvir, perdi a cabeça com você, e passei os últimos dois meses tentando encontrar um jeito de te dizer isso. — Hudson balançou a cabeça e sorriu, triste. — Não posso acreditar que você me deu a melhor noite da minha vida e eu nem pedi o seu telefone. Não podia ligar, não podia escrever. Então fui para o Texas. Fui até a cidade onde você contou que tinha crescido. Com os formigueiros. Passei as últimas duas semanas em Fredericksburg, tentando descobrir onde poderia te encontrar, esperando que você voltasse logo para casa.

Leila franziu o cenho, prestes a perguntar sobre os postais que enviara, se ele os havia recebido. Ela olhava para aquela boca, praticamente hipnotizada pelos lábios, lembrando-se deles nos seus e dos arrepios provocados pelo contato. Então assimilou o que ele tinha dito.

— Você esteve em Fredericksburg? Só morei lá até os onze anos.

Ele riu e balançou a cabeça, massageando a nuca outra vez.

— Sim, eu acabei percebendo isso. Depois lembrei que a placa do seu carro era de Louisiana. Sabia que tinha que encontrar você, que precisava me desculpar.

— Hudson — Leila falou, passando pela porta. Não podia acreditar que havia demorado tanto para se aproximar dele. Não sabia se o abraçava, se o beijava, ou se fazia outra coisa qualquer. Depois de tanto tempo pensando que ele não queria nada com ela, ali estava Hudson, parado diante dela, querendo-a de volta em sua vida.

— Desculpa por ter gritado com você naquele dia. Desculpa por ter te deixado ir embora. — Ele deu um passo à frente, de forma que agora estavam separados só pelo comprimento de um braço. Provavelmente era só a lembrança, mas Leila teve a impressão de poder sentir o cheiro do rio Mississippi nele. — Sei que é loucura depois de uma única noite e depois de dois meses, mas, Leila, você é a coisa mais certa na minha vida.

As palavras se moveram dentro dela, desenharam um sorriso em seu rosto. A distância entre eles desapareceu naquele abraço. O beijo foi como ela lembrava, suave e forte ao mesmo tempo, como se os lábios dele fizessem parte dos dela. A felicidade a invadiu. Não era alívio, não era serenidade, era pura alegria, talvez pela primeira vez.

Ela estava em casa.

AGRADECIMENTOS

Em primeiro lugar e acima de tudo, obrigado a você por ter escolhido este livro. Talvez você ainda não o tenha lido e esteja só dando uma olhada nas últimas páginas, mas pelo menos o tirou da prateleira, ou da mesinha de centro da casa do seu amigo, ou de uma enorme pilha de livros com muitos outros que poderia ter escolhido. Pessoas como você, que escolhem livros, são o verdadeiro motivo para eu fazer o que faço. Então, muito obrigado.

Também faço o que faço graças às minhas editoras, Annie Stone, da Harlequin, e Emilia Rhodes, da Alloy. Elas ajudaram esta história a chegar a todos os lugares aonde ela tinha que ir. Escritores dão vida a histórias, mas editores as alimentam e as fortalecem para um dia poderem crescer e não ser apenas histórias, mas livros com capas brilhantes, leitores em potencial e seções de agradecimentos incoerentes.

Agradeço também a Josh Bank e Sarah Shandler, da Alloy, pela ajuda, e a toda a equipe da Harlequin pelo apoio e entusiasmo com meu livro. Obrigado, Dawn Ryan, pelo papel em tornar isso possível. A Leah Kreitz, pela hospitalidade em Nova York, e a todos que me acolheram em minhas viagens ao longo dos anos. Minha gratidão à RuffaloCODY, à NBA e a todas as outras empresas em que procurei emprego depois que saí da faculdade e que não me contrataram, me direcionando, de certa forma, para a vida que tenho hoje.

Aos meus pais e irmãos, cujo amor, apoio, incentivo, provocação e habilidade administrativa foram cruciais nos anos que antecederam isso tudo. Agradeço a Chris Russell, David Isern e Maggie Vazquez por terem quase tanto orgulho de mim quanto minha mãe e me darem um motivo para viajar e ir visitá-los.

Sou extremamente grato por estar onde estou, fazendo o que faço. Gostaria de poder agradecer a todos que merecem minha gratidão, dos mais próximos e que me apoiaram constantemente aos conhecidos que foram apenas musas desavisadas, e a todos os escritores, músicos e cineastas cujo trabalho maravilhoso me inspirou a criar o meu, no entanto minha memória é muito falha e esta página muito pequena.